U0468257

邢丽凤 著

当代文学期刊编年研究

当代文学史料与研究丛书

海峡出版发行集团 | 海峡文艺出版社

图书在版编目(CIP)数据

当代文学期刊编年研究/ 邢丽凤著. — 福州：海峡文艺出版社，2024.6
（当代文学史料与研究丛书/黄发有主编）
ISBN 978-7-5550-3669-2

Ⅰ.①当… Ⅱ.①邢… Ⅲ.①当代文学－期刊－研究－中国 Ⅳ.①I206.7

中国国家版本馆 CIP 数据核字(2024)第 101214 号

当代文学期刊编年研究

邢丽凤　著

出 版 人	林　滨
责任编辑	张琳琳
出版发行	海峡文艺出版社
经　　销	福建新华发行(集团)有限责任公司
社　　址	福州市东水路 76 号 14 层　　邮编　350001
发 行 部	0591－87536797
印　　刷	福建新华联合印务集团有限公司
厂　　址	福州市晋安区福兴大道 42 号
开　　本	787 毫米×1092 毫米　1/16
字　　数	239 千字
印　　张	14.75
版　　次	2024 年 6 月第 1 版
印　　次	2024 年 6 月第 1 次印刷
书　　号	ISBN 978-7-5550-3669-2
定　　价	49.00 元

如发现印装质量问题,请寄承印厂调换

目 录

《收获》年谱（一九五七—二〇一七）………………………… 1

广阔的小说之路
　　——《十月》"小说新干线"栏目（一九九九—二〇一八）研究 …… 104

文学期刊与文学评奖 ……………………………………………… 117

建构批评的自主性
　　——丁帆的《扬子江评论·卷首语》及其批评理念 ………… 129

新世纪文学编年纪事（二〇〇一—二〇一〇）………………… 138

《收获》年谱（一九五七—二〇一七）

一九五六年三月中国作家协会第二次理事会议的召开、四月"双百方针"的提出以及年底中国作家协会召开的关于期刊的会议和随之有关领导对大型期刊的提议，为《收获》的酝酿和筹备提供了充足的主客观条件。

一九五七年

七月二十四日，新中国第一本大型文学双月刊杂志《收获》创刊，主编巴金、靳以，编委巴金、冰心、刘白羽、艾青、陈白尘、周而复、罗荪、柯灵、郑振铎、峻青、曹禺、菡子、靳以等十三人，编辑者为收获社，由中国作协主管。与作协其他所属刊物不同，《收获》编辑部设在上海，有上海和北京两个编委会，邮政信箱为北京和上海各一个。杂志由人民文学出版社出版，北京邮局发行，杂志代号为2-285。

七月二十四日　第一期

创刊号由篆刻家、书画家钱君匋设计，采用厚重的紫红色，页数为三百一十八页，每期定价一元四角。本期目次：《发刊词》、《中国小说的历史的变迁》、长篇小说、剧本、童话、诗、短篇小说、电影文学剧本。《发刊词》由靳以执笔，巴金共同署名，开篇说明"'收获'的诞生，具体实现了'百花齐放'的政策"，文中用大量篇幅提及毛泽东提出的六大标准，倡导刊载的作品，符合六个政治标准，在此前提下，作家可以选择不同的风格，不同的体裁，不同的形式，甚至不同的流派，呼吁作家"不仅应该是有灵魂的人，而且应该成为'人类灵魂的工程师'，以作品来建立和提高人民的灵魂"，老作家的"收获""将成为'收获'最丰盛的果实和粮食"，同时盼望新人新收获，希望《收获》能贡献给祖国"更多的香花和有益的食粮"。作为创刊号开篇刊发的作品，《中国小说的历史的变迁》是鲁迅一九二四年七月在西安的讲稿；长篇小说有艾芜的《百炼成钢》、康濯的《水滴石穿》等两部，其中《水滴石穿》因大胆揭露革命队伍中某些蜕化变质分子的卑劣行径而遭到批判，认为该作品把党组织和党的领导描写得软弱无力，"是一部在思想倾向上包含着错误的作品。其中主要的问题是对党的描写的问题"[①]；剧本有老舍的《茶馆》，取材于老舍熟悉的"小人物"生活，叙事动机则来自对旧社会的控诉和对新中国的赞颂，成为当代经典话剧范本；童话有严文井的《唐小西在"下一次开船港"》；诗有冰心的《我的秘密》、严辰的《苏联行》；短篇小说有沙汀的《开会》、刘白羽的《我们的早晨》；电影文学剧本有柯灵的《不夜城》；随笔有巴金的《和读者谈谈"家"》。

《编后记》点明以鲁迅讲稿为开篇的良苦用心，"好像鲁迅先生又在我们面前亲切地娓娓而谈一般"，并点明了杂志刊登篇幅较长作品的用意：使作家的作品在正式成书以前和读者相见，倾听读者意见，使作品更趋完美。

九月二十四日　第二期

本期出版日期错印为七月二十四日。长篇小说有李劼人的《大波》、艾明之的《浮沉》和艾芜的《百炼成钢》（续完）；短篇小说有郭源新的《汨罗江》等三部；散文随笔有杨朔的《印度情思》等三篇。《写在"收获"创刊的时候》由巴金、靳以联合署名，靳以执笔。这篇文章强调杂志编刊策略紧跟党的领导方针和政策，从稿源的丰沛、作家读者和编辑的良好互动等方面逐一驳斥"不要党的领导，文学工作和创作的'今不如昔'，作家和编辑间不可消弭的矛盾"等针对《收获》期刊的言论，并且对施蛰存和王若望的批评攻击给予了回应，将《收获》与"同仁杂志"的指责划清界限。

---

① 康濯：《关于〈水滴石穿〉——作者康濯同志给编辑部的信》，《收获》1958年第4期。

本期，编辑者联系邮政信箱由北京和上海两个信箱改为上海邮政信箱四一八〇一个。

十一月二十四日　第三期

头条《坚决保卫社会主义文艺路线》（社论），荃麟代表作协党组在批判丁玲、陈企霞的会议上作的长篇发言《斗争必须更深入》；长篇小说有雷加的《蓝色的青枫林》和李满天的《水流千转》两部；中篇小说有蔡天心的《蠢动》；短篇小说有方纪的《园中》、白危的《不平常的一天》等三部；长诗有戈壁舟的《沙原牧歌》；散文随笔有赵树理的《金字》等三篇。

本期，为纪念十月社会主义革命四十周年，以"苏联文学作品给我们斗争和工作以力量"为专栏发表了萧三、萧殷、唐弢、刘白羽、靳以等十一位作家共十一篇回忆纪念文章。

本期，艾青、陈白尘被撤掉编委，增补编委李季。

一九五八年

一月二十四日　第一期

长篇小说有舒群的《这一代人》；中篇小说有管桦的《辛俊地》等两部，《辛俊地》后来由中国青年出版社收编于"播种文艺丛书"出版，小说发表后引起热烈争论。李希凡在本年《收获》第五期发表的评论文章中，指出《辛俊地》小说失败的最大关键是作者对艺术形象的创造失去生活的艺术性和真实性，"作家对于辛俊地身上存在的那种可耻的'反骨'——危害革命事业的'个人英雄主义'，并没有充分的认识，也不企图深入地挖掘它"，是歪曲生活，是对主人公的姑息和宽容，缺乏深刻的批判。短篇小说有骆宾基的《关于饲养员给狗咬伤的问题》等两部；长诗有田间的《龙门》；组诗有阮章竞的《新塞上行》；童话有包蕾的《火萤和金鱼》；电影文学剧本有李准的《老兵新传》；散文有巴金的《难忘的回忆》等三篇。

《编后记》中概述杂志从一九五七年起发表的中长篇小说的内容以工业建设和农村题材为主，感谢作家和文学爱好者对《收获》的支持，同时针对读者关于刊物的某些建议和要求作一一答复，对有些要求每期都有编后记的读者回复："我们认为刊物是以它的内容直接和读者见面的，编辑部该说话的时候不该缄默，不该说话的时候就用不着饶舌，以免占去宝贵的篇幅。"最后表明刊物的立场与使命："让'收获'在祖国建设事业中起着一个螺丝钉的作用吧！"在刊物价格方面提出"我们希望在一九五八年第三季度，把订价减低将近三分之一，篇幅略为减少五分之一，使之能适应广大读者的购买力……"。

本期，出版者由原来人民文学出版社改为收获社，联系地址由北京东四头条胡同四号改为联系邮箱北京邮政信箱四〇〇号。

本期，杂志总页数由原来的三百一十八页增为三百二十页。

三月二十四日　第二期

长篇小说有周而复的《上海的早晨》，后改编成同名电视剧；中篇小说有方青的《泉》；短篇小说有海默的《盐》等四部；剧本有徐昌霖的《陌上春暖》；散文有艾芜的《在马哈拉子的日子》等三篇；组诗有沙鸥的《故乡》；论文有姚文元的《莎菲女士们的自由王国》。

本期设新专栏"创作谈"，由老作家谈创作过程与经历、作品中人物的原型以及命运等等，本期专栏作品有巴金的《谈"春"》。巴金的《和读者谈谈"家"》在《收获》创刊号中以随笔的形式出现，《谈"秋"》发表在本年第三期专栏"创作谈"，此专栏共设二期。

五月二十四日　第三期

头条有张春桥的《大跃进的风格》、夏衍的《走过来的道路》；长篇小说有谷峪的《石爱妮的命运》；中篇小说有杨书云的《长夜后的黎明》；短篇小说有方纪的《来访者》、海默的《打狗》、知侠的《突破口上》、王西彦的《风暴》、何为的《女歌手的信》、菡子的《探矿》等九部作品。其中，《来访者》发表后遭到了严厉批判，《文艺报》专门对其进行讨论，《收获》编辑部被要求表态。在第四期杂志上，靳以增辟了"读者论坛"，分别刊登了读者晏学、李毓山（和王本宽联合署名）的两篇批判《来访者》的来稿，又由罗荪写了《"来访者"是一篇对新社会的"控诉书"》的评论文章，才使文章引起的风波得以平息。海默的《打狗》同样受到张春桥的严厉批评。剧本有杜宣的《难忘的岁月》；电影文学剧本有柯蓝的《铁窗烈火》；长诗有戈壁舟的《青松翠竹》；诗有蔡其矫的《丹江口·南津关》等四首，蔡其矫此篇组诗发表后受到批判，《收获》第六期"读者论坛"啸海的文章《对"川江号子""宜昌"的意见》认为有些诗表达的思想感情与"大跃进"的时代声音不大合拍，没有描写出"大跃进"振奋人心、生气蓬勃的场景，是个人的"无病呻吟"。散文有康濯的《一步登天的路上》等五篇；书评有罗荪的《评"红日"》；创作谈有巴金的《谈"秋"》。

《编后记》提出，《收获》"由于是以长篇中篇为主的双月刊，发稿期又早，很难迅速地刊登反映祖国各个战线上飞跃前进的作品。因此，我们诚恳地附上读者意见表，希望每位读者都写出你们对'收获'的具体意见"。同时，杂志还对作家提出了进一步要求："希望作家们在酝酿和创作长篇巨著之暇，多写些散文和短篇更迅速地反映祖国各个阵线上，各个角落飞跃的变化，有效地鼓舞广大人民"；"希望能刊登各种形式的短著：短篇小说，独幕剧，组诗，特写，散文……"。此外，还对读者希望《收获》"能保持原有内容和朴素的形式"，不同意第一期《编后记》中关于期刊缩减篇幅、减低订价的意见，给予相应回复。

本期，编辑者和出版者合二为一：收获社，联系方式仅为上海邮政信箱四一八〇号。

七月二十四日　第四期

长篇小说有辛雷的《万古长青》；中篇小说有霍平的《大跃进的春天》；短篇小说有刘白羽的《歌声飘荡》、沙汀的《下乡第一课》、吴强的《开学》、王汶石的《米燕霞》、王愿坚的《支队政委》等九部；特写报告有三篇，其中《创造奇迹的时代》由巴金、任干、胡万春、靳以、魏金枝等合写，文章篇幅不长，作者却多达五人，成为《收获》历史上作者署名最多的一篇作品，文学创作的求全与无奈，折射出当时政治环境下文学艰难的生存状态；电影文学剧本有刘大为的《水库上的歌声》；专栏"民歌选辑"收录由工人、农民、战士创作的《民歌一百首》；长诗有高缨的《丁佑君》等两首；剧本有王云、所云平合著的《水往高处流》；散文随笔有李若冰的《伊克柴达木湖畔》等三篇；评论有罗荪的《〈来访者〉是一篇对新社会的"控诉书"》。

本期设新专栏"读者论坛",作品有晏学的《谈"来访者"》等三篇评论。此后专栏见于本年第六期,共两期。

《编后记》中讴歌伟大时代,期待"'收获'成为祖国伟大的变革的忠实记录者",用各种文学形式反映祖国的新人新事,"让广大劳动人民在工作上的收获,具体而生动地在'收获'上和读者相见"。同时对发表的诸如《来访者》等引起众多读者批评的作品进行深刻反省,表达为伟大祖国努力服务的心声。

本期刊登"本刊减价启事":"从今年第四期起,篇幅照旧,定价由每期一元四角降为一元三角。"

本期封三注明期刊总印数为五万八千八百八十册。

九月二十四日　第五期

头条有思慕的《从伊拉克的革命春雷谈到台湾海峡的战争乌云》;长篇小说有王安友的《海上渔家》;中篇小说有延泽民的《红格丹丹的桃花岭》;电影文学剧本有费礼文的《钢人铁马》;长诗有李季的《五月端阳》;短篇小说有胡万春的《目标》、端木蕻良的《蜜》、林斤澜的《母女》等六部;散文随笔有冰心的《十三陵水库工地散记》;评论有李希凡对《辛俊地》的评论文章《略谈生活和艺术的真实性》。

本期封三印数为六万册。

十一月二十四日　第六期

长篇小说有李英儒的《野火春风斗古城》,该小说同年十二月由作家出版社出版单行本,一九六三年改编成同名电影,小说先后被译为英、日、俄等十多种文字;中篇小说有轻影的《杨连第》;短篇小说有王忠瑜的《鹰之歌》等三部;诗有臧克家的《马小翠》等两首;剧本有陈白尘的《东风纸虎记》;电影文学剧本有黄宗英和顾锡东合著的《你追我赶》;"读者论坛"有啸海的《对"川江号子""宜昌"的意见》。

本期,封面三印有"中国作家协会上海分会为《收获》《文艺月报》《萌芽》《跃进文学研究丛刊》降低稿费标准告读者、作者书",说明为响应"大跃进"时代精神,针对工人作者对稿酬的异议,决定"第一步即按过去的稿酬标准压低一半发付稿费,同时减少稿费的等级差距"。

本期，由于郑振铎去世，编委名单中无郑振铎。刊发了巴金、唐弢、郭绍虞悼念郑振铎的三篇文章。

本期，封三印数为六万零三百四十册。

一九五九年

一月二十四日　第一期

长篇小说有王松的《沱江的早晨》；中篇小说有沈凯的《边疆海燕》；剧本有贾克和郭健合著的《帅旗飘飘》；电影文学剧本有鲁彦周的《三八河边》；特写报告有雷加的《神门河之战》；长诗有雁翼的《为钢而战》等两首；短篇小说·散文有刘白羽的《福建前线速写两则》等五篇。

三月二十四日　第二期

剧本有老舍的《全家福》；长篇小说有李晓明、韩安庆合著的《平原枪声》和河北省怀来县麦田人民公社中国作家协会下放劳动锻炼小组的《麦田人民公社史》，其中《平原枪声》连载至第三期，后改编成同名电影；短篇小说有管桦的《在山谷中》和茹志鹃的《高高的白杨树》；电影文学剧本有郑君里的《林则徐》；散文随笔有巴金的《给波列伏依的信》、陈农菲的两篇革命斗争回忆录《不屈的女战士郭纲琳》《中夏同志的最后一年》；评论有姚文元的《论"白兰花"和"丁佑君"》。

《编后记》中点明在大炼钢铁时代，《收获》紧跟形势，刊发中国作家协会下放劳动锻炼小组同志写的"麦田人民公社史"，刊发在大搞群众创作实践中，由长期参加革命斗争的老干部和作家双结合写出的作品《平原枪声》以及长期参加革命的老同志撰写的回忆录，并呼吁"读者同志看'星火燎原'和已经出版十一册的'红旗飘飘'"，同时表明首先刊发的是郭沫若的《蔡文姬》，但后来期刊实际排稿是老舍的剧本《全家福》，《编后记》中都没来得及订正说辞。

五月二十四日　第三期

剧本有郭沫若的《蔡文姬》，顺延到本期发表，同期发表的还有郭沫若为该剧本撰写的序《中国农民起义的历史发展过程——序"蔡文姬"》，话剧借助为曹操翻案的历史剧，"充分理解这个时代推崇的是开辟历史'新纪元'的'风流人物'"[①]；长诗有闻捷的《动荡的年代》、梁上泉的《红云崖》；长篇小说有李晓明和韩安庆合著的《平原枪声》（续）；短篇小说有峻青和重天合著的《三伏马天武》等两部；中篇小说有李盛方的《天山筑路记》；电影文学剧本有东海舰队三〇一、三一四舰创作组创作的《十级浪》；散文随笔有周而复的《历史的镜子》等两篇。

本期开设新专栏"革命斗争回忆录"，上期陈农菲的两篇文章是放在散文随笔中，本期特开专栏，以示与散文随笔区分。此后专栏见于本年第四、六期，一九六〇年第三期，一九六五年第五期。

七月二十四日　第四期

本期开始目录不再分专栏，只在文章后面标明是长篇小说还是散文等类型。长篇小说有冯德英的《迎春花》；短篇小说有刘春山、胡万春的《韩志强和他的伙伴们》；"革命斗争回忆录"有张烽的《秘密转移》；剧本有刘云、余凡、雪草、江西省话剧团创作组集体创作的《八一风暴》；散文有筱罗的《在和平的土地上》等两篇；长诗有苏鹰的《瓜田曲》；论文有姚文元的《鲁迅论文学》。

九月二十四日　第五期

头条为"国庆十周年献辞"；散文有刘白羽的《写在太阳初升的时候》和冰心的《奇迹的三门峡市》等十一篇文章，该期基本是《收获》发表散文最多的一期；长篇小说有草明的《乘风破浪》、杨沫的《林道静在农村》（《青春之歌》修改稿中增写的七章）；短篇小说有峻青的《火光》、靳以的《结婚》等四部；电影文学剧本有柯灵、谢俊峰、桑弧合著的《春满人间》；评论有罗荪为草明小说写的评论文章《事业的主人和文学的主人——试论"原动力"、"火车头"、"乘风破浪"中的工人阶级形象》。

本期，编委增加萧岱。

---

① 郭沫若：《中国农民起义的历史发展过程——序"蔡文姬"》，《收获》1959年第3期。

本期，北京邮局为总发行处，增加全国各地邮局为预订处和各地新华书店为代售处。

十一月二十四日　第六期

长篇小说有柳青小说《创业史》（第一部），该小说曾在本年度陕西《延河》月刊上连载，修改后在《收获》一次刊出；特写有罗洪的《码头上的姑娘》等三篇；短篇小说有唐克新的《金刚》；散文有杜宣的《到虹桥的第一天》等三篇；诗歌有魏文伯的《诗四首》和雁翼的长诗《彩桥》；"革命斗争回忆录"有朱道南的《红四师奔向海陆丰》。

《编后记》写道："为了增强刊物的战斗性，《收获》从明年起，除刊载长篇和中篇创作外，将发表更多的反映当前现实斗争和跃进面貌的短篇作品，特别是短小精悍的散文、特写。"

十一月七日，《收获》主编靳以去世，本期增编纪念特辑，由巴金、刘白羽、黄宗林、陈农菲、罗荪等五人分别撰写了五篇纪念靳以的文章。

一九六〇年

一月二十四日　第一期

本期有金仲华的《丰收之年》；长篇小说有周立波的《山乡巨变》续篇；民歌有《民歌三十首》；短篇小说有秦似的《太白岭下》等五部；剧本有仝洛的《厂小志大》；中篇小说有钟廉芳、张春熙合著的《松毛岭下》；散文有陈伯吹的《亲爱的孩子们》等两篇；论文有以群的《漫论鲁迅小说的特色》。

《编后记》中欢呼在"大跃进"形式下文艺战线取得辉煌的成绩，感叹"大跃进以来，群众的文艺创作空前繁荣，文艺战线上涌现出大批新生力量"，并表明本期期刊附有一份读者意见调查表的用心。

本期附有"《收获》读者意见调查表"一份，除读者基本情况外，主要调查四方面的内容：对本刊发表的作品爱读的有哪些以及原因；不爱读的有哪些以及原因；如何改进，如何进一步贯彻党的发展和繁荣社会主义文学的方针；对本刊编排和装帧的意见以及建议。

本期，编委撤掉菡子。

三月二十四日　第二期

长篇小说有李劼人的《大波》（第二部）；短篇小说有谷斯范的《畜牧场的故事》等三部；诗有傅仇的《玉米牌坊》；特写有徐开垒的《红旗手谢翠凤》；剧本有江洪其、金风合著的《亲人》；散文有周而复的《幸福的土地》等两篇；评论有徐景贤的《评海默的两篇小说》，文中批评海默发表于《收获》的两篇小说《打狗》和《盐》"在一定程度上集中反映了作者的错误的世界观和创作方法"，宣扬反动的资产阶级人道主义，对革命战争、革命人民和革命部队持错误观点和歪曲描写。

本期《告读者》催促读者填写、邮寄上期意见表，以便及时汇总，更好改进刊物工作。

本期，设新专栏"部队史"，有"临汾旅"旅史编写组创作的《凯歌高唱英雄多》，此专栏只有一期。

五月二十四日　第三期

长篇小说有吴源植的《金色的群山》；中篇小说有揭祥麟的《上天桥》；短篇小说有福庚的《老对象》；儿童文学有胡奇的《秘密》；诗有严辰的《火花灿烂》等三位诗人的作品；剧本有杨村彬执笔、上海人民艺术剧院集体创作的《春城无处不飞花》；电影文学剧本有费礼文、艾明之合著的《风流人物数今朝》；报告有《羊城晚报》记者、通讯员集体采写的《战南海》；散文有巴金的《个旧的春天》；"革命斗争回忆录"有李延禄讲述、骆宾基记写的《疾风知劲草》；论文有马铁丁的《读李季诗歌创作漫笔》。

本期之后，儿童文学体裁作品从《收获》退出，之前儿童文学作品在《收获》一九五七年第一期、一九五八年第一期都有一篇作品发表。

本年五月，《收获》停刊，共出版十八期，理由是"纸张缺乏"[①]。但当时政治上也是很敏感的时期，后来人们评价当时的《收获》是"统一战线的体现"，这也从另一个角度解释了停刊的原因。

---

① 巴金：《〈收获〉创刊三十年》，《收获》1987年第6期。

本年七月五日，经中国作协书记处决定，《收获》杂志停刊，并入《上海文学》（《上海文学》由《文艺月报》一九五九年十月号起改名）编辑部，主编巴金。

一九六四年

一月，《上海文学》改名为《收获》，主编巴金，由中国作协上海分会主办，以群、魏金枝、萧岱做具体工作。编辑者和出版者分别为收获编辑委员会和收获社，发行处由停刊前总发行处北京邮局改为上海市报刊发行处，出版日期改为每逢单月二十五日出版，期刊总页数为一百七十六页，期刊代号变为4-7，价格降为七角。从一九六四年至一九六六年《收获》封三不再有具体主编和编委名单，统一改为"编辑者：收获编辑委员会"，一九八一年改为"编辑：收获文学杂志社"，直到一九八五年第五期封三才出现主编巴金，副主编萧岱、李小林等具体主编名单。

一月二十五日　第一期

头条是毛泽东的《诗词十七首》；短篇小说有柳青的《梁生宝与徐改霞——〈创业史〉第二部上卷不连接的两章》和茹志鹃的《回头卒》；长篇小说有浩然的《艳阳天》，后改编成同名电影。《艳阳天》被认为是最能展示浩然二十世纪五六十年代创作风格和艺术成就的代表作，有学者将《艳阳天》与柳青《创业史》相提并论。一九九九年，面向全球华人世界的香港《亚洲周刊》评选"20世纪中文小说100强"，一九四九年至一九七六年的中国小说中，浩然的《艳阳天》和王蒙的《组织部新来的年轻人》榜上有名。本期诗有袁水拍的《政治讽刺诗》（五首）；散文有艾芜的《百事哀的命运改变了》、陈白尘的《在苦难中成长的艺术》；报告文学有徐开垒的《火线壮士》；论文有何其芳的《关于〈论阿Q〉》等两篇。

本期有《收获》记者综合报道《发展和繁荣社会主义话剧的大进军》。一九六三年十二月二十五日至一九六四年一月二十二日期间，为提倡社会主义话剧，上海举办华东区话剧观摩演出，本刊记者在关于此次话剧演出的长篇报道中大力宣扬话剧为社会主义经济基础、为无产阶级政治服务的观点，认为革命文艺的任务是努力反映工农兵在社会主义革命和社会主义建设中的斗争和生活，对认为反映社会主义革命和社会主义建设的戏是"题材狭窄""枯燥单调"以及社会主义正面人物都是"干巴巴""没有血肉、没有感情"等错误言论进行驳斥。与之相呼应的是，在本期《编后记》中期刊编辑对华东区话剧观摩演出大加赞扬，决定从第二期开始陆续发表若干优秀剧本，并用大量篇幅表明本期所发作品"几乎全部都是反映社会主义时代的阶级斗争和生产斗争的，这是我们所努力的主要目标"，认为文学作品必须多方面地反映社会主义时代的生活，"必须把反映社会主义社会的现实生活当作首要任务"。

三月二十五日　第二期

话剧有胡万春、陈恭敏、费礼文、洪宝垄的《一家人》（六场话剧）；短篇小说有艾芜的《群山中》等三部；长篇选载有邹荻帆的《大风歌》；报告文学有李准的《拉差车记》等三篇；评论有茅盾的《读了〈火种〉以后的点滴感想》等两篇；散文有巴金的《携手前进》、闻捷的《奥兰教授》等三篇；组诗有严辰的《海南诗钞》和李瑛的《山的主人》。

五月二十五日　第三期

中篇小说有王有为、贺朗合著的《跃马扬鞭》；短篇小说有周立波的《霜降前后》等三部；话剧有陈耘、章力挥、徐景贤合写的《年青的一代》（四幕话剧）；诗有傅仇的《森林奔马》等两首；报告文学有碧野的《静静的排湖》等三篇；散文有刘白羽的《春》等四篇；评论有易征的《时代精神和艺术创造》；《新书廊》（四篇）由陆行良、方胜、吴立昌、孙雪吟四人分别介绍梁斌的《播火记》、白危的《垦荒田》、巴金的《倾吐不尽的感情》、邹荻帆的《大风歌》等四部著作。

七月二十五日　第四期

散文有巴金的《越南人》、周而复的《珍珠的故乡》；长篇小说有丁秋生的《源泉》；报告文学有白夜的《江汉一老人》；长诗有王致远的《胡桃坡》；短篇小说有王忠瑜的《上岗》等三部；评论有李士文的《〈创业史〉怎样描写农村阶级斗争》。

本期开始,出版者是人民文学出版社上海分社,页数增加为二百五十六页,价格上调为九角五分。

九月二十五日　第五期

目录页印有"庆祝中华人民共和国成立十五周年"。长诗有王群生的《第三辈共产党员》;短篇小说有浩然的《老支书的传闻》等三部;长篇小说有钟涛的《大甸风云》;评论有陈鸣树、方胜、孙雪吟的《时代精神与文学典型——与周谷城、金为民、李云初论辩》、罗苏的《"南方——'祖国的铜墙'"——读〈南方来信〉》等两篇;散文有巴金的《新中国人》等两篇;报告文学有金宝山的《海船的主人》;诗有王绶青的《野狼沟》。

十一月二十五日　第六期

诗有李瑛的《枣林村集》等四位作者的诗作;长篇小说有乌兰巴干的《燎原烈火》(上卷),下卷连载于一九六五年第一期,与其作品《科尔沁战火》《草原烽火》合称为《草原三部曲》,小说以高度的热情歌颂了共产党领导蒙汉人民对日寇统治下的封建王爷所进行的艰苦卓绝的斗争;短篇小说有浩然的《接班人的故事》等八部;报告文学有项奇、廷雪、家征合著的《初开的花朵》等四篇;散文有姜彬的《水库、新城及其他》等两篇;评论有徐缉熙的《揭开〈早春二月〉主题的盖子》等两篇。

一九六五年

一月二十五日　第一期

长篇小说有乌兰巴干的《燎原烈火》(下卷);短篇小说有焦祖尧的《时间》等五部;报告文学有徐景贤、张英合写的《带电的人》等两篇;速写有吴庆福的《两代护林员》等三篇;诗有陈忠干的《野营诗草》和沙金的长诗《海港黎明》;散文有巴金的《大寨行》;评论有以群的《论萧涧秋的"进步性"》和吴圣昔的《这是反社会主义的文学主张》,其中《这是反社会主义的文学主张》对以邵荃麟为代表的文艺界描写"中间人物"的错误理论进行了批判,此后第二期、第三期相继发表丁川和胡采的评论，进一步揭示关于"中间人物"理论的错误实质。

本期开始，出版者改为收获社。

三月二十五日　　第二期

散文有杜宣的《念南方》、峻青的《不尽巨涛滚滚来》、金近的《新来的放映员》、夏雁的《欢度佳节》；剧本有上海人民艺术剧院集体创作的六幕话剧《南方来信》等两部；短篇小说有胡宝华的《实地办公》等三部；诗有王书怀的《战斗的乡村》等两位作者的诗作；长篇小说有杨明的《江海奔腾》，该小说连载至第三期；评论有丁川的《透视"矛盾往往集中在中间人物身上"一说的实质》等两篇。

五月二十五日　　第三期

本期目录前设"坚决支持多米尼加人民抗美卫国斗争专页"，有芦芒的《战斗吧，英勇的多米尼加！》等五首诗歌，配有张乐平、徐昌明、蔡振华等的插画。目录页后设"援越抗美诗画之页"，有袁水拍和袁鹰两位诗人的诗作以及洪炉、李少言的插画和其他四幅单独绘画。诗歌和绘画交相呼应。诗有朱德的《柯庆施同志千古》等三首纪念柯庆施的诗歌以及陈山的《棉花颂》和丁景唐的《小石子赞》；专论有本刊评论员撰写的《掀起学习毛泽东思想的热潮》；话剧有鲁速执笔、河北省话剧院集体讨论创作的《战洪图》（七场话剧）；报告文学有峻青的《春满一渡河》等五篇；"故事"有方泽泉的《青春的火花》等三篇；长篇小说有杨明的《江海奔腾》（第一部续完）；评论有胡采的《驳"写中间人物"论》等两篇。

本期开始增加"故事"这一文体。

七月二十五日　　第四期

杂文有拾风的《波伊尔的奇文和约翰逊的"状语"》；诗有王书怀的《早有准备》和《下龙湾的暴风烈火》（选自越南大使馆新闻处编印的《不屈的道路》）；散文有杜宣的《朝鲜日记》；短篇小说有马力的《传枪记》等六部；长篇小说有金敬迈的《欧阳海之歌》；报告文学有徐景贤的《南泥湾人的后代》

等两篇；评论有陈鸣树的《更多更好地表现培养革命接班人的主题》。

本期有以《收获》编辑部的名义发表《欢迎工农兵文艺评论》，文章认为作为文艺界主要斗争方法之一的文艺评论应该掌握在"党领导下的革命的工农兵群众及其干部的手里"，他们是"当代文艺最有权威的发言者"。他们的评论"爱憎分明，敌我分明，是非分明"，体现了工农兵评论的最宝贵的革命性和战斗性。文末呼吁"我们要有一支既会劳动，又会从事文艺创作的工农兵业余作者队伍，我们也要有一支既会劳动，又会从事文艺评论的工农兵文艺评论队伍"。

本期设新专栏"从工农兵群众中来"，刊发工农兵评论，本期刊发了上海各工厂四位工人代表的四篇评论。此专栏之后见于本年第五、六期和一九六六年第一、二期。

九月二十五日　第五期

报告文学有张长弓的《山谷里的春潮》等四篇；"故事"有徐道生、陈文彩合著的《两个稻穗头》等五篇，其中刘焕昶在《新故事好》中大赞这种特定时期产生的文学形式"新故事"，认为讲故事有助于"宣传党的方针政策，提高社员的阶级觉悟"，"讲故事形式方便，内容丰富"，"特别适合农村的特点，为农村所需要"。《收获》从一九六五年第三期开始刊发"讲故事"的文本，此后在本年第五、六期和一九六六年第一期，共发表十四篇"故事"。速写有邱化顺的《女民兵》等四篇；短篇小说有王金山的《金鹰》等五部；诗有乃萍的《惊雷》等六位作者的诗作；评论有魏照风的《伟大的阶级斗争战鼓》等两篇；"从工农兵群众中来"有评论两篇。

本期设"纪念伟大抗日战争胜利二十周年"专栏，刊发了杨成武的革命斗争回忆录《"名将之花"凋谢在太行山上》、河田的中篇小说《丹心谱》、唐椿的中篇小说《刀剑在手》、雪克的短篇小说《在困难的时刻》、闻捷的诗《伐木烧炭歌》。

十一月二十五日　第六期

评论有姚文元的《评新编历史剧〈海瑞罢官〉》等三篇，在《评新编历史剧〈海瑞罢官〉》中姚文元对吴晗及其作品进行猛烈批判，从阶级斗争的角度分析、评判此作品是"一株毒草"，对人民的事业有害；诗有芦芒的《生命礼赞——颂王杰日记》等两首赞颂王杰的诗篇、管用和的《丰收谣》以及曹建勋的组诗《油海寄情》；话剧有《医生的职责》创作组集体创作的《医生的职责》；报告文学有马力的《劲松苗苗》等三篇；短篇小说有安邦的《"活书店"》等六部；长篇小说有康式昭、奎曾的《大学春秋》；速写有王振声的《七分钟》等三篇；"故事"有董均伦、江源合写的《有源的流水向海洋》等三篇；"从工农兵群众中来"有评论四篇。

一九六六年

一月二十五日　第一期

目录页前页印有"毛主席语录"；头条有周扬的《高举毛泽东思想红旗　做又会劳动又会创作的文艺战士》、李准的《学好毛主席著作是文艺作者"三过硬"的第一要素》等六篇文章；报告文学有赵骜的《火红的青春——王杰颂》等七篇，该期成为《收获》发表报告文学篇章最多的一期；"故事"有王惠英的《鬻泥姑娘》等三篇；散文有杜埃的《树仔队长》等两篇；中篇小说有黎汝清的《女民兵的故事》、谭喜亮的《飞跃》；短篇小说有马力的《锹头上的文章》等四部；诗歌有秦卫邦等的《"猛虎艇"战士诗歌选（八首）》以及其他十一位作者的诗作；评论有复钟文和陆士杰合写的《一部值得注意的好长篇》；"从工农兵群众中来"有姜桂英的《对当前文艺创作上的两点意见》等两篇。

本期在"本刊启事"中提及"长篇小说《大学春秋》上部前半部，在本刊一九六五年第六期上刊出后，收到各方面读者意见。我们建议作者进一步修改，该长篇上部后半部，本期暂不续刊。"

三月二十五日　第二期

散文有巴金的《炸不断的桥》、魏巍的《蓝江边上的小镇》等三篇；报告文学有南人的《红旗添新彩》等两篇；长篇小说有浩然的《艳阳天》（第三卷）；短篇小说有菌子的《上山》等两部；速写有谭谈的《"水上飞"》；诗有严辰的《油香千里》等三位作者的诗作；评论有艾克恩的《如何表现培养革命接班人主题》;"从工农兵群众中来"有刘广义的《憋什么样的"气"》等两篇评论。

本期设专栏"向毛泽东同志的好学生——焦裕禄同志学习",该专栏话剧有河南省话剧团剧目组编剧的《光辉的榜样》(六幕话剧),短篇小说有峻青的《焦裕禄和王连川》,诗歌有芦芒的《兰考行》等两首,速写有张羽的《追沙》等三篇。

五月二十五日　第三期

本期是评论文章占比重最大的一期,有毛泽东《在延安文艺座谈会上的讲话》、《中华人民共和国主席刘少奇的声明》、红旗杂志社编辑部的文章《无产阶级文化大革命的指南针——重新发表〈在延安文艺座谈会上的讲话〉按语》、《人民日报》社论《毛泽东思想万岁——纪念中国共产党成立四十五周年》、《中共中央决定改组北京市委》、《人民日报》社论《毛泽东思想的新胜利》、《解放军报》社论《高举毛泽东思想伟大红旗积极参加社会主义文化大革命》等评论,评论文章还有姚文元的《评"三家村"——〈燕山夜话〉、〈三家村札记〉的反动实质》等五篇个人评论;诗歌有《工农兵歌颂毛主席》;中篇小说有胡万春的《铁拳》;"社会主义英雄谱"报告文学四篇;工农兵评论是有关于三个主题的评论,评论人数多达十八人;最后两篇是关于文学作品的评论。

第三期目录存有争议,有些史料未把第三期包括在内,一九七九年复刊后,第一期杂志表明期数为总第十五期,没有把一九六六年第三期包括在内,在《收获》创刊六十周年即二〇一七年,杂志第五期关于杂志总目录的汇编中也没有本期目录,仅在"金收获纪念文丛"——《收获年轮》一书中有提及,该书由复旦大学出版社二〇一二年十一月出版。

本年五月,"文革"开始,《收获》停刊。

本年八月,《收获》负责人叶以群去世。

一九七二年

本年,《收获》另一负责人魏金枝含冤去世。

一九七九年

一九七八年七月《收获》筹备复刊，一九七九年一月二十五日《收获》复刊，主编为巴金。复刊后的《收获》第一期期数表明为总第十五期，和"文革"前的第二个《收获》十四期首尾相连，都由上海作协主办，而自一九五七年起由中国作协主办的十八期《收获》，未纳入它的总期数内。复刊后的《收获》内文开始配有知名画家画的插图，贺友直为陈白尘的话剧剧本《大风歌》画了插图，吴祖光的五幕话剧《闯江湖》的插图作者则是丁聪。《收获》的版式设计别具匠心，每篇作品附加的饰图也力求精致新颖。在小说的开头和结尾，请篆刻家刻篇名印章，作为装饰，代替"头花"和"尾花"。期刊页数第一期为二百五十六页，从一九八六年第一期至一九八七年第二期页数为二百四十页，从一九八七年第三期至今页数基本是二百零八页。本期复刊号定价为九角五分，从第三期开始定价为一元。杂志发行为新华书店上海发行所，出版者为上海文艺出版社，使用统一书号。

一月二十五日　第一期

长篇小说有周而复的《上海的早晨》（第三部·华三川插图）；电影文学剧本有陈白尘的《大风歌》等两部；短篇小说有刘心武的《等待决定》；诗歌有郭小川的遗作《严厉的爱》；评论有茅盾的《白居易及其同时代的诗人》等两篇；散文随笔有罗荪的《三个〈收获〉》，记叙《收获》三个时期的历史渊源与牵绊。

本期有《复刊辞》一篇，控诉"四人帮"对《收获》发展中的阻挠与破坏以及对一九六六年五月《收获》的停刊负有直接责任，并指出："深入揭批林彪、'四人帮'，从政治上、思想上、文艺理论上，驳斥他们的谬论，清除他们散布的各种流毒，是我们文艺战线长期的斗争任务。"文章最后提出复刊后的《收获》"将继续肩负创刊之始的使命和责任，以较多的篇幅，发表长篇、中篇小说和电影文学剧本、话剧剧本等，同时也以相当的篇幅发表短篇小说、散文、报告、回忆录、诗或其他形式的文学作品，为广大读者们服务，为实现祖国四个现代化的宏伟目标服务"。

本期设新专栏"创作回忆录"，专栏有老舍的遗作《我怎样写〈骆驼祥子〉》、巴金的《关于〈春天里的秋天〉及其他》、沙汀的《生活是创作的源泉》等三篇。专栏此后见于本年第二期、一九八〇年第一期、一九八二年第二期、一九八三年第六期。

三月二十五日　第二期

长篇小说有周而复的《上海的早晨》（第三部·续完·华三川插图）；中篇小说有从维熙的《大墙下的红玉兰》和冯骥才的《铺花的歧路》。《大墙下的红玉兰》是从维熙结束劳改生活后的第一部中篇小说，成为其"大墙文学"风格系列作品之一，此小说描述监狱里政治犯的生活以及他们对人性的追求，因题材的尖锐引起较大反响，也较早地引起人们对"文革"历史的重新审视，从维熙在一九九九年《收获》第二期发表《四季收获·春天的话》对这段时期进行了回顾。另一部中篇小说《铺花的歧路》原名《创伤》，以一个红卫兵忏悔的角度来反映"文革"时期发生的事件对个人心灵造成的重创。与当时对红卫兵的控诉不同，作者是带着同情来写的，这部小说同样引起争论。短篇小说有张抗抗的《爱的权利》；话剧有白桦的《今夜星光灿烂》；诗歌有李季的《石油万里从军行》；"创作回忆录"有曹禺的《简谈〈雷雨〉》、老舍的《我怎样写〈火葬〉》。

本期《大墙下的红玉兰》获第一届（一九七九至一九八〇年）全国优秀中篇小说二等奖和一九八九年公安部金盾文学奖优秀编辑奖。

五月二十五日　第三期

长篇小说有杨沫的《东方欲晓》（第一部）；话剧有吴祖光的《闯江湖》；电影文学剧本有贺兴桐、于力合写的《洪湖恋》；短篇小说有茹志鹃的《草原上的小路》；中篇小说有谌容的《永远是春天》，该作品较早对历史问题进行反思，突破了一些题材禁区；诗歌有邹荻帆的《我见过你》。

本期设新专栏"回忆录"，有吴泰昌的《阿英的最后十年》。此后专栏见于一九八一年第二期、一九八二年第四期、一九八五年第四期、一九八七年第四期、一九八八年第二期、一九九二年第一期。

本期，杂志价格上调为一元。

七月二十五日　第四期

长篇小说有李克异的《历史的回声》(从第四期连载至第六期以及一九八〇年的第一期和第五期)、姚雪垠《慧梅出嫁》(选自《李自成》第三部);话剧有师陀的《西门豹》等两部;短篇小说有崔武年的《殊途同归》、贾平凹的《竹子和含羞草》;散文·随笔有夏衍的《悼念田汉同志》、黄裳的《过去的足迹》、刘真的《怀念赵树理同志》等四篇;电影文学剧本有柳城的《我在海上》。

本期设新专栏"文学回忆录",有梁斌的《两走白洋淀》等两篇。此专栏只有一期。

本期,杂志国内发行为上海市报刊发行处,增加国外发行为中国国际书店,以及全国各地邮局为零售、代销之处。

九月二十五日　第五期

长篇小说有叶辛的《我们这一代年轻人》(连载至第六期)、李克异的《历史的回声》(续)、聂华苓的《台北一阁楼》(选自其长篇小说《桑青与桃红》第二部分)、於梨华的《傅家的儿女们》(选载);中篇小说有刘俊民的《相逢在黑暗的尽头》;短篇小说有白先勇的《游园惊梦》(选自其短篇小说集《台北人》);电影文学剧本有曹宏慈、文达合写的《风归来》等两篇;散文·随笔有柯灵的《叶圣陶同志的一封信》、赵大年的《忆老舍同志二三事》等四篇。

从本期发表的《台北一阁楼》《傅家的儿女们》《游园惊梦》开始,《收获》开始零星涉及港台及海外华文文学作品。

十一月二十五日　第六期

长篇小说有叶辛的《我们这一代年轻人》、李克异的《历史的回声》(续);中篇小说有冯骥才的《啊!》,该小说因被认为文中一个正面人物也没有引起很大争议;短篇小说有旅美作家李黎的两部作品《西江月》和《谭教授的一天》;电影文学剧本有谢洪、张华勋合著的《这不是传说》等两篇;散文·随笔有叶君健的《"老游击队员"及其他》、巴金的《靳以逝世二十年》、罗荪的《怀念靳以》、王西彦的《回忆荃麟同志》。

本期中篇小说《啊！》获第一届（一九七九至一九八〇年）全国优秀中篇小说二等奖。

一九八〇年

一月二十五日　第一期

中篇小说有鲁彦周的《呼唤》、谌容的《人到中年》、张一弓的《犯人李铜钟的故事》、王若望的《饥饿三部曲》。其中《人到中年》是新时期最早赞美"臭老九"的小说之一，后被改编成同名电影。这部作品引发了对于知识分子人格、价值的重新认识与界定，面对当时保守势力与"左"的阵营对作者的批判，巴金亲自撰文表达了对作者的赞同与肯定。《犯人李铜钟的故事》批判极左路线和政策，因小说中人物形象的奇特和对新中国成立后历史的反思引起争议与关注。短篇小说有金河的《抹掉名字的人》；"创作回忆录"有陈学昭的《我是怎样写〈工作着是美丽的〉》；散文·随笔有丁玲的《向警予同志留给我的影响》等三篇；长篇小说有徐兴业的《冷遇》（选载）、李克异的《历史的回声》（续）。

本期两部中篇小说《人到中年》《犯人李铜钟的故事》获得了第一届（一九七九至一九八〇年）全国优秀中篇小说一等奖。

三月二十五日　第二期

长篇小说有老舍的《鼓书艺人》，该小说后被改编成同名电影；中篇小说有沈修的《夜客》等两部；短篇小说有汪浙成和温小钰合著的《积蓄》、叶文玲的《毋忘草》等三部；报告文学有柯岩的《东方的明珠》；电影文学剧本有颜开的《诗人郁达夫》；散文·随笔有张洁的《盯梢》等七篇。

本期"本刊启事"主要内容：一、杨沫长篇小说《东方欲晓》第一部（上部）刊登于一九七九年第三期，原打算去年继续刊完下部，后因修改，未及时刊出，现第一部将由浙江人民出版社出版，经作者同意，第一部下部本刊不再刊完；二、李克异《历史的回声》刊登于一九七九年第四期，因作者不幸病故，遗稿由其爱人修稿，在本刊陆续刊出。

五月二十五日　第三期

长篇小说有王莹的《两种美国人》，小说连载至第四期；中篇小说有张抗抗的《淡淡的晨雾》；短篇小说有邓友梅的《双猫图》、张一弓的《牺牲》等四部；话剧有苏叔阳的《左邻右舍》（三幕话剧）；诗歌有叶文福的《青春的歌》、周立波的遗作《诗二首》；散文有田庄的《记王莹》。

本期之后，从创刊开始就有的诗歌类作品在《收获》退出。

本期《淡淡的晨雾》获第一届（一九七九至一九八〇年）全国优秀中篇小说二等奖。

七月二十五日　第四期

长篇小说有王莹的《两种美国人》（续完）；中篇小说有白桦的《妈妈呀！妈妈！》、陈残云的《深圳河畔》；短篇小说有王安忆的《广阔天地的一角》等两部，《广阔天地的一角》是王安忆在《收获》发表的第一部小说；散文·随笔有艾芜的《地貌的青春》、巴金的《二十年的心愿》、王维玲的《回忆柳青同志》；评论有桑逢康的《斗争生活的生动写照》。

本期之后，评论、论文从《收获》刊发文章栏目退出。

本期"本刊启事"主要内容：一、来稿切勿寄给私人。二、稿件未经采用退还作者，一般不提意见。三、短稿（文稿约五千字，诗稿约二百行以下）复写、油印、铅印稿一般不退。四、勿一稿两投，超过三个月未接到采用通知，作者自行处理。五、本刊不办理代订事宜，读者向报刊门市部或邮局购买。

九月二十五日　第五期

长篇小说有叶辛的《蹉跎岁月》、李克异的《历史的回声》（续完）等两部，《蹉跎岁月》连载至第六期，后被改编成同名电视剧；中篇小说有曹玉模的《桂花庵来信》；电影文学剧本有蒋晓松、李志良合著的《流水经过这里》；短篇小说有宗璞的《米家山水》、张辛欣的《我在哪儿错过了你？》（《我在哪儿错过了你？》与张辛欣发表于《收获》一九八一年第六期的《在同一地平线上》、发表于《文汇月刊》一九八三年第九期的《疯狂的君子兰》等作品在八十年代初期引起较大争议，在全国掀起讨论其作品的热潮）；散文·随笔有夏衍的《〈文坛繁星谱〉序》、刘白羽的《樱海情思》等三篇。

十一月二十五日　第六期

长篇小说有叶辛的《蹉跎岁月》（续完）；中篇小说有汪浙成、温小钰合著的《土壤》；散文·随笔有徐迟的《法国，一次春天的旅行》等两篇；短篇小说有王安忆的《新来的教练》等三部。

本期中篇小说《土壤》获第一届（一九七九至一九八〇年）全国优秀中篇小说二等奖。

本年春天，《收获》举办莫干山笔会。

本年十一月二十日至二十九日，全国大型文学期刊座谈会在江苏省镇江市举行，包括《收获》在内的二十六家大型文学期刊的负责人和编辑共六十一人出席。会议就一年来的文艺形势、创作倾向、文艺理论，以及如何进一步提高大型文学期刊质量等问题进行探讨。

本年十二月，《收获》编辑部编辑的"收获丛书1"《淡淡的晨雾》由中国青年出版社出版。到一九八八年，"收获丛书"已出版《文学回忆录》（巴金、老舍等著）、《赞歌》（谌容著）等作品近三十种。

本年评选的首届全国优秀中篇小说奖中，有六篇获奖作品刊发自《收获》，占总获奖篇目的三分之一以上。

一九八一年

一月二十五日　第一期

中篇小说有水运宪的《祸起萧墙》、谌容的《赞歌》、高行健的《有只鸽子叫红唇儿》等四部。《祸起萧墙》是水运宪的成名作品，因在作品中揭露了封建特权、官僚主义等时弊，小说受到读者的普遍好评，并于一九八二年被改编成同名电影。短篇小说有艾明之的《考场》；电影文学剧本有苏叔阳的《密林中的小木屋》、白桦的《芳草青青》；散文有冯骥才的《书桌》。

本期中篇小说《祸起萧墙》获第二届（一九八一至一九八二年）全国优秀中篇小说优秀奖。

本期刊发关于一九八〇年大型期刊会议的文章《全国大型文学期刊座谈会简况》。

三月二十五日　第二期

电影文学剧本有丁隆炎的《布衣老帅》；中篇小说有张一弓的《赵镢头的遗嘱》、王安忆的《尾声》等三部；"回忆录"有沙汀的《敌后七十五天》；短篇小说有李国文的《秋后热》、高晓声的《极其简单的故事》、艾芜的《玛露》；散文有郭风的《港仔后日记》。

五月二十五日　第三期

中篇小说有张抗抗的《北极光》、王蒙的《杂色》、从维熙的《遗落在海滩上的脚印》等四部；电影文学剧本有严歌苓、李克威合著的《七个战士和一个零》；散文有陈学昭的《痛悼我的长者茅盾同志》等四篇悼念茅盾同志的回忆文章和荒煤的《一颗企望黎明的心》；话剧有梅阡的《咸亨酒店》（四幕话剧）。

本期"本刊启事"表明"本刊自今年第一期起，印数自二十万册增印至一百十万册"。这是《收获》继一九五八年第四至第六期之后，再一次提及杂志的发行量。此后八十年代中期，《收获》发行量稳步增长，后来随着纯文学刊物的衰落，至二〇一七年《收获》发行量基本维持在十万左右。

本期有《收获》特约记者的《本刊在京召开部分作家座谈会》，文稿中就有关《收获》的主要发言内容进行了报道：刊物发行量两三年内从十万册一跃为一百一十万册反映了读者对《收获》的喜爱；一九七九至一九八〇年发表的大量文学作品是近两年公认的社会主义文苑里的佳作；选稿重作品质量不重作者名气，其中"已发表的作品中中青年作者占百分之七十五"，足见刊物为中青年作家写作提供了广阔的平台；最后与会的同志希望刊物"稳定现在的风格，只发作品，不发评论，作品以大型的为主"，"在保证中长篇质量的同时，要适当丰富其它文学品种，注意这些短小作品质量的提高"。

七月二十五日　第四期

长篇小说有王莹的《宝姑》，该小说连载至第五期；中篇小说有陆星儿、陈可雄合著的《我的心也像大海》等两部；散文有李健吾的《忆西谛》；短篇小说有母国政的《他们相聚在初冬》、杨绛的《鬼》等三部。

九月二十五日　第五期

长篇小说有王莹的《宝姑》（续完）；中篇小说有冯骥才的《爱之上》等三部；散文有赵先的《记雪帆》；电影文学剧本有秦培春的《逆光》；短篇小说有汪曾祺的《七里茶坊》、赵振开的《稿纸上的月亮》。《稿纸上的月亮》是诗人北岛第一次用本名在《收获》上发表的一部短篇小说。

本期有"鲁迅诞生一百周年纪念专栏"，专栏中有巴金的《怀念鲁迅先生》、黄源的《鲁迅先生与〈译文〉》等三篇有关鲁迅的回忆文章。

十一月二十五日　第六期

话剧有耿可贵的《孙中山与宋庆龄》（七场话剧）；中篇小说有叶文玲的《小溪九道湾》、邓友梅的《别了，濑户内海！》、张辛欣的《在同一地平线上》等四部；散文有冰心的《我到了北京》、叶圣陶的《内蒙日记》等三篇。

本期有丁聪的《〈宝姑〉插图》。

本年四月十三日，由《收获》负责人吴强主持，三十多位老中青作家、评论家参与的座谈会在北京召开，会议讨论进一步提高刊物作品思想和艺术质量等问题。

一九八二年

一月二十五日　第一期

长篇小说有德兰的《求》，该小说一九八二年六月由北京出版社出版单行本；中篇小说有从维熙的《远去的白帆》、谌容的《真真假假》等三部。《远去的白帆》用书信体小说的结构形式，以第一人称自叙的方式描述了关于一个劳改犯的富有传奇色彩的故事。这部小说曾遭北京大型文学期刊退稿，后被《收获》在此期以显著位置刊出，评论家冯牧给予小说较高的评价。散文有邹荻帆的《站立在云霄里的人》。

本期《远去的白帆》获第二届（一九八一至一九八二年）全国优秀中篇小

说优秀奖。

三月二十五日　第二期

中篇小说有张洁的《方舟》、冯苓植的《驼峰上的爱》、陆星儿的《呵，青鸟》等四部，其中《驼峰上的爱》后来被改编成同名电影；短篇小说有孙芸夫的《芸斋小说》，是孙犁用另一个笔名发表的小说，小说包括《鸡缸》等五个故事；电影文学剧本有王芝瑜的《人·猴》；散文有柯灵的《人民的心》、邵燕祥的《麻雀篇》等三篇；"创作回忆录"有师陀的《谈〈结婚〉的写作经过》等两篇。

五月二十五日　第三期

中篇小说有路遥的《人生》、张笑天和张天民合著的《生物圈》、何士光的《草青青》、刘心武的《银锭观山》。其中《人生》是作家路遥的成名作，小说以改革时期陕北高原的城乡生活为背景，描述了高中毕业生高加林曲折起伏的人生变化过程。这部作品一经发表，读者反响热烈，并引起了强烈的学术争议，后由导演吴天明拍摄为同名电影。短篇小说有王安忆的《绕公社一周》；电影文学剧本有萧马、彭宁合著的《初夏的风》；散文有茹志鹃的《阿卫》等两篇。

本期《人生》获第二届（一九八一至一九八二年）全国优秀中篇小说奖。

七月二十五日　第四期

中篇小说有张一弓的《流泪的红蜡烛》、茹志鹃的《她从那条路上来》、张辛欣的《我们这个年纪的梦》等四部，《流泪的红蜡烛》后来被改编成同名电影；短篇小说有戴晴的《雪球》；"回忆录"有廖静文的《往事依依——忆徐悲鸿》等两篇；散文有叶君健的《重返剑桥》等四篇。

九月二十五日　第五期

中篇小说有陆天明的《白杨深处》、王安忆的《冷土》、张曼菱的《云》等四部；短篇小说有叶君健的《希望者》等两部；话剧有李龙云的《这里不远是圆明园》（五幕话剧）；散文有王蒙的《墨西哥一瞥》等四篇。

十一月二十五日　第六期

中篇小说有古华的《姐姐寨》、万方的《天上，又多了一颗星星》等四部；电影文学剧本有李平分、卢伟、于本正合著的《秋天的旅程》；散文有邹荻帆的《乐山随笔》、袁鹰的《散文求索小记——写在自选集前面》等三篇。

本期设新专栏"作家书简"，作品有叶圣陶的《渝沪通信》，此后专栏见于一九八三年第一期、一九九二年第一至第五期、二〇一六年第五期。

本年秋天，《收获》与四川文艺出版社联合举办峨眉山笔会，参加的作家有马原、肖元敏、扎西达娃、程永新、北岛等。

一九八三年

一月二十五日　第一期

中篇小说有陆文夫的《美食家》等三部。《美食家》讲述了革命干部高小庭和资本家朱自治四十余年的浮沉纠葛，从一个特殊的角度解剖了近半个世纪的中国社会生活，反映了时代的变迁和人们价值观念的变化。一九八五年《美食家》由上海电影制片厂改编拍摄成同名电影，作品获得广泛好评。作家李准在《文艺报》试刊号上发表的《文学的黄金时代到来了吗》一文中称"《美食家》是可以传下去的"①。学者范伯群在一九八六年第一期《文学评论》发表的《三论陆文夫》中认为"《美食家》显然是继《小贩世家》'突破'之后的又一新的台阶。如果说它是脍炙人口、风靡一时是决不过分的"。电影文学剧本有杨村彬的《垂帘听政》；"作家书简"有叶圣陶的《嘉沪通信》；短篇小说有高晓声的《泥脚》等两部；散文有周扬的《序〈于伶戏剧集〉》等五篇。

本期中篇小说《美食家》获第三届（一九八三至一九八四年）全国优秀中篇小说奖。

三月二十五日　第二期

长篇小说有从维熙的《北国草》，小说连载至第四期；中篇小说有黄蓓佳

---

① 李准：《文学的黄金时代到来了吗》，《文艺报》试刊号 1985 年 4 月 20 日。

的《请与我同行》等三部；散文有冯亦代的《父亲》、冯骥才的《散文三篇》，《散文三篇》包括《快手刘》《捅马蜂窝》《感觉》三个故事。

五月二十五日　第三期

长篇小说有从维熙的《北国草》（续）；中篇小说有张抗抗的《塔》、王火的《白下旧梦》等四部；散文有陈白尘的《云梦断忆》等三篇。

七月二十五日　第四期

长篇小说有从维熙的《北国草》（续完）；中篇小说有黄蓓佳的《秋色宜人》、陆星儿的《达紫香悄悄地开了》等三部；短篇小说有戴晴的《老槐树的歌》；话剧有北婴的《寒灯夜话》（二幕话剧）；散文有唐弢的《莎士比亚的故乡》。

九月二十五日　第五期

中篇小说有沙汀的《木鱼山》（该小说是沙汀的中篇代表作）、高晓声的《蜂花》、徐小斌的《河两岸是生命之树》、贾平凹的《小月前本》等五部；短篇小说有叶永烈的《青黄之间》；散文有吴泰昌的《有星和无星的夜》。

十一月二十五日　第六期

长篇小说有德兰的《求》（第二部）；中篇小说有徐孝鱼的《山风》等两部；电影文学剧本有汪海涛、崔京生合著的《野草籽》；散文有黄源的《〈前方〉序》等两篇；"创作回忆录"有师陀的《改写〈大马戏团〉及其前前后后》。

一九八四年

一月二十五日　第一期

中篇小说有邓友梅的《烟壶》、冯苓植的《沉默的荒原》等五部，《烟壶》后来被改编成同名电影；短篇小说有谢树平的《故乡事》；散文有柯灵的《扰扰攘攘的五十年》等四篇。

本期《烟壶》获第一届（一九八四至一九八五年）福建《中篇小说选刊》奖、第三届（一九八三至一九八四年）全国优秀中篇小说奖。

三月二十五日　第二期

中篇小说有王蒙的《逍遥游》、谌容的《错，错，错!》、曹征路的《只要你还在走》等六部；短篇小说有崔京生的《红的雪》、冯骥才的《雪夜来客》；散文有舒乙的《小星星》等两篇。

本期《雪夜来客》获第一届（一九八四年）天津《小说月报》奖。

五月二十五日　第三期

中篇小说有达理的《"亚细亚"的故事》、李宽定的《山月儿》；短篇小说有张石山的《一百单八磴》等三部；话剧有马中骏和贾鸿源合著的《街上流行红裙子》（二幕话剧）；电影文学剧本有曹禺、万方合著的《日出》；散文有荒煤的《梦之歌》；长篇小说有王安忆的《69届初中生》（待续）。

七月二十五日　第四期

中篇小说有徐怀中的《一位没有战功的老军人》、航鹰的《红丝带》、乔雪竹的《天边外》等四部；长篇小说有王安忆的《69届初中生》（续完）；短篇小说有陆俊超的《无事故地段》、林斤澜的《丫头她妈》等四部；散文有冰心的《我入了贝满中斋》等两篇。

九月二十五日　第五期

中篇小说有《纵深地带》、陆天明的《那边驶来一条船》等四部；电影文学剧本有秦培春、马中骏合著的《海滩》；短篇小说有徐小斌的《那蓝色的水泡子》等四部。

十一月二十五日　第六期

中篇小说有徐孝鱼的《凡人》、陆星儿的《一条石硌路》、张石山的《长长的坡》等四部；散文有徐中玉的《何人不起故园情》等三篇；短篇小说有陶宁的《夕阳依依》、张洁的《山楂树下》等五部。

一九八五年

一月二十五日　第一期

长篇小说有陈珂的《大巴山下》；中篇小说有矫健和张象吉合著的《听山》、袁敏的《深深的大草甸》等两部；散文有沙汀的《批斗场上小景》、郭风的《海上》等三篇。

本期设新专栏"口述实录文学"，作品有张辛欣和桑晔合著的《北京人》，此篇文章采用新的文学体例来描写一百位普通中国人的生活和想法，即通过被采访者的谈话，借助录音和文字记录还原成口述实录文学。在完成的八十多篇文章中，选取了一部分发表在《收获》《钟山》《文学家》《上海文学》《作家》等五家杂志一九八五年第一期。此专栏只有一期。

本期期刊定价上调为一元二角。

三月二十五日　第二期

中篇小说有张辛欣的《封·片·连》、王火的《潜网上的漩涡》等三部；散文有孙犁的《病期经历》等两篇；短篇小说有公刘的《井》等三部；电影文学剧本有彭小连的《在夏天里归来》。

五月二十五日　第三期

中篇小说有谌容的《散淡的人》、张炜的《你好！本林同志》、扎西达娃的《巴桑和她的弟妹们》、周梅森的《喧嚣的旷野》等五部；短篇小说有徐晓鹤的《院长和他的疯子们》等两部；散文有黄裳的《好水好山》等两篇。

本期《散淡的人》获第一届（一九八四至一九八五年）福建《中篇小说选刊》奖、第四届（一九八五至一九八六年）全国优秀中篇小说奖等两项大奖。

本期设新专栏"文苑纵横"，本期作品有柯灵的《遥寄张爱玲》和张爱玲的《倾城之恋》。《遥寄张爱玲》引起很大反响，被很多人视为大陆研究"张学"之滥觞，与海峡对岸遥相呼应，掀开"张爱玲热"的帷幕。柯灵在文章中有关与张爱玲交往的描述，使读者广泛认为他是《小团圆》的"荀桦"的原型。此专栏从本年第三至第五期，共三期，介绍海外、台港地区作品，每期基本是选取一位作家作品以及有关该作家的评论性文章。

七月二十五日　第四期

中篇小说有陈敦德的《九万牛山》等四部；"文苑纵横"有古剑的《破茧的蛹——施叔青印象》和施叔青的《窑变》；电影文学剧本有傅晓明、江海洋合著的《最后的太阳》；短篇小说有巴人的《南洋篇》、陈村的《给儿子》等四部；"回忆录"有冰心的《我的大学生涯》；散文有舒乙的《父亲的最后两天》。

本期"本刊启事"中声明其他报刊出版单位未经同意不能任意转载、改编和选收《收获》所发作品；"因纸张和印刷工价调整，本刊自本期起调整价格为一元六角"。

九月二十五日　第五期

中篇小说有张贤亮的《男人的一半是女人》、莫言的《球状闪电》、马原的《西海的无帆船》，其中《男人的一半是女人》作为本期头条作品，引起很大争议；长篇小说有王蒙的《活动变人形》（节选）；"文苑纵横"有曹禺的《天然生出的花枝》和陈若曦的两部短篇小说《尹县长》《素月的除夕》；短篇小说有公刘的《昨天的土地》。

本期《男人的一半是女人》获第二届（一九八五至一九八六年）天津《小说月报》奖、第二届（一九八六至一九八七年）福建《中篇小说选刊》奖等两项大奖。

本期《收获》开始新形式的探索。从一九七九到一九八四年，《收获》发表的作品总体基本是以现实主义为主，本期作品马原的《西海无帆船》、莫言的《球状闪电》和王蒙的《活动变人形》给期刊注入另类活力。

本期封三注明主编是巴金，副主编是萧岱、李小林。《收获》从创刊一直到一九六〇年封三都有主编和编委具体名单，从一九六四年第二次复刊开始到一九七九年再次复刊都再无注明主编和编委，只有编辑者或编辑为收获编辑委员会，一九八一年稍作变化，改为编辑是收获文学杂志社，从本期封三开始有主编和副主编，此后形式维持至今，只是人员的变化。

十一月二十五日　第六期

　　中篇小说有张承志的《黄泥小屋》、程乃珊的《风流人物》等五部；散文有袁鹰的《湖州八记》等两篇；短篇小说有於梨华的《江巧玲》、夏云的《配角》等四部；电影文学剧本有张弦的《湘女萧萧》。

　　本年九月，萧岱、李小林任副主编。

一九八六年

一月二十五日　第一期

　　纪实小说有张辛欣的《在路上》；中篇小说有郑万隆的《洋瓶子底儿》《我的光》《地穴》、王安忆的《好姆妈、谢伯伯、小妹阿姨和妮妮》；电影文学剧本有肖矛的《女人的故事》；短篇小说有蔡测海的《末世地震》；散文有郭风的《北戴河七题》等两篇。

　　本期设新专栏"朝花夕拾"。在"朝花夕拾"专栏开篇《我们的自白》中，撰稿人声明："文苑纵横"过去一年陆续介绍一批海外、台港地区的作家和作品，"朝花夕拾"从一九八六年开始"正式辟出发表并评价台港、海外作家和作品的专栏"，该栏目由海外诗人、作家、《美洲华侨日报》文艺副刊主编王渝主持，张辛欣和桑晔担任编辑和撰稿人。第一期由张辛欣编发的作品都是曾经获"联合报极短篇小说奖"的作品，共十一篇。此专栏从一九八六年第一期开始至一九九〇年第六期结束，除一九八六年第六期、一九八七年第一期、第五期，基本每期都有，历时五年，是《收获》开设时间比较长的专栏。

　　本期设新专栏"私人照相簿"，由刘心武主持，撰文介绍年代久远的私家照片，通过普通人发黄的历史旧照，窥古议今，抒己感慨。本期作品是《影子大叔》。此专栏历时两年，从一九八六年第一至一九八七年第六期，除一九八六年第四期和一九八七年第五期外，其他每期都有。

　　本期"重要启事"声明"本刊自今年起增设邮购部，竭诚为因故脱订或在当地无法购买本刊的读者服务"。读者可以将款项直接汇到《收获》杂志社邮购部。一九八六年之前的期刊不办理代订事宜，读者需要向报刊门市部或邮局购买杂志。

三月二十五日　第二期

中篇小说有林斤澜的《憨憨》、王小鹰的《一路风尘》等四部；"朝花夕拾"有张辛欣的《一个奖的来历和一个人的生平》，选发获"时报文学奖"甄选小说首奖的《进香》及小说优等奖的《吾土》和台湾大学教授颜元叔评论《进香》的文章《在黑暗中端着一盏灯》；"私人照相簿"有《留洋姑妈》；话剧有马中骏、秦培春合著的《红房间　白房间　黑房间》；短篇小说有汪曾祺的《桥边小说三篇》、刘索拉的《多余的故事》；散文有于伶的《中国新文学大系1927—1937话剧集序》等两篇。

本期《一路风尘》获第四届（一九八五至一九八六年）全国优秀中篇小说奖。

本期开始有"下期内容预告"，向读者介绍下期佳作。

五月二十五日　第三期

中篇小说有冯骥才的《三寸金莲》、陈村的《他们》等五部，其中《三寸金莲》把传统手法和现代小说技巧相结合，描述晚清社会发展变化，"写风土人情透视民族心理，状历史烟云观照现实生活"（引自第二期内容预告）；短篇小说有子文的《旺堆的太阳》、张宇的《瓷砖》等四部；"私人照相簿"有《伶人传奇》；本期"朝花夕拾"专栏没有作品，只有关于获奖小说的评选过程与系统的纪实，即《联合报中、长篇小说奖总评会议纪实》；散文有逯斐的《让我送送您》等两篇。

本期《三寸金莲》获一九八七年河南《传奇文学》奖、第二届（一九八六至一九八七年）福建《中篇小说选刊》奖、第四届（一九八五至一九八六年）全国优秀中篇小说奖等多项大奖。

七月二十五日　第四期

长篇小说有张抗抗的《隐形伴侣》（上），该小说连载至第五期；中篇小说有晓宫的《被切开的苹果与视觉》等两部；短篇小说有陈染的《世纪病》、张石山的《抢救无效》；散文有黄裳的《诸暨》等两篇；"朝花夕拾"有李昂的

《杀夫》和栏目主持人王渝的《大珠小珠落玉盘——台港海外作家评论家眼中的〈杀夫〉》。

九月二十五日　第五期

长篇小说有张抗抗的《隐形伴侣》（下）；中篇小说有铁凝的《麦秸垛》、马原的《虚构》等四部，小说《虚构》产生了巨大影响，被视为先锋文学的经典之作，影响至今；短篇小说有王蒙的《风马牛小说二题》、苏童的《青石与河流》；"私人照相簿"有《名门之后》；"朝花夕拾"有台湾作家林双不的小说《江河滔滔》；散文有苏叶的《总是难忘》。

本期《麦秸垛》获第四届（一九八五至一九八六年）全国优秀中篇小说奖、第二届（一九八六至一九八七年）福建《中篇小说选刊》奖等两项大奖。

本期"本刊启事"声明："根据邮电部邮政总局1986年邮通字第3号通告精神，本刊无力负担非印刷品邮件的邮资。来稿请按通告精神，贴足邮票。自十月一日起，三万字以下的来稿请自留底稿，一律不退。油印、复写稿一概不退。三个月内未收到本刊留用通知者，可另行处理。"

从本期发表马原的《虚构》和苏童的《青石与河流》之后，一九八七至一九八九年期刊的第五期、第六期都以较大篇幅大力推举新潮小说，马原、洪峰、余华、苏童、格非、孙甘露、叶兆言等作家相继登场。

十一月二十五日　第六期

中篇小说有崔京生的《新耍儿》、水运宪的《裂变》、宋学武的《洞里洞外》等六部；短篇小说有吴泰昌的《月光会照亮路的》；散文有杨绛的《丙午丁未纪事》、韩少华的《东单三条33号》等三篇；"私人照相簿"有《江山不老》。

本期设新专栏"游记"，作品有徐迟的《美国，一次秋天的旅行》，此专栏只有一期。

本年，期刊获北京大学首届文学艺术节新潮文学探索奖。

本年《收获》编辑部经内部协商把出版发行权收归己有。一九八六年之前期刊编辑和出版机构历经变化：一九五七年创刊时出版者是人民文学出版社，编辑者是收获社；一九五八年出版者和编辑者都是收获社；一九六四年复刊后第一至第三期出版者和编辑者分别是收获编辑委员会和收获社；第四至第六期出版者为人民文学出版社上海分社；一九六五年第一至第六期出版者和编辑者都是收获社；从一九七九年开始编辑是收获编辑委员会，出版者是上海文艺出版社，一直到一九八五年第六期，本来编辑部只负责编辑稿件，出版发行委托给上海文艺出版社；从本年第一期开始，出版者和编辑者都是收获文学杂志社，《收获》率先作出面向市场的抉择，自负盈亏，没有拨款。巴金一直不愿意让文学沾染商业的因素，所以《收获》也不刊广告。两年后，纸张价格猛涨，还没摸着市场脾气的《收获》亏损严重，连发工资都成问题，于是分别向上海市作协和上海市文化基金会借钱，一共借了二十多万元，才勉强渡过难关。

一九八七年

一月二十五日　第一期

长篇小说有贾平凹的《浮躁》，该小说获一九八八年美孚飞马文学奖；中篇小说有俞天白的《活寡》等两部；短篇小说有马原的《错误》；话剧剧本有白桦的《槐花曲》；"私人照相簿"有《后事如何》。

三月二十五日　第二期

中篇小说有冯苓植的《落凤枝》、蒋子丹的《圈》等三部；长篇小说有阮海彪的《死是容易的》；短篇小说有冯骥才的《灰空间》等四部；"朝花夕拾"有张辛欣的《〈棋王〉对〈棋王〉》和台湾作家张系国的小说《棋王》，从本期开始，该栏目形式基本上前面是编者按语，后面是台港、海外作家作品；"私人照相簿"有《珍惜生命》；散文有王朝闻的《夜泊泸州》等四篇。

本期"重要启事"再次表明："本刊无力负担非印刷品邮件的邮资，故自1986年10月份起，来稿一律不退。如需退稿，请付足邮资。"

五月二十五日　第三期

中篇小说有莫言的《红蝗》、叶兆言的《五月的黄昏》等四部；短篇小说有何立伟的《牛皮》、皮皮的《全世界都八岁》；"朝花夕拾"有编者张辛欣的

《不陌生的陌生化效果》和香港作家西西的小说《肥土镇灰阑记》;"私人照相簿"有《不得其详》;散文有王蒙的《天涯海角·飞沫》和张辛欣的《醒到天明不睁眼》。

本期设新专栏"实验文体",作品有李晓桦的《蓝色高地》和张承志的《等蓝色沉入黑暗》。此专栏共三期,即一九八七年第三、五期,一九八八年第一期,发表了李晓桦的《蓝色高地》,张承志的《等蓝色沉入黑暗》,孙甘露的《信使之函》,言兹、哈呆的《访问城市》等作品,其文体和风格都略显驳杂,但从一个侧面反映出编者极力推动文学形式探索的热情。

本期"重要启事"继一九八六年第五期,一九八七年第二期后,第三次声明:"本刊无力负担非印刷品邮件的邮资。"连续启事说明《收获》期刊资金不足、运营艰难的处境。

本期期刊页数为二百零八页,《收获》从创刊到一九八七年期刊页数历经变化:一九五七年创刊年页数为三百一十八页,一九五八年至一九六〇年为三百二十页,一九六四年复刊第一至第三期是一百五十六页,从第四期开始是二百五十六页,一直到一九七九年再次复刊至一九八五年页数大致如此,一九八六年开始是二百四十页,从本期开始是二百零八页,除特殊情况外页数基本无变化(一九九三年第四期为一百九十二页)。

七月二十五日　第四期

中篇小说有张承志的《黑山羊谣》、彭小连的《在我的背上》、万方的《在劫难逃》等六部;短篇小说有郑万隆的《白房子》等两部;"私人照相簿"有《渴望沟通》;散文有刘索拉的《摇摇滚滚的道路》;"朝花夕拾"栏目有张辛欣的《两颗星,一片议论》、台湾女作家萧飒的《小叶》和三毛的《星石》以及一组发表在台湾《联合报》上的相关探讨文章《女作家难为》;"回忆录"有冰心的《在美留学的三年》。

九月二十五日　第五期

长篇小说有马原的《上下都很平坦》;中篇小说有洪峰的《极地之侧》、余华的《四月三日事件》、苏童的《1934年的逃亡》、鲁一玮的《寻找童话》;"实验文体"有孙甘露的《信使之函》;话剧剧本有张献的《屋里的猫头鹰》;

短篇小说有色波的《圆形日子》等两部；散文有李彬勇的《远景及近景》。

本期《收获》集中刊登了青年作家的新潮小说，此后第六期以及一九八八年的第五、六期都集中发表一批青年作家具有探索意味的作品，为实验文学提供园地，丰富扩充了刊物的内容与形式。

十一月二十五日　第六期

长篇小说有沈善增的《正常人》；中篇小说有余华的《一九八六年》、王朔的《顽主》、格非的《迷舟》、沙黑的《街民》，《一九八六年》《迷舟》都是先锋文学经典之作，《顽主》后被改编成同名电影；短篇小说有王蒙的《虫影》、皮皮的《光明的迷途》等三部；"朝花夕拾"栏目有张辛欣的《没有兴趣就不要看》和台湾作家黄凡的实验小说《小说实验》；"私人照相簿"有《生死相依》；散文有吴基民的《爱的祭奠》。

本期至一九八八年第一期设纪念《收获》创刊三十周年专栏，本期有巴金的贺词《〈收获〉创刊三十年》，讲述《收获》在创刊、停刊、复刊三十年中经历的风雨事件和心路历程，后面附有冰心、曹禺等三十八位文学界人士对《收获》创刊三十周年的祝词与感慨。

本年十月十三日，玛利蒂公司副总裁阿道夫·奥尔白契尔率美国刊物出版商代表团访问《收获》杂志社，与《收获》副主编萧岱、李小林及部分编辑进行座谈，双方交流了关于期刊的编辑、出版、发行及如何开拓市场等问题。

一九八八年

一月二十五日　第一期

王蒙、王元化等三十八位名作家、评论家祝贺《收获》创刊三十周年祝词，在目录中显示为三十七位，漏排戴晴，在第二期第二百零八页"更正"中特别表明；中篇小说有李晓的《关于行规的闲话》、陈村的《象》、徐星的《饥饿的老鼠》、王春波的《神吹》；"实验文体"有言兹、哈杲的《访问城市》；短篇小说有乌热尔图的《小说三题》，李劼的《沙依娜拉》；散文有王安忆的《旅德的故事》等三篇；"朝花夕拾"栏目从本期开始由李子云和王渝共同主持，李子云在本期《主持人的话》中指出以后"介绍的重点放在台湾、香港，以及海外近三五年间问世的新作上"，"我们的着眼点将落在近期的作品上了"。此后，该栏目的形式都是前面一篇李子云的点评介绍《主持人的话》，后面是作家作品，此次推荐了陈映真的两篇近作《山路》《赵尔平》。

本期设新专栏"文化苦旅"，有余秋雨的《阳关雪》等三篇散文，此专栏从本年第一至第六期，共六期，这是《收获》第一次请作家以专栏的形式连续发表散文。余秋雨后来与《收获》的合作长达七年之久，在《收获》相继开设了"山居笔记""霜天话语""旧城迷藏"等专栏，其散文被称为"文化散文"，开创"文化大散文"的审美先河。

本期期刊定价为二元。

三月二十五日　第二期

中篇小说有叶兆言的《枣树的故事》、吴滨的《城市独白：不安的视线》、杨争光的《黄尘》等五部；短篇小说有何立伟的《走向伟大的温泉》、姜贻斌的《路大》等四部；"文化苦旅"有《牌坊·庙宇》；"朝花夕拾"发表台湾作家张大春的两篇小说《公寓导游》和《鸡翎图》；散文有张承志的《禁锢的火焰色》等四篇；"回忆录"有冰心的《我回国后的头三年》。

本期设新专栏"社会纪实"，有戴晴、洛恪的"中国女性系列"文章两篇。此专栏只有一期。

五月二十五日　第三期

中篇小说有冯骥才的《阴阳八卦》、王安忆的《逐鹿中街》、赵长天的《伽蓝梦》等四部；短篇小说有嵇亦工的《中午》和赵玫的《最大限度》；"文化苦旅"有《白发苏州·洞庭一角》；"朝花夕拾"有台湾青年作家卢非易的《山外山》《斜阳余一寸》；散文有峻青的《皇村的沉思》等三篇。

七月二十五日　第四期

中篇小说有张承志的《海骚》、张辛欣的《这次你演哪一半》、王蒙的《一嚏千娇》；短篇小说有李国文的《没有意思的故事》等三部；报告文学有陆幸生的《天下第一难》等两部；"文化苦旅"有《道士塔·莫高窟》；散文有王元化的《向萧岱告别》等五篇;"朝花夕拾"有台湾两位青年作家作品《没卵头家》《春秋茶室》。

本期报告文学《天下第一难》获一九八八年全国"中国潮"报告文学奖。

九月二十五日　第五期

中篇小说有余华的《世事如烟》、薛勇的《故土》、钟道新的《超导》等五部,其中《超导》被改编成同名电影;短篇小说有冰心的《落价》、张辛欣的《舞台》等四部;"文化苦旅"有《柳侯祠·白莲洞》;"朝花夕拾"有台湾作家张系国的早期科幻创作《超人列传》;散文有周民的《海洋的女儿》。

本期中篇小说《故土》获一九九〇年河北第三届文艺振兴奖。

本期短篇小说《落价》获一九八七至一九八八年郑州《百花园》全国优秀小小说奖、第三届(一九八七至一九八八年)天津《小说月报》奖等两项大奖。

本期收获编辑部"重要启事"第四次声明:"本刊无力负担非印刷品邮件的邮资,故自1988年10月份起,来稿一律不退,也不答复查询。请自留底稿。"

本期,因副主编萧岱去世,封三标注的副主编只有李小林一人。

十一月二十五日　第六期

中篇小说有史铁生的《一个谜语的几种简单的猜法》、苏童的《罂粟之家》、孙甘露的《请女人猜谜》、马原的《死亡的诗意》、余华的《难逃劫数》等七部;短篇小说有格非的《青黄》、扎西达娃的《悬岩之光》、皮皮的《异邦》;话剧剧本有张献的《时装街》;"文化苦旅"有《酒公墓·贵池傩·西湖梦》;"朝花夕拾"有台湾作家叶言都的一篇融科幻、荒诞寓言于一体的小说《高卡档案》。

本期第一百七十五页声明由《收获》文学杂志社包含在内的十五家杂志社、编辑部、报社组成的主办单位主办"几度春秋"征文活动。征稿对象主要是一九六八年至一九七六年之间上海到全国各地上山下乡的知识青年,文体限为纪实报告、自传体特写、散文,必须写真人真事。

本年第六期青年文学专号仍然隆重推介先锋作家马原、余华、苏童、格非等,宣扬非凡的想象力和精妙的叙述语言,注重思想的敏锐和文体的创新。大力扶持新作家的光辉业绩背后是《收获》经营的暗淡，一九八八年《收获》是借债度日的。

本年五月十四日，副主编萧岱去世。

本年十月四日至七日，包括《收获》在内的九家大型文学期刊在杭州举行工作研讨会。会议讨论市场冲击、刊物涨价后的应对措施等内容。《收获》等五家刊物作为联络员，筹划和联络所有大型文学兄弟期刊，举行一次大型文学期刊工作研讨会。

本年《收获》获上海市一九八八年十佳期刊之一。

一九八九年

一月二十五日　第一期

长篇小说有成一的《游戏》；中篇小说有谌容的《得乎？失乎？》、黄石的《雅农的劣势》、陆星儿的《歌词大意》；短篇小说有蒋亶文的《死亡公式》等两部；"朝花夕拾"继一九八七年选发西西的《肥土镇灰阑记》后，再次选发她的小说《母鱼》；散文有杨苡的《昏黄微明的灯》等四篇；王蒙的《补遗：一嚖千娇》。

本期发表去年包括《收获》在内的九家大型文学期刊工作研讨会的纪要《部分大型文学期刊工作研讨会纪要》

本期期刊价格由二元定价上涨为四元。

三月二十五日　第二期

中篇小说有熊正良的《红河》、陈洁的《随风而去》等四部；短篇小说有于劲的《血罂粟》等四部；报告文学有王唯铭的《1988："金字塔"崩溃之后》；"朝花夕拾"刊发的是南洋华侨作家李永平的小说《日头雨》；散文有王安忆的《房子》等两篇"几度春秋"征文和三篇其他散文。

本期设新专栏"人生采访"，以《且说说我自己》为命题，每期选择一位作家或学者谈谈自己，附带一篇其他人对该作家或学者的印象记。本期文章有钱谷融的《且说说我自己》以及李劼的《我眼里的钱先生》。此专栏见于一九八九年第二至第四期，一九九〇年第一期，一九九一年第一至第六期，一九九二年第一至第五期，一九九四年第二、四、六期，一九九五年第一至第六期，一九九六年第二至第五期，一九九七年第一、三、四、五期，一九九八年第二、五期，二〇〇〇年第一、四、五、六期，二〇〇一年第一至第二期，二〇〇二年第三、六期，历时十四年，共四十二期，属于时间较长的专栏之一。

五月二十五日　第三期

中篇小说有王安忆的《弟兄们》等六部；短篇小说有鲁彦周的《秋·于笙的浪漫史》等四部；"人生采访"有施蛰存的《且说说我自己》以及宋广跃的《施蛰存先生印象记》；散文有柯灵的《马思聪的劫难》、樊康的《萧岱与〈老收获〉》等三篇以及两篇"几度春秋"征文；"朝花夕拾"刊发的是台湾布农人拓拔斯的两部作品：第一部《拓拔斯·塔玛匹玛》是他的处女作，以"学名"田雅各发表；第二部《冲突》则以其布农人原名拓拔斯发表。

七月二十五日　第四期

中篇小说有陆棣的《陆棣和蜗仙及小女人的传说》、迟子建的《遥渡相思》等四部；短篇小说有阿城的《结婚》、北村的《陈守存冗长的一天》、杨争光的《万天斗》；电影剧本有秦培春的《风骚老镇》；"人生采访"有贾植芳的《且说说我自己》以及晓明的《贾植芳先生其人其事》；散文有洁泯的《等待》以及一篇"几度春秋"征文；"朝花夕拾"刊发旅美作家李黎的访日散文《炎凉旅情》，《收获》在一九七九年第六期曾发表过她的两部短篇小说。

本期设新专栏"纪实文学"，有冯骥才的《一百个人的十年》，此后专栏见于一九九〇年第二期。此专栏文章与一九八八年第二期"社会纪实"专栏都是强调纪实性的文学作品。

九月二十五日　第五期

中篇小说有周梅森的《大捷》等五部；短篇小说有吕新的《山下的道路》等两部；散文有邹荻帆的《寄给史放》、余秋雨的《笔墨祭》；"朝花夕拾"刊发台湾作家陈烨的中篇小说《蓝色多瑙河》。

十一月二十五日　第六期

　　长篇小说有徐迟的《江南小镇》，该小说被认为是徐迟的晚年力作；中篇小说有苏童的《妻妾成群》等三部，其中《妻妾成群》后来被张艺谋改编成电影《大红灯笼高高挂》；短篇小说有格非的《背景》等四部；"朝花夕拾"刊发马来西亚作家张贵兴的《围城の进出》。

　　本期中篇小说《妻妾成群》获第四届（一九八九至一九九〇年）天津《小说月报》奖。

一九九〇年

一月二十五日　第一期

　　中篇小说有于劲的《蛐蛐儿的年代》等五部；短篇小说有王蒙的《我又梦见了你》等三部；散文有叶至诚的《追念母亲》等两篇；"人生采访"有许杰的《且说说我自己》等两篇；"朝花夕拾"有台湾女作家平路的《五印封缄》。

　　本期《收获》开始聘请上海第二律师事务所郑传本、曹海燕、林莉华律师为《收获》文学杂志社的法律顾问。

三月二十五日　第二期

　　长篇小说有格非的《敌人》；中篇小说有李晓的《最后的晚餐》等三部；短篇小说有冯骥才的《秋天的音乐·猫婆》等三部；"纪实文学"有王唯铭的《1989：尾声？先兆？》；散文有夏衍的《"左联"六十年祭》等三篇；"朝花夕拾"有台湾作家朱天文的《炎夏之都》。

五月二十五日　第三期

　　中篇小说有叶兆言的《半边营》等五部；短篇小说有樊迅的《传说》等两部；电影剧本有白桦的《西楚霸王》；散文有朱伟的《蜗居杂忆》等三篇；"朝花夕拾"有马森的《鸭子·孤绝》。

　　本期《半边营》获第一届（一九九〇至一九九一年）上海市长中篇小说优

秀作品奖中篇三等奖。

本期之后，话剧和电影文学剧本从《收获》退出。话剧和电影文学剧本从一九五七年创刊一直是《收获》比较固定的文学栏目，一九七九年复刊之后的第一期，话剧和电影文学剧本依然占有一席之地，从本期之后，只有在二〇〇六年的专栏"一个人的电影"中，刊发了王朔的电影剧本《梦想照进现实》。

七月二十五日　第四期

长篇小说有熊正良的《闰年》；中篇小说有洪峰的《离乡》等三部；短篇小说有金宇澄的《欲望》等两部；散文有吴强的《旅美通信》；"朝花夕拾"有台湾作家郑清文的《发》。

本期有"纪念中国共产党建党七十周年征文启事"，活动由中共上海市委宣传部、上海市文学艺术界联合会、中国作家协会上海分会等单位联合举办，《收获》《上海文学》《小说界》《萌芽》为征集小说、报告文学作品方面的征稿刊物。

九月二十五日　第五期

长篇小说有陆天明的《泥日》，该小说连载至第六期；中篇小说有李晓的《挽联》等四部；短篇小说有李庆西的《卡雷卡的最后四十分钟》等两部；散文有黄裳的《还乡日记》等两篇；"朝花夕拾"有台湾作家冯青的《蓝裙子》。

本期长篇小说《泥日》获第一届（一九九〇至一九九一年）上海市长中篇小说优秀作品奖长篇三等奖。

十一月二十五日　第六期

长篇小说有陆天明的《泥日》（续）；中篇小说有王安忆的《叔叔的故事》等三部；短篇小说有海男的《伴侣》等两部；"纪念中国共产党建党七十周年征文"有姚舍尘的《五月的鲜花》；散文有舒湮的《生命的第一乐章》等两篇；"朝花夕拾"有《白鹤展翅》。

本期中篇小说《叔叔的故事》获第一届（一九九〇至一九九一年）上海市长中篇小说优秀作品奖中篇二等奖。

本期"朝花夕拾"栏目结束，主持人李子云在上期《主持人的话》中曾声明查找港台地区小说集作品繁多，但满意之作很少，有力不从心之感，在本期中再次申明专栏面临的困境不仅在于资料来源的局限，更主要的是近来台湾文学的不振，佳作缺乏，决定专栏至本期"告一段落，明年不再继续"。

本期《收获》文学杂志社"重要启事"阐明根据《中华人民共和国著作权法》的规定，"凡在本刊发表之作品，本刊享有二年专有出版权，在此期间任何报刊、出版单位、影视机构如需转载，改编本刊发表之作品，须事先征得本刊同意"，同时说明《收获》是以三个月为退稿期限，三个月后未被《收获》发表的作品可另行投稿。从本年第一期专聘法律顾问到本期的"重要启事"，这说明《收获》杂志开始注重所刊发文学作品的著作权和出版权等法律方面的事宜。

本年四月十日，《收获》负责人吴强去世。

一九九一年

一月二十五日　第一期

中篇小说有杨争光的《赌徒》等七部；短篇小说有陈染的《空的窗》等两部；散文有汪曾祺的《贾似道之死》等两篇；"人生采访"有冯亦代的《我在抗战重庆的日子》等两篇。

本期中篇小说《赌徒》获第一届（一九九〇至一九九一年）上海市长中篇小说优秀作品奖中篇三等奖。

本期设新专栏"河汉遥寄"，有从维熙的《人生绝唱——萧军留下的绞水歌》。此专栏主要发表今人缅怀故去学者或作家的过往，遥寄追思与怀念的文章。专栏见于一九九一年第一至第六期，一九九二年第一至第五期，一九九三年第一至第六期，一九九四年第一、二、六期，一九九五年第一至第六期，一九九六年第一、二、四、五、六期，一九九七年第一至第五期，一九九八年第二、四、五期，一九九九年第一、三、五期，二〇〇〇年第二期，二〇〇一年第二至第三期，二〇〇二年第四期，二〇〇三年第三、五、六期，二〇〇四年第一至第二期，二〇〇五年第一至第三期，二〇〇六年第六期，二〇〇七年第五至第六期，二〇〇八年第一、二、四期，二〇〇九年第一、二、五、六期，二〇一〇年第一、三期，二〇一一年第二、四、六期，二〇一二年第三期，二〇一三年第三期，二〇一七年第一期。此专栏是开放性专栏，开设时间最长。

本期"启事"和本年第二期以及之后一九九三年第四期、一九九四年第一期的"启事"，重申一九九〇年第六期的"重要启事"，对于刊物所发作品的版权以及稿件转投等相关事项，根据法律予以明确规定。

三月二十五日　第二期

长篇小说有徐迟的《江南小镇》；中篇小说有崔京生的《长江口》（"七一"征文）等四部；短篇小说有吴亮的《吉姆四号》等三部；散文有张辛欣的《焚稿》等两篇；"人生采访"有汪曾祺的《随遇而安》等两篇；"河汉遥寄"有李子云的《童心不泯》。

五月二十五日　第三期

长篇小说有王朔的《我是你爸爸》；中篇小说有彭小莲的《阿冰顿广场》等两部；短篇小说有韩东的《同窗共读》等三部；"'七一'征文"有袁鹰的《舞台深处筑心防》；散文有余秋雨的《风雨天一阁》等两篇；"人生采访"有金克木的《冰冷的是火》等两篇；"河汉遥寄"有罗洛的《琐事杂忆——我所认识的胡风》。

本期长篇小说《我是你爸爸》获第一届（一九九〇至一九九一年）上海市长中篇小说优秀作品奖长篇三等奖。

本期《舞台深处筑心防》获一九九一年纪念中国共产党建党七十周年"七一"征文优秀报告文学奖。

七月二十五日　第四期

长篇小说有谌容的《人到老年》；中篇小说有丁伯刚的《天问》等三部；短篇小说有崔京生的《暗道》等两部；"'七一'征文"有许觉民的《夜未央，更著风和雨》；散文有荒煤的《你是怎么想的》等三篇；"人生采访"有柯灵的《回看血泪相和流》等两篇；"河汉遥寄"有韦奈的《他从坎坷的路上走过——记外祖父俞平伯》。

九月二十五日　　第五期

　　中篇小说有苏童的《离婚指南》等七部；短篇小说有冯骥才的《炮打双灯》等三部，《炮打双灯》后被改编成同名电影；"'七一'征文"有朱大建的《飞翔，在理性的天空中》；散文有王蒙的《我说沈从文》等两篇；"人生采访"有冰心的《说说我自己》等两篇；"河汉遥寄"有茹志鹃的《一炷清香》。

　　本期短篇小说《炮打双灯》获第五届（一九九一至一九九二年）天津《小说月报》奖。

十一月二十五日　　第六期

　　长篇小说有余华的《呼喊与细雨》；中篇小说有王朔的《动物凶猛》等两部，《动物凶猛》后被改编成电影《阳光灿烂的日子》；短篇小说有残雪的《饲养毒蛇的小孩》等三部；散文有余秋雨的《寂寞天柱山》等两篇；"人生采访"有曹禺的《雪松》等两篇；"河汉遥寄"有蒋子丹的《终结》。

一九九二年

一月二十五日　　第一期

　　中篇小说有李晓的《叔叔阿姨大舅和我》等六部；短篇小说有韩东的《反标》等三部；"作家书简"以王蒙的《收信人的话》为引，选发冰心、夏衍等人给王蒙的信札一束；"人生采访"有巴金的《向老托尔斯泰学习》等两篇；"河汉遥寄"有高汾的《坦荡荡，来也干净去也干净》；"回忆录"有刘白羽的《心灵的历程》。

　　本期中篇小说《叔叔阿姨大舅和我》获首届（一九九三至一九九六年）《中华文学选刊》奖（《当代》一九九七年第五期公布获奖作品名单）、第二届（一九九二至一九九三年）上海市长中篇小说优秀作品奖中篇二等奖等两项大奖。

三月二十五日　　第二期

　　长篇小说有徐迟的《江南小镇》；中篇小说有杨争光的《老旦是一棵树》、

王朔的《你不是一个俗人》等三部，其中《老旦是一棵树》后被塞裔法国导演改编成电影《哈里如何变成一棵树》，成了一个外国农民的故事，《你不是一个俗人》被改编为电影《甲方乙方》；短篇小说有王璞的《知更鸟》等两部；散文有黄裳的《南开忆旧》等三篇；"作家书简"选发沈从文给张兆和的书信《湘行书简》；"人生采访"有沙汀的《一生不悔》等两篇；"河汉遥寄"有邹荻帆的《剩否诗魂恋武昌》。

本期中篇小说《老旦是一棵树》获一九九二年西安"汉斯杯"青年文学一等奖。

本期有沈从文儿子沈虎雏的启事"征求沈从文书信"，祈盼得到海内外朋友的帮助，以便完整收集其父书信和其他资料。

五月二十五日　第三期

长篇小说有张炜的《九月寓言》；中篇小说有周梅森的《孤乘》等两部；短篇小说有高晓声的《梦大》等两部；散文有宗璞的《从"粥疗"说起》等两篇；"作家书简"有萧乾给夫人文洁若的书信《离歌》；"人生采访"有萧乾的《关于死的反思》等两篇；"河汉遥寄"有李辉的《平和，或者不安分——追思沈从文先生》。

本期长篇小说《九月寓言》获第二届（一九九二至一九九三年）上海市长中篇小说优秀作品奖长篇一等奖。

七月二十五日　第四期

中篇小说有阎连科的《寻找土地》等七部；短篇小说有乌热尔图的《小说两题》等四部；散文有王元化的《白藤湖书怀》等三篇；"作家书简"有巴金的《致潘际坰》；"人生采访"有夏衍的《无题》等两篇；"河汉遥寄"有王仰晨的《"第一要他多"》。

九月二十五日　第五期

长篇小说有洪峰的《东八时区》；中篇小说有刘心武的《小墩子》等三部；短篇小说有陈染的《嘴唇里的阳光》等两部；散文有公刘的《活的纪念碑》；"作家书简"有柯灵的《致傅葆石》；"人生采访"有荒煤的《小说梦的幻灭》

等两篇；"河汉遥寄"有刘纳的《落帆的印象》。

十一月二十五日　第六期

长篇小说有格非的《边缘》；中篇小说有余华的《活着》等五部，《活着》后被改编为同名电影；短篇小说有韩东的《母狗》等两部；散文有史铁生的《随笔十三》等两篇。

本期中篇小说《活着》获第六届（一九九三至一九九四年）天津《小说月报》奖。

一九九三年

一月二十五日　第一期

长篇小说有刘恒的《苍河白日梦》，后被改编成电视剧《中国往事》；中篇小说有李晓的《一种叫太阳红的瓜》等三部；短篇小说有汪曾祺的《小说两篇》等两部；散文有张洁的《潇洒稀粥》等两篇；"河汉遥寄"有冯英子的《自是人间有正声》。

本期设新专栏"山居笔记"，有《一个王朝的背影》。此专栏刊发余秋雨主持撰写的散文系列，余秋雨之前写的是旅行散文，此次是感慨历史的散文，专栏见于一九九三年第一至第六期，一九九四年第一至第六期。

本期"山居笔记"专栏文章《一个王朝的背影》获首届（一九九三至一九九六年）《中华文学选刊》奖。

三月二十五日　第二期

长篇小说有王安忆的《纪实和虚构》；中篇小说有朱苏进的《接近于无限透明》等三部；短篇小说有王蒙的《XIANG MING 随想曲》等两部；散文有张承志的《狗的雕像》等两篇；"山居笔记"有《流放者的土地》；"河汉遥寄"有叶兆言的《纪念》。

本期中篇小说《接近于无限透明》获第二届（一九九二至一九九三年）上海市长中篇小说优秀作品奖中篇二等奖。

本期"河汉遥寄"专栏文章《纪念》获首届（一九九三至一九九六年）《中华文学选刊》奖。

五月二十五日　第三期

中篇小说有王安忆的《伤心太平洋》等六部；短篇小说有王小波的《立新街甲一号与昆仑奴》等两部；散文有高晓声的《家乡鱼水情》等两篇；"山居笔记"有《脆弱的都城》；"河汉遥寄"有王晓明的《冬天的回忆——怀念艾芜和沙汀》。

七月二十五日　第四期

中篇小说有北村的《张生的婚姻》等六部；短篇小说有潘军的《那年春天和行吟诗人在一起的经历》等两部；散文有汪曾祺的《花》；"山居笔记"有《苏东坡突围》；"河汉遥寄"有何孔敬的《长相思——怀念德熙》。

九月二十五日　第五期

中篇小说有杨争光的《流放》等六部；短篇小说有宗璞的《朱颜长好》等三部；散文有张承志的《夏台之恋》等两篇；"山居笔记"有《千年庭院》；"河汉遥寄"有张恬的《今生完了"西厢"债》。

十一月二十五日　第六期

中篇小说有乌热尔图的《丛林幽幽》等五部；短篇小说有苏童的《纸》等三部；散文有巴金的《最后的话》；"山居笔记"有《抱愧山西》；"河汉遥寄"有荒煤的《历史的遗憾　深深的怀念——忆老友沙汀》。

本年九月，巴金倡议设立《收获》发展基金，得到社会各界广泛响应。

本年，《收获》获首届华东地区优秀期刊评选一等奖。

一九九四年

一月二十五日　第一期

长篇小说有柯灵的《十里洋场》；中篇小说有蒋子丹的《桑烟为谁升起》

等四部；短篇小说有冯骥才的《市井人物》；"山居笔记"有《乡关何处》；"河汉遥寄"有萧乾的《三姐常韦》。

本期短篇小说《市井人物》获首届（一九九三至一九九六年）《中华文学选刊》奖、第六届（一九九三至一九九四年）天津《小说月报》奖，《市井人物》中第一篇《苏七块》获一九九三至一九九四年《小小说选刊》全国优秀小小说作品责任编辑奖。

本期设新专栏"沧桑看云"，主持人李辉在题记中说："悠悠沧桑之中，一切人或事，都是飘动的云。它们相互映衬，方显出历史的复杂与丰富。于是，我在看云。其实，每个人都在看云。"本期文章《沙龙梦》通过描述二十世纪三十年代初林徽因、朱光潜、沈从文等人为中心的"京派文人"沙龙，感慨经济发展带来了文明的消融与变化，但文人对文化的独立和坚守精神应该常在，是"永不应消散的灵魂"。此专栏历时三年，见于一九九四年第一至第六期，一九九五年第一至第六期，一九九六年第一至第六期。

本期《收获》价格从四元涨到六元五角。

三月二十五日　第二期

中篇小说有北村的《玛卓的爱情》、林斤澜的《母亲》等五部，其中《母亲》包括《丫丫没有娘》、《水井在前院》、《忽闻声如雷》（由"聊斋""自述""传说"组成）、《谢挺和邵帛》几个小小说；短篇小说有孟晖的《画屏》等三部；"山居笔记"有《天涯故事》；"沧桑看云"有关于郭沫若的随感《太阳下的蜡烛》；"人生采访"有卞之琳的《毕竟是文章误我，我误文章》等两篇；"河汉遥寄"有王得后的《夕阳下的王瑶先生》。

本期林斤澜《母亲》中的《水井在前院》获一九九三至一九九四年《小小说选刊》全国优秀小小说作品责任编辑奖。

五月二十五日　第三期

中篇小说有万方的《杀人》等五部；短篇小说有汪曾祺的《辜家豆腐店的女儿》等两部；散文有李锐的《走进台北》等两篇；"山居笔记"有余秋雨的《十万进士》（上篇）；"沧桑看云"有关于聂绀弩的随感《鹤》。

七月二十五日　第四期

中篇小说有毕飞宇的《叙事》等七部；短篇小说有李绍铭的《兄弟》；散文有张炜的《夜思》；"山居笔记"有余秋雨的《十万进士》（下篇）；"沧桑看云"有关于瞿秋白的随感《秋白茫茫》；"人生采访"有王辛笛的《断想》等两篇。

九月二十五日　第五期

长篇小说有李晓的《四十而立》；中篇小说有苏童的《肉联厂的春天》等三部；短篇小说有韩东的《请李元画像》等三部；散文有张承志的《南国问》；"山居笔记"有《遥远的绝响》；"沧桑看云"有关于左翼文化界宗派斗争，涉及丁玲、周扬等人的随感《往事已然苍老？》。

十一月二十五日　第六期

长篇小说有赵长天的《不是忏悔》；中篇小说有洪峰的《日出以后的风景》等两部；短篇小说有朱文的《让你尝到一点乐趣》等三部；"山居笔记"有《历史的暗角》；"沧桑看云"有关于姚文元的随感《风落谁家？》；"人生采访"有王元化的《自述》等两篇；"河汉遥寄"有黄裳的《怀念叶老》。

本期长篇小说《不是忏悔》获第三届（一九九四至一九九五年）上海市长中篇小说优秀作品奖长篇三等奖。

一九九五年

一月二十五日　第一期

长篇小说有李锐的《无风之树》；中篇小说有北村的《水土不服》等三部；短篇小说有余华的《我没有自己的名字》等四部；"沧桑看云"有《残缺的窗栏板》；"人生采访"有王西彦的《风雨中的独行者》等两篇；"河汉遥寄"有陈虹的《父亲的故事》。

本期《收获》价格由六元五角上涨为八元五角。

三月二十五日　　第二期

　　长篇小说有张炜的《柏慧》；中篇小说有叶兆言的《风雨无乡》等三部；短篇小说有何立伟的《谁是凶手》等两部；"沧桑看云"有《落叶——关于田汉的随想》；"人生采访"有徐中玉的《年老心不老》等两篇；"河汉遥寄"有朱晖的《一篇迟写的祭文》。

　　本期，封三增补肖元敏为副主编。

五月二十五日　　第三期

　　长篇小说有宗璞的《东藏记》；中篇小说有万方的《珍禽异兽》等四部；短篇小说有韩东的《前湖饭局》等三部；"沧桑看云"有关于现代文人与基督教关系的随感《静听教堂回声》；"人生采访"有陈伯吹的《人生采访与自我采访》等两篇；"河汉遥寄"有罗洪的《悼念朱雯》。

七月二十五日　　第四期

　　长篇小说有何顿的《我们像葵花》；中篇小说有韩东的《同窗共读》等三部；短篇小说有刁斗的《古典爱情》等两部；散文有汪曾祺的《短文两篇》；"沧桑看云"有《凝望雪峰》；"人生采访"有黄源的《我是怎么走向文学道路的》等两篇；"河汉遥寄"有许玄的《安息吧，疲倦的老牛》。

　　本期"沧桑看云"专栏文章《凝望雪峰》获首届（一九九三至一九九六年）《中华文学选刊》奖。

九月二十五日　　第五期

　　长篇小说有格非的《欲望的旗帜》；中篇小说有苏童的《三盏灯》等三部；短篇小说有荆歌的《口供》等两部；"沧桑看云"有关于夏衍的随感《风景已远去》；"人生采访"有季羡林的《一个老知识分子的心声》等两篇；"河汉遥寄"有徐迟的《我悼念的人》。

十一月二十五日　　第六期

　　长篇小说有余华的《许三观卖血记》；中篇小说有万方的《未被饶恕》等

三部；短篇小说有郑逸文的《瞎子阿洁》等两部；"沧桑看云"有关于梁思成的随感《困惑》；"人生采访"有舒湮的《静夜思》等两篇；"河汉遥寄"有冯姚平的《此恨绵绵无绝期》。

本期长篇小说《许三观卖血记》获第三届（一九九四至一九九五年）上海市长中篇小说优秀作品奖长篇三等奖。

本年二月，李小林任杂志常务副主编，增补肖元敏为副主编。

本年，《收获》获第二届华东地区优秀期刊评选最佳期刊奖。

一九九六年

一月二十五日　第一期

长篇小说有史铁生的《务虚笔记》，该小说连载至第二期；中篇小说有王安忆的《我爱比尔》、东西的《没有语言的生活》，《没有语言的生活》被改编为电影《天上的恋人》；短篇小说有韩向阳的《子夜刺杀》等两部；"沧桑看云"有关于吴晗的随感《碑石》；"河汉遥寄"有李子云的《好人冯牧》。

本期长篇小说《务虚笔记》获第四届（一九九六至一九九七年）上海市长中篇小说优秀作品奖长篇三等奖。

本期中篇小说《我爱比尔》获第四届（一九九六至一九九七年）上海市长中篇小说优秀作品奖中篇三等奖。

本期中篇小说《没有语言的生活》获一九九六年度中国作协《小说选刊》奖、第一届（一九九五至一九九六年）鲁迅文学奖等两项大奖。

本期设新专栏"玉渊潭漫笔"，有《唉，我这意识流》，由萧乾主持撰写关于自己人生过往的随笔漫谈，此专栏见于本年第一至第六期。

本期《收获》价格由八元五角上涨为十元。

三月二十五日　第二期

长篇小说有史铁生的《务虚笔记》（续）；中篇小说有阎连科的《黄金洞》等两部；短篇小说有苏童的《声音研究》；散文有赵丽宏的《遗忘的碎屑》；"沧桑看云"有关于邓拓的随感《书生累》；"玉渊潭漫笔"有《校门内外》；

"人生采访"有杨宪益的《年过八十》等两篇;"河汉遥寄"有朱邦薇的《祖父的最后一部传记》。

本期中篇小说《黄金洞》获得第一届(一九九五至一九九六年)鲁迅文学奖。

五月二十五日　第三期

本期有茅盾的《霜叶红似二月花》(续稿)(内容是该小说几章的梗概、大纲或部分大纲片段、梗概片段)以及吴福辉为纪念茅盾百年诞辰而作的《白杨树下的月季小院》;中篇小说有彭小莲的《燃烧的联系》等五部;短篇小说有苏童的《红桃Q》《新天仙配》;"沧桑看云"有关于"五七干校"的随感《旧梦重温时》;"玉渊潭漫笔"有《老唐,我对不住你》;"人生采访"有吴冠中的《霜叶吐血红》等两篇。

七月二十五日　第四期

长篇小说有叶兆言的《一九三七年的爱情》;中篇小说有万方的《和天使一起飞翔》等两部;短篇小说有汪曾祺的《小孃孃》和《合锦》;"沧桑看云"有关于赵树理的随感《清明时节》;"玉渊潭漫笔"有《我的出版生涯》;"人生采访"有丁聪的《答读者问》等两篇;"河汉遥寄"有牛汉的《一颗不灭的诗星——痛悼尊师艾青》。

本期中篇小说《和天使一起飞翔》获第四届(一九九六至一九九七年)上海市长中篇小说优秀作品奖中篇二等奖。

本期,法律顾问由三人减为郑传本、林莉华两人。

九月二十五日　第五期

中篇小说有钟道新的《公司衍生物》等五部;短篇小说有迟子建的《雾月牛栏》等两部;"沧桑看云"有关于老舍的随感《消失了的太平湖》;"玉渊潭漫笔"有《老报人絮语》;"人生采访"有钟敬文的《思絮录》等两篇;"河汉遥寄"有柯灵的《悼罗荪》等两篇。

本期"重要启事"声明"本刊因来稿量大而人力有限,现决定从一九九七年一月份起,十万字以下的来稿一律不退。请作者自留底稿"。

本期短篇小说《雾月牛栏》获一九九六年度中国作协《小说选刊》奖、第一届（一九九五至一九九六年）鲁迅文学奖等两项大奖。

十一月二十五日　第六期

长篇小说有老妞的《手心手背》；中篇小说有赵长天的《老同学》等三部；短篇小说有苏童的《两个厨子》等三部；散文有张洁的《哭我的老儿子》等两篇；"沧桑看云"有关于胡风的随感《风雨中的雕像》；"玉渊潭漫笔"有《点滴人生》；"河汉遥寄"有王西彦的《长存的苍松》。

本期"重要启事"声明"本刊为回报社会，回报读者，1997年定价不变，仍维持每册10元"。

一九九七年

一月二十五日　第一期

长篇小说有刘庆的《风过白榆》；中篇小说有阎连科的《年月日》等两部；短篇小说有苏童的《告诉他们，我乘白鹤去了》等两部；散文有汪曾祺的《草木春秋》；"人生采访"有张光年的《生命史上最荒谬的一页》等两篇；"河汉遥寄"有袁鹰的《为书消得人憔悴》。

本期设新专栏"常识与通识"，专栏由阿城主持撰写，本期作品为《爱情与化学》。此专栏见于本年第一至第六期，一九九八年第一至第六期。

本期设新专栏"世纪流云"，栏目主持人为陆键东，本期作品是《1897的遐想》。此专栏见于本年第一至第六期。

本期"启事"声明邮局征订已结束，有错过或无法订阅杂志的，可办理邮购，全年及单期均可。

本期阎连科的中篇小说《年月日》获第二届（一九九七至二〇〇〇年）鲁迅文学奖、第八届（一九九七至一九九八年）天津《小说月报》奖、第四届（一九九六至一九九七年）上海市长中篇小说优秀作品奖中篇一等奖等三项大奖。

三月二十五日　第二期

中篇小说有张欣的《今生有约》等六部；短篇小说有艾伟的《敞开的门》等两部；"常识与通识"有阿城的《艺术与催眠》；"世纪流云"有关于顾炎武的文章《学者的晚年》；"河汉遥寄"有冯亦代的《哭徐迟》等两篇。

五月二十五日　第三期

散文有曹禺的《已经忘却的日子》；"河汉遥寄"有万方的《灵魂的石头》；长篇小说有王小鹰的《丹青引》；中篇小说有刁斗的《新闻》等两部；短篇小说有金宇澄的《不死鸟传说》等两部；"常识与通识"有《思乡与蛋白酶》；"世纪流云"有关于陈序经的文章《那一代人》；"人生采访"有张中行的《不合时宜》等两篇。

本期长篇小说《丹青引》获一九九八年上海市政府优秀文艺成果奖、第四届（一九九六至一九九七年）上海市长中篇小说优秀作品奖长篇二等奖等两项大奖。

七月二十五日　第四期

长篇小说有苏童的《菩萨蛮》；中篇小说有邓一光的《远离稼穑》等三部；短篇小说有王彪的《成长仪式》等两部；"常识与通识"有《魂与魄与鬼及孔子》；"世纪流云"有《迷失的一个群体》；"人生采访"有范用的《最初的梦》等两篇；"河汉遥寄"有林斤澜怀念汪曾祺的文章《纪终年》。

九月二十五日　第五期

长篇小说有刘醒龙的《爱到永远》；中篇小说有格非的《赝品》等三部；短篇小说有陈染的《碎音》等三部；"常识与通识"有《还是鬼与魂与魄，这回加上神》；"世纪流云"有关于苏轼的文章《千年不绝的歌行》；"人生采访"有张岱年的《今年八十八》等两篇；"河汉遥寄"有赵瑞蕻的《我是吴宓教授，给我开灯》。

十一月二十五日　第六期

长篇小说有陈村的《鲜花和》；中篇小说有王安忆的《文工团》等三部；

短篇小说有金仁顺的《五月六日》等两部;"常识与通识"有《攻击与人性》;"世纪流云"有关于冼玉清的文章《一个女子与一个时代》。

本年,《收获》杂志获首届"全国百种重点社科期刊奖"。

一九九八年

一月二十五日　第一期

散文有汪曾祺的《散文五篇》等两篇;长篇小说有王彪的《身体里的声音》;中篇小说有何立伟的《龙岩坡》等三部;短篇小说有贾平凹的《小人物》等两部;"常识与通识"有《攻击与人性之二》。

本期设新专栏"霜天话语",由余秋雨主持撰写,本期作品为《关于友情》。此专栏见于本年第一至第六期。

三月二十五日　第二期

中篇小说有须兰的《光明》等五部;短篇小说有苏童的《小偷》等三部;"霜天话语"有《关于名誉》;"常识与通识"有《攻击与人性之三》;"人生采访"有黄裳的《掌上的烟云》等两篇;"河汉遥寄"有卞之琳的《忆尘无》。

五月二十五日　第三期

中篇小说有万方的《没有子弹》等五部;短篇小说有李洱的《喑哑的声音》等两部;"霜天话语"有《关于谣言》;"常识与通识"有《足球与世界大战》。

七月二十五日　第四期

长篇小说有贾平凹的《高老庄》,该小说连载至第五期,第五期小说结束后有"《高老庄》后记";中篇小说有池莉的《小姐你早》、尤凤伟的《蛇会不会毒死自己》等三部;"霜天话语"有《关于嫉妒》;"常识与通识"有《跟着感觉走?》;"河汉遥寄"有吴祖光的《回首往事》。

本期设新专栏"陈迹残影",由李辉主持撰写,前面是李辉的随笔,后面是特殊年代"文革"时期书信以及一些资料笔记的整理,本期作品有李辉的

《悲怆北大荒——黄苗子和他的家书》和郁风的《重读苗子北大荒来信——致李辉》、黄苗子的《北大荒家书》。此专栏见于本年第四期，一九九九年第二至第六期，历时两年。

本期中篇小说《蛇会不会毒死自己》获第三届（一九九八至一九九九年）福建《中篇小说选刊》奖。

九月二十五日　第五期

长篇小说有贾平凹的《高老庄》（续）；中篇小说有王安忆的《隐居的时代》等三部；短篇小说有抗凝的《最后一局》等三部；"霜天话语"有《关于善良》；"常识与通识"有《艺术与情商》；"人生采访"有陈沂的《严峻的考验》等两篇；"河汉遥寄"有秦志钰的《写给张弦》。

本期"征购启事"声明《收获》杂志社和文汇出版社合作编辑出版全套《收获》文库，文库首先推出两个系列：一为散文卷系列，选编了《收获》四十余年来发表的散文精品，按编年排列，共分六卷。另一为单人集系列，多选自作家们为《收获》撰写的专栏。

十一月二十五日　第六期

长篇小说有刁斗的《证词》；中篇小说有莫言的《三十年前的一次长跑比赛》等三部；短篇小说有丁丽英的《疯狂的自行车》等三部；散文有张承志的《粗饮茶》；"霜天话语"有《关于年龄》；"常识与通识"有《再见篇》，由阿城主持撰写的历时两年的这一栏目至此结束。

本期中篇小说《三十年前的一次长跑比赛》获第五届（一九九八至一九九九年）上海市长中篇小说优秀作品奖中篇二等奖。

一九九九年

一月二十五日　第一期

长篇小说有周梅森的《中国制造》，该小说连载至第二期，小说已在一九九八年十二月由作家出版社出版，又在《收获》一九九九年第一至第二期回炉连载，后被改编成电视剧《忠诚》；中篇小说有何立伟的《光和影子》等两部；短篇小说有苏童的《水鬼》和万方的《爱不够的伊人》；"河汉遥寄"有李辉的《思想者永不寂寞》。

本期设新专栏"四季收获"，由所有曾投稿给《收获》的引起影响的作家或者专栏作家撰写专栏文章。本期作品有谌容的《天伦之乐》。此专栏见于本年第一至第六期、二〇〇〇年第一至第五期、二〇〇一年第三期、二〇〇二年第一期。

本期设新专栏"边走边看"，专栏为余华的个人随笔专栏，作品有《音乐的叙述》。此专栏见于本年第一至第六期。

本期设新专栏"百年上海"，专栏内容是关于上海开埠百年的纪念文章，作品有唐振常的《世纪之交说上海》等两篇。此专栏见于本年第一至第六期，二〇〇〇年第二至第六期。

本期周梅森的《中国制造》获二〇〇〇年国家图书奖，"五个一工程"奖、第五届（一九九八至一九九九年）上海市长中篇小说优秀作品奖长篇二等奖等多项大奖。

三月二十五日　第二期

长篇小说有周梅森的《中国制造》（续）；中篇小说有莫言的《师傅越来越幽默》等三部，其中《师傅越来越幽默》后被改编为电影《幸福时光》；"四季收获"有从维熙的《死亡游戏》，作者在前面"春天的话"中讲述了《大墙下的红玉兰》发表后遭遇的系列波折，如"匿名信称它为'解冻文学'，某省劳改局认定它'意在颠覆无产阶级专政'"；"边走边看"有余华的《高潮》；"百年上海"有贾植芳的《上海是个海》等两篇；"陈迹残影"有李辉的《漂泊梦之谷——萧乾和他的〈痕迹〉》以及萧乾的《关于〈痕迹〉》。

五月二十五日　第三期

长篇小说有杨争光的《越活越明白》，该小说连载至第四期；中篇小说有祁智的《陈宗辉的故事》等两部；短篇小说有张生的《刽子手的自白》等两部；"四季收获"有刘心武的《民工老何》；"边走边看"有《否定》；"百年上海"有黄裳的《上海的旧书铺》等两篇；"陈迹残影"有李辉的《解冻时节——贾植芳和他的家书》以及贾植芳的《写给任敏》；"河汉遥寄"有冯骥才的《致大海》。

七月二十五日　第四期

长篇小说有杨争光的《越活越明白》(续);中篇小说有北村的《长征》等三部;短篇小说有徐坤的《橡树旅馆》等两部;"四季收获"有茹志鹃的《她从那条路上来》等两篇;"边走边看"有《色彩》;"百年上海"有白先勇的《上海童年》等两篇;"陈迹残影"有李辉的《陪都迷离处——冯亦代和他的日记》以及冯亦代的《期待的日子》。

九月二十五日　第五期

中篇小说有莫言的《野骡子》等四部;短篇小说有王小妮的《棋盘》等两部;"四季收获"有陆星儿的《姗姗出狱》;"边走边看"有《灵感》;"百年上海"有袁鹰的《感激上海》等两篇;"陈迹残影"有李辉的《这个洒脱的"浪荡汉子"》以及黄永玉的《永玉题跋》;"河汉遥寄"有陆文夫的《又送高晓声》等两篇。

本期"征订启事"声明"本刊 2000 年定价为每册 12 元"。

十一月二十五日　第六期

中篇小说有阎连科的《耙耧天歌》等五部;短篇小说有东西的《过了今年再说》等三部;"四季收获"有张贤亮的《青春期》;"边走边看"有《字与音》;"百年上海"有许觉民的《孤岛前后期上海书界散记》等两篇;"陈迹残影"有李辉的《难以走出的雨巷——关于戴望舒的辩白书》以及戴望舒的《我的辩白》。

本期中篇小说《耙耧天歌》获第五届(一九九八至一九九九年)上海市长中篇小说优秀作品奖中篇三等奖。

本年,《收获》杂志获第二届"全国百种重点社科期刊奖",获首届国家期刊奖。

二〇〇〇年

一月二十五日　第一期

长篇小说有棉棉的《糖》,这部被称为"身体写作"的作品引发争议,该期杂志销量虽是二〇〇〇年左右最高的一期，但却遭到各界批评，认为杂志开始堕落；中篇小说有莫言的《司令的女人》等三部；短篇小说有毕飞宇的《唱西皮二簧的一朵》等两部；"四季收获"有张抗抗的《集体记忆》；"人生采访"有金庸的《月云》等两篇文章。

本期设新专栏"走近鲁迅"。本期共有三篇文章，有林贤治的《鲁迅三论》、高建平的《鲁迅：从网上评选说开去》、许寿裳的《怀亡友鲁迅》。此专栏见于本年第一至第六期。此专栏文章的某些评论文字与当代文坛二十世纪九十年代文化复古思潮中的"反鲁"思想相呼应，对鲁迅思想和价值的怀疑和批评引发文坛激烈争论。因争议颇大，该专栏只坚持了一年就结束。

本期设新专栏"杂花生树"，专栏为叶兆言的个人随笔专栏，本期文章有《周氏兄弟》。此专栏见于本年第一至第六期。

本期，期刊价格从一九九六年十元上涨为十二元。

本期，封三增补程永新为副主编。

三月二十五日　第二期

长篇小说有须兰的《千里走单骑》；中篇小说有苏童的《桂花连锁集团》等三部；短篇小说有唐颖的《冬天我们跳舞》等两部；"四季收获"有林斤澜的《嘎姑》；"走近鲁迅"有冯骥才的《鲁迅的功与"过"》、王朔的《我看鲁迅》、林语堂的《悼鲁迅》；"百年上海"有柯灵的《上海大梦》等两篇；"杂花生树"有《阅读吴宓》；"河汉遥寄"有竹林的《等到春暖花开时》。

五月二十五日　第三期

长篇小说有贾平凹的《怀念狼》；中篇小说有荆歌的《再婚记》、迟子建的《五丈寺庙会》；短篇小说有戴来的《准备好了吗》等两部；"四季收获"有冯骥才的《俗世奇人》；"走近鲁迅"有王富仁的《学界三魂》等三篇文章；"百年上海"有李天纲的《1900：躁动的南方》等两篇；"杂花生树"有《革命文豪高尔基》。

本期"四季收获"专栏文章《俗世奇人》获第九届（一九九一至二〇〇〇年）天津《小说月报》奖。

七月二十五日　第四期

长篇小说有王安忆的《富萍》；中篇小说有刁斗的《解决》等两部；短篇小说有张生的《他的名字叫衬衫》；"四季收获"有王蒙的《歌声好像明媚的春光》；"走近鲁迅"有陈村的《我爱鲁迅》等三篇；"百年上海"有赵自的《闯进俄罗斯人的小世界》等两篇；"人生采访"有余光中的《思蜀》等两篇；"杂花生树"有《围城里的笑声》。

本期长篇小说《富萍》获第六届（二〇〇〇至二〇〇二年）上海市长中篇小说优秀作品奖长篇二等奖。

九月二十五日　第五期

长篇小说有张炜的《外省书》；中篇小说有陈劲松的《女囚》、东西的《不要问我》，其中《不要问我》被改编为同名电影；短篇小说有顾前的《三两水饺》等两部；"四季收获"有邓友梅的《陋巷旧闻》；"走近鲁迅"有孙郁的《文字后的历史》等三篇；"百年上海"有何为的《上海旧居杂记》；"人生采访"有白先勇的《少小离家老大回》等三篇；"杂花生树"有《闹着玩的文人》。

十一月二十五日　第六期

长篇小说有宗璞的《东藏记》（续完），该小说第一、二章曾发表于《收获》一九九五年第三期；中篇小说有张者的《朝着鲜花去》等两部；短篇小说有子川的《女孩苏杨》；"走近鲁迅"有陈思和的《三论鲁迅的骂人》等三篇；"人生采访"有金圣华的《赤子之心中国魂》等两篇；"百年上海"有俞天白的《金光明灭几度秋》等两篇；"杂花生树"有《人，岁月，生活》。

本期长篇小说《东藏记》获第六届茅盾文学奖（二〇〇五年颁发）。

本期《收获》举办"追寻文学经典"大行动的有奖活动，期刊册页附有百部文学名著名篇目录，读者根据提供的目录把在《收获》上发表的作品勾画出来，根据答对作品的多少，依次产生获奖者，分一二三等奖，截止时间为本年度十二月三十一日。

本年一月，程永新由编辑部主任增补为副主编。

本年一月，《收获》进入dragonsource网站，第一期封三注明网络电子版海外总代理：龙源网上书店 。

本年十月十六日，《收获》杂志社为纪念创刊四十五周年，发起"收获在金秋"系列活动，当晚在上海作协举行"小说朗读酒会"，参加的有贾平凹、余华、苏童等多位作家及上海的作家们。十七日下午，在新世界读书俱乐部二楼举行"走向新世纪小说研讨会"，当晚在复旦大学举行"面对面：作家·《收获》·复旦学子"对谈会。

二〇〇一年

一月十五日　第一期

长篇小说有刘志钊的《物质生活》；中篇小说有池莉的《怀念声名狼藉的日子》等三部；短篇小说有苏童的《伞》、赵长天的《无须解释》；"人生采访"有《且说说我自己》等三篇。

本期设新专栏"隔海书"，此专栏系余光中个人随笔专栏，本期文章有《萤火山庄》。此专栏见于本年第一、二、六期，二〇〇二年第一期，二〇〇三年第一期。

本期设新专栏"好说歹说"，此专栏刊载电影界、音乐界、漫画界、美术书法界等各种跨界人士与文坛文人的对话录，此对话录由陈村和阿城轮流主持，陈村负责第二、四、六期，阿城负责第一、三、五期，本期有对话《姜文对阿城》。此专栏见于本年第一至第六期，二〇〇二年第一至第六期，历时两年。

本期设新专栏"西路上"，此专栏系贾平凹个人杂感专栏，本期有《一个丑陋的汉人终于上路》。此专栏见于本年第一至第六期。

本期附有册页公布"追寻文学经典"行动答案。

本期，《收获》出版日期由单月二十五日出版改为每逢单月十五日出版。

三月十五日　第二期

长篇小说有贺奕的《身体上的国境线》；中篇小说有张生的《来碗米饭》等四部；"隔海书"有《两张地图，一本相簿》；"好说歹说"有史铁生与陈村的谈话《我在哪里活着》;"西路上"有《爱与金钱使人铤而走险》;"人生采访"有钱伟长的《"地下"的科学工作》等两篇;"河汉遥寄"有王辛笛的《"琐忆"记痕》。

本期设新专栏"鞍与笔",此专栏刊载张承志个人随笔杂谈,本期文章有《水路越梅关》。此专栏见于本年第二、四、六期,二〇〇二年第二、四、五、六期,二〇〇三年第一、二、五期。

本期公布"追寻文学经典"评优获奖名单。

五月十五日　第三期

长篇小说有张欣的《浮华背后》,后被改编成同名电视剧;中篇小说有何立伟的《天堂之歌》等三部;短篇小说有韩蔼丽的《杏叶小记》;"好说歹说"有《周勤如对阿城》;"四季收获"有光未然的《奇异的旅程》;"西路上"有《重重叠叠的脚印》;"河汉遥寄"有周海婴的《关于父亲的死》。

本期设新专栏"旧城迷藏",此专栏系余秋雨个人随笔栏目,本期有《旧城迷藏》。此专栏见于本年第三、四、五、六期。

本期,在期刊第八十一页,《收获》编辑部隆重声明推出长篇小说专号,作品有皮皮《人间故事》、柯云路《狂》、洪峰《生死约会》和潘无依《群居的甲虫》。专号为十六开,三百零四页,出版日期二〇〇一年六月,定价为十八元。

七月十五日　第四期

长篇小说有红柯的《西去的骑手》;中篇小说有张者的《唱歌》、安妮宝贝的《四月邂逅小至》等三部;短篇小说有叶弥的《父亲和骗子》等两部;"好说歹说"有林白与陈村的对话《我们拿爱情没办法》;"鞍与笔"有《近处的卡尔曼》;"旧城迷藏"有《雷克雅未克》;"西路上"有《是谁留下千年的祈盼》。

本期设新专栏"集外遗文",此专栏刊载已故作家文人未发表的集外遗珠之作和亲人拾遗之感,本期有汪曾祺的《隆中游记》及汪朝的随感《关于父亲》。此专栏见于本年第四、五期,二〇一〇年第一期。

本期杂志首次发表网络小说作家的作品:安妮宝贝的《四月邂逅小至》。

本期附有册页,《收获》再次声明增刊长篇专号作品为:洪峰《生死约会》、柯云路《青春狂》、魏微《一个人的微湖闸》和潘无依《群居的甲虫》，作品与之前略有改动。

九月十五日　第五期

长篇小说有皮皮的《所谓先生》；中篇小说有方方的《奔跑的火光》等三部；短篇小说有戴来的《亮了一下》等两部；"好说歹说"有《孙晓云对阿城》；"旧城迷藏"有《伯尔尼》；"西路上"有《缺水使我们变成了沙一样的叶子》；"集外遗文"有陈农菲的《出入波涛里》和陈淮淮的《迟到的稿件》。

本期中篇小说《奔跑的火光》获第十届（二〇〇一至二〇〇二年）天津《小说月报》奖、第六届（二〇〇〇至二〇〇二年）上海市长中篇小说优秀作品奖中篇二等奖等两项大奖。

本期"重要启事"声明："本刊因来稿量大而人力有限，现决定从二〇〇二年一月份起，七万字以下的来稿一律不退。"

十一月十五日　第六期

长篇小说有潘婧的《抒情年代》；中篇小说有何立伟的《北方落雪南方落雪》等四部；短篇小说有张生的《外滩》等两部；"隔海书"有《山东甘旅》；"好说歹说"有朱德庸与陈村的对话《你快乐吗？》；"鞍与笔"有《幻视的橄榄树》；"旧城迷藏"有《奇怪的日子》；"西路上"有《带着一块佛石回家》。

本期长篇小说《抒情年代》获第六届（二〇〇〇至二〇〇二年）上海市长中篇小说优秀作品奖长篇一等奖。

本期"征订启事"中除常规征订杂志之外，增加"需要本刊长篇专号的读者，可直接向本刊邮购，专号每册十八元，免收邮费"的说明。

本年设新专栏"隔海书""好说歹说""西路上""鞍与笔""旧城迷藏""集外遗文"，成为《收获》增设新专栏比较多的一年。

本年上半年，《收获》在榕树下网站开设"收获在线"网页，便于编者与读者、作者交流。

本年，《收获》杂志社与云南人民出版社合作推出"金收获丛书"，丛书汇集众多中国优秀作家的原创作品。丛书第一辑是池莉的《怀念声名狼藉的日子》，出版时间是二〇〇一年三月，第二辑是张欣的《浮华背后》，出版时间是二〇〇一年六月。此丛书出版项目充分利用合作双方在作品资源和出版实力方面的优势，陆续推出大批当代作家最新力作。

本年，《收获》杂志被国家新闻出版总署选为"中国期刊方阵——双百期刊"。

本年十一月十七日，全国二十多家文学期刊负责人聚集上海交通大学，召开"二十一世纪文学期刊市场化进程"研讨会，《收获》副主编程永新参加会议，并就期刊的发展接受记者的采访。

二〇〇二年

一月十五日　第一期

长篇小说有李锐的《银城故事》；中篇小说有红柯的《复活的玛纳斯》等三部；短篇小说有王手的《上海之行》等三部；"四季收获"有张一弓的《姥爷家的杞国》；"隔海书"有《金陵子弟江湖客》；"好说歹说"有《倪军对阿城》。

本期长篇小说《银城故事》获第六届（二〇〇〇至二〇〇二年）上海市长中篇小说优秀作品奖长篇二等奖。

本期设新专栏"尘土京华梦"，此专栏刊载邵燕祥个人关于北京文化和地理的随笔趣谈，本期随笔有《岁月深处》。此专栏见于本年第一至第六期。

本期设新专栏"生活在别处"，此专栏邀请长期生活在异国他乡的文人，以一些文明积淀深厚的城市文化为写作背景，给予读者解读世界其他文明和文化的途径，本期有刘索拉的《曼哈顿随笔》。此专栏见于本年第一至第六期，二〇〇三年第三、五、六期，二〇〇四年第一、五、六期，二〇〇五年第二、四、五期，二〇〇六年第一、二、四期，二〇〇七年第一、二、五期，二〇〇八年第二、三、五期，二〇一〇年第二期，二〇一二年第一、二期，二〇一三年第一期、二〇一五年第一、二、三期，二〇一七年第二、五期。此专栏是延续时间较长的开放性栏目。

三月十五日　第二期

长篇小说有苏童的《蛇为什么会飞》；中篇小说有何顿的《蒙娜丽莎的笑》等三部；短篇小说有艾伟的《水上的声音》等两部；"尘土京华梦"有《旧时

楼阁》；"鞍与笔"有《匈奴的谶歌》；"生活在别处"有蓝英年的《海参崴的街道》；"好说歹说"有贺友直、陈村的对话录《老市民的旧上海》。

五月十五日　第三期

长篇小说有荆歌的《爱你有多深》；中篇小说有王松的《红汞》、东西的《猜到尽头》等四部，其中《猜到尽头》改编为家庭伦理悬疑电影《猜猜猜》；短篇小说有王安忆的《舞伴》等四部；"尘土京华梦"有《寻常陌巷》；"生活在别处"有赵毅衡的《伦敦南郊：全球化时代的绿色小市民》；"好说歹说"有《洪晃对阿城》；"人生采访"有聂华苓的《童年云烟》等两篇文章。

七月十五日　第四期

长篇小说有刘建东的《全家福》；中篇小说有王安忆的《新加坡人》、吕志青的《南京在哪里》等四部；短篇小说有朱日亮的《走夜路的女人》等两部；"尘土京华梦"有《故人何处》；"鞍与笔"有《早期意味》；"生活在别处"有北岛的《搬家记》；"好说歹说"有章培恒、陈村的谈话录《美好的中文》；"河汉遥寄"有夏烈的《美丽中国的林间海音》。

本期中篇小说《南京在哪里》获第六届（二〇〇〇至二〇〇二年）上海市长中篇小说优秀作品奖中篇三等奖。

九月十五日　第五期

长篇小说有万方的《香气迷人》；中篇小说有钟晶晶的《你不能读懂我的梦》等四部；短篇小说有薛舒的《记忆刘湾》等两部；"尘土京华梦"有《挽歌声音》；"鞍与笔"有《呜咽的马头》；"生活在别处"有唐颖的《去槟城》；"好说歹说"有《马延红对刘小东对阿城》。

本期设新专栏"百草园漫步"，此专栏系孙颙个人杂感专栏，本期作品有《金融的秘密》。此专栏见于本年第五、六期，二〇〇三年第二、四期，二〇〇四年第二、五期。

十一月十五日　第六期

长篇小说有叶兆言的《没有玻璃的花房》；中篇小说有李冯的《信使》、陈平的《七宝楼台》；短篇小说有顾前的《李阿姨》等三部；"尘土京华梦"有《踪迹前尘》，本专栏至此结束；"鞍与笔"有《自由的街巷》；"生活在别处"有胡承伟的《埃里克和他的朋友们》；"好说歹说"有舒婷、陈村的对话录《我已是狼外婆》，本专栏至此结束；"人生采访"有草婴的《我为什么翻译》等两篇文章；"百草园漫步"有《语文的秘密》。

本期中篇小说《七宝楼台》获第六届（二〇〇〇至二〇〇二年）上海市长中篇小说优秀作品奖中篇二等奖。

本年，《收获》长篇小说增刊开始每年出版春夏卷和秋冬卷。春夏卷有贾平凹的《病相报告》、李修文的《滴泪痣》、戴来的《练习生活练习爱》、程琳的《黑蚂蚁》；秋冬卷有陈丹燕的《慢船去中国》、李修文的《捆绑上天堂》、荆歌的《鸟巢》、盛可以的《水乳》。专号为十六开，三百零四页，每册定价十八元。

盛可以凭借长篇小说《水乳》获首届华语文学传媒大奖二〇〇二年度最具潜力新人奖。

本年，《收获》杂志获全国双百期刊奖。

二〇〇三年

一月十五日　第一期

长篇小说有周梅森的《国家公诉》，该小说连载至第二期，被改编成同名电视剧；中篇小说有唐颖的《瞬间之旅》等三部；短篇小说有迟子建的《一匹马两个人》等两部；"隔海书"有《不流之星》；"鞍与笔"有《视野的盛宴》。

本期设新专栏"历史的喘息"，此专栏系蓝英年个人随笔专栏，本期作品有《比罗比詹的噩梦》。此专栏见于本年第一至第六期。

本期设新专栏"西部地理"，有乌热尔图的《昨日的猎手》。此专栏见于本年第一至第六期，二〇〇五年第五、六期，二〇〇六年第二、三期，二〇〇七年第六期，二〇一四年第五期，二〇一七年第四、六期。

三月十五日　第二期

长篇小说有老张斌的《反动艳史》等两部；中篇小说有艾伟的《小姐们》

等两部；短篇小说有何丽萍的《底线》等三部；"历史的喘息"有《时代弄潮儿西蒙诺夫》；"鞍与笔"有《十张画》；"西部地理"有雪漠的《凉州与凉州人》；"百草园漫步"有《生存的秘密》。

五月十五日　第三期

长篇小说有杨争光的《从两个蛋开始》；中篇小说有须一瓜的《淡绿色的月亮》等三部；短篇小说有魏微的《石头的暑假》等三部；"历史的喘息"有《考涅楚克及其剧本〈前线〉》；"生活在别处"有张辛欣的《独行于此处》；"西部地理"有马原的《拉萨地图》；"河汉遥寄"有韩蔼丽的《斯是陋室》。

须一瓜凭借中篇小说《淡绿色的月亮》获第二届华语文学传媒大奖二〇〇三年度最具潜力新人奖。

七月十五日　第四期

长篇小说有刘庆的《长势喜人》；中篇小说有张翎的《羊》等四部；短篇小说有叶弥的《霓裳》等三部；"历史的喘息"有《得意的谢拉皮翁两兄弟》；"西部地理"有红柯的《奎屯这个地方》；"百草园漫步"有《思想的秘密》。

九月十五日　第五期

长篇小说有王安忆的《逃之夭夭》；中篇小说有李洱的《龙凤呈祥》等三部；短篇小说有莫言的《木匠和狗》等两部；"历史的喘息"有《"灰衣主教"苏斯洛夫》；"鞍与笔"有《旱海里的鱼》；"生活在别处"有王瑞芸的《两位美国老人》；"西部地理"有贾平凹的《拴马桩》；"河汉遥寄"有冀汸的《纪念黄老》。

十一月十五日　第六期

长篇小说有阎连科的《受活》；中篇小说有笛安的《姐姐的丛林》等三部；短篇小说有须一瓜的《怎么种好香蕉》等两部；"历史的喘息"有《从特里丰诺夫的〈大学生〉说起》；"生活在别处"有北岛的《他乡的天空》；"西部地理"有王族的《科克盟科克》；"河汉遥寄"有吴泽蕴的《难得的瞬间相聚》。

阎连科凭借长篇小说《受活》获第二届华语文学传媒大奖二〇〇三年度小

说家提名奖、第三届老舍文学奖长篇奖两项大奖。

为庆贺巴金百岁华诞,本期扩大版增加一个印张,扩至二百二十四页,定价不变,以此答谢读者。从一九八七年第三期至今期刊页数一直维持二百零八页基本未变。

本年,《收获》开始每年推出珍藏合订本,本年限量推出二〇〇二年《收获》珍藏本上、下两部,精装,定价八十五元。

本年,《收获》长篇专号春夏卷有唐颖的《阿飞街女生》、陈丹燕的《慢船去中国》(续)、陆星儿的《痛》、程抱一的《天一言》;秋冬卷有虹影的《上海王》(后被改编成同名电视剧)、戴来的《甲乙丙丁》、余曦的《安大略湖畔》、走走的《房间之内欲望之外》。

本年,《收获》杂志获第二届国家期刊奖提名奖。

二〇〇四年

一月十五日　第一期

本期有巴金的书信两篇《致李楚材》《写给端端》;长篇小说有张欣的《深喉》,后被改编成电视剧《浪淘沙》;中篇小说有王松的《红风筝》等三部;短篇小说有金仁顺的《爱情诗》等两部;"生活在别处"有刘荒田的《华尔特的破折号》;"河汉遥寄"有杨苡的《梦李林》。

本期设新专栏"田野档案"。此专栏刊载冯骥才个人在田野工作中抢救民间文化遗产时的发现与思考,本期作品有《武强屋顶秘藏古画版发掘记》。此专栏见于本年第一至第六期。冯骥才于二〇〇九年续写此专栏,改名为"田野手记"。此后专栏见于二〇〇九年第一至第六期,二〇一一年第四期。

本期设新专栏"两海之聚"。此专栏刊载张承志关于地中海东端旅行的一些记录随笔。在文前"小引"中,作者说旅行的感受"惟它能疗救自己,使自己扩展提升"。本期作品有《两海之聚》。此专栏共发表六期,见于本年第一至第六期。

本期设新专栏"世纪金链"。此专栏刊载北岛对自己热爱的九位二十世纪的诗人生平和诗作以及相关译作的点评与思考,本期作品有《洛尔加:橄榄树林的一阵悲风》。此专栏见于本年第一至第六期,二〇〇五年第一至第四期,专栏所有作品后来以《时间的玫瑰》为题结集出版。

三月十五日　第二期

长篇小说有周梅森的《我主沉浮》,该小说连载至第三期,后被改编成同名电视剧;中篇小说有红柯的《扎刀令》等三部;短篇小说有沈东子的《光裸的向日葵》等三部;"田野档案"有《癸未手记》;"两海之聚"有《比邻的古代》;"世纪金链"有《特拉克尔:陨星最后的金色》;"百草园漫步"有《人性的秘密》;"河汉遥寄"有陈虹的《笑洒人生路》。

五月十五日　第三期

长篇小说有周梅森的《我主沉浮》(续);中篇小说有王瑞芸的《画家与狗》等三部;短篇小说有莫言的《挂像》等四部;"田野档案"有《癸未手记》;"两海之聚"有《水法庭》;"世纪金链"有《里尔克:我认出风暴而激动如大海》。

七月十五日　第四期

中篇小说有须一瓜的《穿过欲望的洒水车》等三部;短篇小说有张楚的《蜂房》等两部;"田野档案"有《榆次后沟村采样考察记》;"两海之聚"有《恩惠的绿色》;"世纪金链"有《策兰:是石头要开花的时候了》。

本期新设专栏"记忆文学"。专栏作品有余秋雨的《借我一生》,作品为余秋雨对父母、同代的追忆文章。此专栏只有一期。

九月十五日　第五期

长篇小说有阿来的《随风飘飘》(《空山》第一部);中篇小说有池莉的《托尔斯泰围巾》等三部;短篇小说有迟子建的《采浆果的人》等三部;"田野档案"有《大理心得记》;"两海之聚"有《把心撕碎了唱》;"世纪金链"有《特朗斯特罗默:黑暗怎样焊住灵魂的银河》;"生活在别处"有姜丰的《签证记》;"百草园漫步"有《命运的秘密》。

本期中篇小说《托尔斯泰围巾》获首届(二〇〇五年度)《北京文学·中

篇小说月报》读者最喜爱的小说奖；短篇小说《采浆果的人》获第十一届（二〇〇三至二〇〇四年）天津《小说月报》奖。

本期《随风飘飘》是阿来的长篇小说《机村史诗》（原用书名《空山》）六部曲之一，阿来于二〇〇九年凭借《机村史诗》六部曲获第七届华语文学传媒大奖二〇〇八年度杰出作家奖。

十一月十五日　第六期

长篇小说有尤凤伟的《色》，作品被改编成电视剧《幸福陷阱》；中篇小说有杨少衡的《尼古丁》等两部；短篇小说有荆歌的《蓖麻》等四部；"田野档案"有《长春萨满闻见记》；"两海之聚"有《摩尔宫殿的秘密》；"世纪金链"有《曼德尔施塔姆：昨天的太阳被黑色担架抬走》；"生活在别处"有陈东东的《黑镜子》。

本期中篇小说《尼古丁》获第十二届（二〇〇七年）天津《小说月报》奖。

本年，限量推出二〇〇三年《收获》合订本。

本年，长篇专号春夏卷有朱文颖的《戴女士和蓝》、徐小斌的《德龄公主》、老秃的《MBA实例教程》、张旻的《桃花园》四部长篇小说；秋冬卷有虹影的《上海之死》、笛安的《告别天堂》、盛可以的《无爱一身轻》、余岱宗的《无关声色》。

本年，《收获》获上海市社会科学期刊编校质量优秀奖。

本年，《收获》第一次被认定为上海市著名商标，成为全国第一家获得"著名商标"称号的纯文学杂志。

二〇〇五年

一月十五日　第一期

长篇小说有贾平凹的《秦腔》，该小说连载至第二期；中篇小说有王瑞芸的《姑父》等两部；短篇小说有苏童的《西瓜船》等两部；"世纪金链"有《帕斯捷尔纳克：热情，那灰发证人站在门口》；"河汉遥寄"有王圣思的《"再见"就是祝福的意思》。

贾平凹凭借长篇小说《秦腔》获二〇〇六年第一届世界华文长篇小说"红

楼梦奖"、二〇〇八年颁发的第七届茅盾文学奖、第四届华语文学传媒大奖二〇〇五年度杰出作家奖等多项大奖。本期中篇小说《姑父》被选入二〇〇五年中国最佳中篇小说排行榜，并获得《北京文学·中篇小说月报》奖。

本期设新专栏"封面中国"。专栏由李辉撰写，根据以中国人物、中国事件为封面的美国《时代》杂志以及相关著作、资料，讲述一份美国刊物与二十世纪中国之间的故事，讲述外面的世界所关注的中国历史本身的故事。本期文章有《美国梦，中国情结》。此专栏见于本年第一至第六期，二〇〇六年第一至第六期，二〇一〇年开始"封面中国"新的系列撰写，见于二〇一〇年第一至第六期，二〇一三年第一至第六期，二〇一四年第二、四、六期，二〇一五年第二、四、六期。

本期设新纪实性专栏"亲历历史"。本期有张贤亮的《美丽》。此专栏见于本年第一期至第六期，二〇〇六年第一至第六期，二〇一四年第一至第六期，二〇一六年第二、三、五、六期。

本期，期刊法律顾问改为王国忠、王丁根两人。

三月十五日　第二期

长篇小说有贾平凹的《秦腔》（续）；中篇小说有王蒙的《秋之雾》等两部；短篇小说有麦家的《一生世》等两部；"封面中国"有《枭雄周围的世界》；"亲历历史"有杨宪益的《半瓶浊酒，四年星斗》；"世纪金链"有《艾基：田野——似闪向天空的光芒》；"河汉遥寄"有《满山遍野的茶树开花》；"生活在别处"有陈平的《贝鲁特手记》。

五月十五日　第三期

长篇小说有东西的《后悔录》；中篇小说有唐颖的《寂寞空旷》等两部；短篇小说有田耳的《衣钵》等两部；"封面中国"有《潮落了，人走了，一切重新开始……》；"亲历历史"有叶兆言的《记忆中的文革开始》等两篇文章；"世纪金链"有《狄兰·托马斯：通过绿色导火索催开花朵的力量》；"河汉遥寄"有严平的《想念关露》。

东西凭借长篇小说《后悔录》获第四届华语文学传媒大奖二〇〇五年度小说家奖。

七月十五日　第四期

长篇小说有毕飞宇的《平原》，该小说连载至第五期；中篇小说有何顿的《希望》等三部；短篇小说有海飞的《干掉杜民》等三部；"封面中国"有《硝烟里，这一曲起承转合》；"亲历历史"有朱正琳的《铁窗岁月》；"世纪金链"有北岛的《时间的玫瑰》，本专栏至此结束；"生活在别处"有宋琳的《布宜诺斯艾利斯手记》。

九月十五日　第五期

长篇小说有毕飞宇的《平原》（续）；中篇小说有麦家的《密码》等三部；短篇小说有王松的《眉毛》等两部；"封面中国"有《悲情1931》；"亲历历史"有冰心的"文革"期间书信《致家里人》；"西部地理"有于坚的《温泉》；"生活在别处"有苏炜的《母语的诸天》。

十一月十五日　第六期

长篇小说有迟子建的《额尔古纳河右岸》；中篇小说有李冯的《卡门》等三部；短篇小说有张抗抗的《干涸》等两部；"封面中国"有《人在风雨晦暝中》；"亲历历史"有蓝英年的《且与鬼狐为伍》、万方的《遥远的文革》；"西部地理"有杨志军的《灵魂依偎的雪山草原》。

本期长篇小说《额尔古纳河右岸》获得二〇〇八年颁发的第七届茅盾文学奖。

本年，期刊推出二〇〇四年《收获》合订本，定价九十元，价格稍涨。

本年，长篇专号春夏卷有韦敏的《米卡》、刘迪的《飞机场》、胡廷楣的《生逢1966》、阿威的《涩罂粟》；秋冬卷有余华的《兄弟》、孙睿的《草样年华Ⅱ》（青春文学代表作家）、刘建东的《十八拍》、小饭的《蚂蚁》。

本年十月十七日，《收获》主编巴金去世，享年一百零一岁。第六期封二有巴金的《最后的话》、封三有《比时间更长久——读者送别巴金》。

本年十二月，李小林任主编，肖元敏为常务副主编，程永新为副主编。

本年，《收获》获第三届国家期刊奖提名奖。

本年，《收获》在全国百家期刊阅览室评选中被评为"读者最喜爱的读物"。

二〇〇六年

一月十五日　第一期

长篇小说有张洁的《知在》;中篇小说有张翎的《向北方》等两部;短篇小说有唐颖的《你在纽约做什么》等三部;"封面中国"有《鲸须与拳击》;"亲历历史"有谢文秀的《碎片》等两篇文章;"生活在别处"有康梦的《彷徨》。

本期设新专栏"一个人的电影",本期有格非的《乡村电影》。此专栏见于本年第一至第六期,二〇〇七年第一至第六期,二〇〇八年第一至第六期,二〇〇九年第一至第六期,二〇一〇年第一至第五期,二〇一一年第一至第六期,二〇一二年第一至第六期,二〇一三年第一至第六期,二〇一四年第一至第五期,二〇一五年第一、三、五期,是持续时间较长的专栏之一。

本期,封三主编改为李小林,副主编为肖元敏、程永新。

三月十五日　第二期

长篇小说有余华的《兄弟》(下部),该小说连载至第三期,小说最后附带说明"全书已由上海文艺出版社出版,经与作者和出版社商定,本刊选载《兄弟》下部前三十二章";中篇小说有王松的《双驴记》等三部;短篇小说有张惠雯的《水晶孩童》等两部;"一个人的电影"有王樽对贾樟柯的访谈《贾樟柯:电影改变人生》;"封面中国"有《输赢之间》;"亲历历史"有晓剑的《抄家的经历》等两篇文章;"西部地理"有熊育群的《怒江的方式》;"生活在别处"有鲁娃的《他乡回眸》。

本期中篇小说《双驴记》获二〇〇七年《北京文学·中篇小说月报》奖、二〇〇七年度中国作协《小说选刊》奖。

五月十五日　第三期

长篇小说有张惠雯的《迷途》等两部;中篇小说有须一瓜的《回忆一个陌生的城市》等两部;短篇小说有赛子的《饵》等两部;"一个人的电影"有彭

小莲对田壮壮的访谈《电影人的尴尬》;"封面中国"有《太平洋,看此番云聚云散》;"亲历历史"有方凌燕的《逃离》;"西部地理"有张贤亮的《宁夏有个镇北堡》。

七月十五日　　第四期

长篇小说有张欣的《夜凉如水》;中篇小说有叶弥的《小男人》等三部;短篇小说有迟子建的《西街魂儿》等三部;"一个人的电影"有深蓝的《霍建起:我们对往事总有一种伤怀》;"封面中国"有《落寞的身影》;"亲历历史"有严平的《醒着的梦》、许志英的《东岳"五七干校"》;"生活在别处"有姜丰的《女英国病人》。

九月十五日　　第五期

长篇小说有王微的《等待夏天》;中篇小说有于晓威的《让你猜猜我是谁》等两部;短篇小说有钟求是的《给我一个借口》等两部;"一个人的电影"有孙甘露对王朔的访谈《王朔:我内心有无限的黑暗和光亮》、对徐静蕾的访谈《徐静蕾:转换于演员导演之间》、王朔的电影剧本《梦想照进现实》;"封面中国"有《在峭壁之上》;"亲历历史"有王蒙的《大块文章》。

本期有巴金的《十年一梦》增订本序(手迹)、《写给端端》(手迹)。

十一月十五日　　第六期

长篇小说有张悦然的《誓鸟》;中篇小说有徐则臣的《跑步穿过中关村》等两部;短篇小说有冯骥才的《胡子》等三部;"一个人的电影"有臧杰对焦雄屏的访谈《中国电影的现实忧愁》;"封面中国"有《一页历史,已然翻过》,由李辉主持的这一专栏至此暂告舞台,两年共十二期。该栏目以《时代》封面人物为线索解读一九二三至一九四六年的民国史,以编年体的方式来叙述中国的历史进程,解读历史人物命运与历史事件的过程,融入个人见解,"使其成为往事与现实、史料与情感相交融的历史解读"[①];"亲历历史"有袁敏的《我所经历的1976》,该文发表后引起读者强烈反响与关注,此后杂志主编李小林

---

① 李辉:《结束语》,《收获》2006 年第 6 期"封面中国"专栏。

约请袁敏于二〇〇七年第三期主持撰写专栏"重返1976",呈现特定时代人们的生存状态以及复杂的人性;"河汉遥寄"有商羊的《怀念一个人和他的女朋友们》。

本期中篇小说《跑步穿过中关村》获第十三届(二〇〇八年)天津《小说月报》奖。

本期发表的八〇后作家张悦然的《誓鸟》引发批评与争议,该作品被认为不成熟且与杂志气质不符。

本年,推出二〇〇五年《收获》合订本,定价八十五元。

本年,长篇专号春夏卷有安妮宝贝的《莲花》、艾伟的《爱人有罪》、杨林的《模糊地带》、笛安的《芙蓉如面柳如眉》;秋冬号有虹影的《上海魔术师》、马笑泉的《民间档案》、哥舒意的《恶魔奏鸣曲》、里尔克的《马尔特手记》。

李辉凭借刊于本年第一至第六期的"封面中国"系列获第五届华语文学传媒大奖二〇〇六年度散文家奖。

本年,《收获》开通新浪博客。

二〇〇七年

一月十五日　第一期

长篇小说有盛可以的《道德颂》;中篇小说有杨少衡的《俄罗斯套娃》等三部;短篇小说有张惠雯的《如火的八月》等四部;"一个人的电影"有荆歌对王小帅的访谈《王小帅:独特的叙述者和记录者》,"生活在别处"有唐丹鸿的《以色列随笔》。

本期设新专栏"苦旅余稿"。余秋雨再次在《收获》开设专栏,此次推出的散文是《文化苦旅》增补本中的新作,本期作品有《问卜中华》。此专栏见于本年第一至第六期。

本期,杂志开始增加特约法律顾问两名:王嵘、光韬。

三月十五日　第二期

长篇小说有王安忆的《启蒙时代》;中篇小说有王手的《本命年短信》等

两部；短篇小说有金仁顺的《彼此》等三部；"苦旅余稿"有《古道西风》；"一个人的电影"有商羊的《张艺谋：士为知己者死的过程最动人》；"生活在别处"有刘荒田的《密西西比小镇怪人三记》。

王安忆凭借《启蒙时代》获第六届华语文学传媒大奖二〇〇七年度杰出作家奖。本期中篇小说《本命年短信》获二〇〇七年度福建《中篇小说选刊》奖。

五月十五日　第三期

长篇小说有唐颖的《初夜》；中篇小说有徐则臣的《苍声》等三部；短篇小说有韦昌国的《城市灯光》等两部；"苦旅余稿"有《天下学宫》；"一个人的电影"有王樽对马俪文的访谈《马俪文：朴素的构成》。

本期设新专栏"重返1976"，袁敏主持撰写回忆文章，本期作品有《从醉白楼到留椿屋》。此专栏见于本年第三、四期，二〇〇八年第一、五期，二〇〇九年第三期。

徐则臣凭借中篇小说《苍声》获第六届华语文学传媒大奖二〇〇七年度最具潜力新人奖。

七月十五日　第四期

长篇小说有何世华的《陈大毛偷了一枝笔》；中短篇小说有于晓威的《沥青》等八部，本年第四至第六期，中篇小说和短篇小说在目录中合为一栏；"苦旅余稿"有《黑色的光亮》；"重返1976"有《追寻真相》；"一个人的电影"有陈伟文对娄烨的访谈《娄烨：全世界的导演都在解决时间问题》。

本期设新专栏"世纪之约"，本期作品有安妮宝贝的《南方》。此专栏见于本年第四、五期，共两期。

本期，封二、封三有《收获》五十周年特辑。

九月十五日　第五期

长篇小说有阿来的《轻雷》；中短篇小说有格非的《蒙娜丽莎的微笑》、迟子建的《起舞》等九部；"世纪之约"有余华的《飞翔和变形》；"苦旅余稿"有《诗人是什么》；"一个人的电影"有李陀的《一九八四年的夏天》等两篇；"河汉遥寄"有舒婷的《夜莺为何泣血离去》；"生活在别处"有张生的《星期天》。

本期封二、封三有《收获》五十周年特辑。在二十世纪八十年代末先锋文学浪潮中，《收获》在推荐发表这些作家作品中起到了重要的作用，本期是"向 80 年代致敬"的纪念专刊。

本期中篇小说《起舞》获二〇〇七年度福建《中篇小说选刊》奖。

十一月十五日　第六期

长篇小说有路内的《少年巴比伦》；中短篇小说有杨争光的《对一个符驮村人的部分追忆》等六部；"苦旅余稿"有《历史的母本》；"一个人的电影"有崔永元的《崔永元：每部电影都有一部传奇》；"河汉遥寄"有黄永玉的《我的世纪大姐》；"西部地理"有欧阳黔森的《白层古渡》。

本期，封二、封三有《收获》五十周年特辑。

本年，为庆贺《收获》创刊五十周年，特设第四至第六期的作品专号，每期期刊封二、封三都有《收获》五十周年特辑。

本年推出二〇〇六年合订本。

本年长篇增刊春夏卷有李锐、蒋韵的《人间》（夫妻合作，中外著名作家联手打造"重述神话"项目的重头作品）、刘迪的《鲜花朵朵》、那多的《百年诅咒》、边震遐的《樱花煞》（与本年第二期"启事"略有改动，刘迪的《鲜花朵朵》原为《娘们风流》，边震遐的《樱花煞》原为《联姻》，此外增加那多的《百年诅咒》）；秋冬卷有钟道新的《谈判专家》、陈河的《致命的远行》、李西闽的《腥》、一方的《风雪祭》。

本年，《收获》再次荣获"上海市著名商标"称号。迄今为止，《收获》仍然是全国第一家获得"著名商标"的原创纯文学期刊，这标志着始终坚守纯文学阵地、以弘扬人文精神为宗旨的《收获》，其影响力已大大超越了文学圈子，在市场化的进程上获得巨大成功。

本年，由中国小说学会主办的二〇〇六年度中国小说排行榜揭晓，二十四篇上榜作品中，《收获》发表的作品共有六篇，占了四分之一。其中四部长篇小说中，《收获》发表的有两部：艾伟的《爱人有罪》（二〇〇六年长篇专号春夏卷）和张悦然的《誓鸟》（二〇〇六年第六期）；十部中篇小说中，《收获》发表的王松的《双驴记》名列榜首，另外还有徐则臣的《跑步穿过中关村》、叶弥的《小男人》。王手的短篇小说《软肋》也榜上有名。

二〇〇八年

一月十五日　第一期

长篇小说有王朔的《和我们的女儿谈话》；中篇小说有王安忆的《骄傲的皮匠》等三部；短篇小说有冯骥才的《楼顶上的歌手》等两部；"重返1976"有《老运动员》；"一个人的电影"有王樽对许鞍华的访谈录《许鞍华：新浪潮的进行时》；"河汉遥寄"有严平的《人去楼空》。

本期设新专栏"八十年代"，刊载个人对开放的八十年代的回忆，包括相关的思想解放与艺术活动的回忆等，本期有贾平凹的《寻找商州》。此专栏见于本年第一至第六期。

本期中篇小说《骄傲的皮匠》获二〇〇九年第三届《北京文学·中篇小说月报》奖。

本期，杂志封三副主编肖元敏成为执行主编。

三月十五日　第二期

长篇小说有吴玄的《陌生人》；中篇小说有陈谦的《特雷莎的流氓犯》等四部；短篇小说有罗望子的《墙》等三部；"八十年代"有张贤亮的《一切从人的解放开始》（谨以此文纪念改革开放三十年）、史铁生的《我的轮椅》；"一个人的电影"有商羊与陈可辛的对话录《陈可辛·过客》；"生活在别处"有李锐的《烧梦》；"河汉遥寄"有小琴的《妈妈》。

五月十五日　第三期

长篇小说有金仁顺的《春香》；中篇小说有乔叶的《最慢的是活着》等四部；短篇小说有方格子的《像鞋一样的爱情》等两部；"八十年代"有格非的《师大忆旧》、刘淳的《青春在激情中燃烧——为怀念八十年代中国现当代艺术而作》；"一个人的电影"有阎连科与顾长卫的访谈《顾长卫：瞬间，足以将生命照亮》；"生活在别处"有唐颖的《我的机场故事》。

本期中篇小说《最慢的是活着》获二〇〇九年第三届《北京文学·中篇小

说月报》奖、第五届（二〇〇七至二〇〇九年）鲁迅文学奖中篇小说票数第一名。

七月十五日　第四期

长篇小说有姚鄂梅的《真相》；中篇小说有苏德的《没有如果的事》等两部；短篇小说有红柯的《老镢头》等三部；"八十年代"有王尧的《在台下张望和聆听》；"一个人的电影"有小马与杨争光的对话录《电影的灵魂》；"河汉遥寄"有周立民的《"我们不能让生活失色"——追忆贾植芳先生》。

本期设新专栏"我们在一起"，此专栏特为悼念汶川地震而设，只有一期。作品有以汶川大地震重灾区之一的映秀镇漩口中学学生的画和诗为内容的《我们在一起》和由走走根据录音整理而成的《没有比生命更重要的——郑立峰心理治疗实录》。

本期设新专栏"遗失的青春记忆"，由严平主持撰写。本期作品有《1937：悲情与选择》，以一九三七年北平学生移动剧团的团体日记为线索，记叙上一代人的情感和命运。此专栏见于本年第四至第六期，二〇〇九年第一、三、四、五、六期。

本期，封二、封三是四川地震灾区孩子们的画作。

九月十五日　第五期

长篇纪实文学有李西闽的《幸存者》，讲述了一个汶川大地震幸存者的生死体验；中篇小说有王安忆的《月色撩人》等两部；短篇小说有麦家的《八大时间》等两部；"八十年代"有徐小斌的《八十年代琐忆》；"遗失的青春记忆"有《战争中的"小布尔乔亚"》；"一个人的电影"有商羊与尔冬升的对话录《尔冬升：鹄的本来》；"重返1976"有《留守的日子》；"生活在别处"有余曦的《多伦多市长》。

李西闽凭借长篇纪实文学作品《幸存者》获第七届华语文学传媒大奖二〇〇八年度散文家奖。

本期附有《收获》征订专页，明年期刊每期价格上涨为十五元。

十一月十五日　第六期

长篇小说有方方的《水在时间之下》；中篇小说有王璞的《沉默》等两部；

短篇小说有张惠雯的《月圆之夜》等两部；"八十年代"有牟森的《戏剧作为对抗：与自己有关》；"遗失的青春记忆"有《消失在历史尘埃中》；"一个人的电影"有王樽对侯咏的访谈录《侯咏：一代人的电影机缘》；"西部地理"有熊育群的《路上的祖先》。

本年，杂志除每年推出合订本外，增加二〇〇七年《收获》长篇专号精装合订本，定价四十五元。

本年，长篇增刊春夏卷有秦无依的《黑卡》、路内的《追随她的旅程》、孔亚雷的《不失者》、路遥的《人生》；秋冬卷有熊正良的《残》、张旻的《谁在西亭说了算》、许言午的《失密》、张辛欣的《在同一地平线上》。

本年，李小林任杂志主编，肖元敏被任命为执行主编，程永新为副主编。

本年，杂志社获首届中国出版政府奖"先进出版单位奖"。

本年，中国出版科学研究所、龙源期刊网、全球中文电子期刊协会评选《收获》杂志为二〇〇八年度中文期刊网络海外分类阅读文学文论类期刊第四名。

二〇〇九年

一月十五日　第一期

长篇小说有张贤亮的《壹亿陆》；短篇小说有王蒙的《岑寂的花园》；"田野手记"有冯骥才的《年画的发现》；"遗失的青春记忆"有《到延安去》；"一个人的电影"有商羊与徐克的访谈录《徐克：我睡着了》；"河汉遥寄"有余秋雨纪念谢晋的文章《门孔》。

本期短篇小说《岑寂的花园》获"腾冲杯"二〇〇八至二〇〇九年文学季中华文学奖。

本期专栏"田野手记"是二〇〇四年冯骥才"田野档案"专栏的续写，用作者的话说"这次所写的乃是近三年田野工作的方法、发现、思考以及心灵的感应。为了给读者也给自己一点新的感觉，遂把这次续写的专栏更名为'田野手记'"[①]。

[①] 冯骥才：《年画的发现》，《收获》2009年第1期。

本期设新专栏"永玉的窗口",本期作品有黄永玉的《无愁河的浪荡汉子》和李辉的《从凤凰开始漂泊——黄永玉和他的故乡记忆》。《无愁河的浪荡汉子》是黄永玉创作的自传体长篇小说,由《收获》独家全文发表。此专栏见于本年第一至第六期,专栏每期除自传体长篇外,还同时刊发书信及其他文章。

本期《收获》定价由原来的十二元上涨为十五元。

三月十五日　第二期

长篇小说有苏童的《河岸》;"永玉的窗口"有沈从文的《干校书简与诗——一九七一年自湖北寄黄永玉》及黄永玉的长篇小说连载;中篇小说有王手的《自备车之歌》;短篇小说有斯继东的《今夜无人入眠》;"田野手记"有《汶川大地震羌文化紧急抢救纪事》;"一个人的电影"有商羊与黄建新的对话录《黄建新:坏血》;"河汉遥寄"有王圣思的《情系甘雨胡同六号》。

苏童凭借长篇小说《河岸》获第八届华语文学传媒大奖二〇〇九年度杰出作家奖、"腾冲杯"二〇〇八至二〇〇九年文学季中华文学奖、二〇〇九年度第三届曼布克亚洲文学奖等三项大奖。

本期王手的中篇小说《自备车之歌》获"腾冲杯"二〇〇八至二〇〇九年文学季中华文学奖。

五月十五日　第三期

长篇小说有张欣的《对面是何人》;"永玉的窗口"有汪曾祺的《我的老师沈从文》、李辉的《高山流水,远近之间》及黄永玉的长篇小说连载;中篇小说有阎连科的《桃园春醒》;短篇小说有张楚的《夜是怎样黑下来的》;"田野手记"有《探访康枝儿》;"遗失的青春记忆"有《昨天已遥远》;"重返1976"有《活着真好》;"一个人的电影"有王樽的《王家卫:迷失在时间的灰烬》。

七月十五日　第四期

长篇小说有艾伟的《风和日丽》,该小说连载至第五期,后被改编成同名电视剧;"永玉的窗口"有黄永玉的《致黄裳书》及长篇小说连载;中篇小说有迟子建的《鬼魅丹青》等三部;短篇小说有晓苏的《我们的隐私》等两部;"田野手记"有《绵山彩塑记》;"遗失的青春记忆"有《母亲的故事》;"一个人的电影"有王樽与赖声川的访谈录《赖声川：行走在舞台与影像的边缘》。

九月十五日　第五期

长篇小说有艾伟的《风和日丽》（续）；"永玉的窗口"有李辉的《漂泊》及黄永玉的长篇小说连载；中篇小说有徐则臣的《居延》；短篇小说有罗望子的《吃河豚》等两部；"田野手记"有《执意的打捞》；"遗失的青春记忆"有《寻找五舅》；"一个人的电影"有陈德森的《"末代副导演"》；"河汉遥寄"有王蒙的《子云走了》。

十一月十五日　第六期

长篇小说有莫言的《蛙》；"永玉的窗口"有黄永玉的《微笑·汗水·家园》及长篇小说连载；中篇小说有滕肖澜的《爱会长大》；短篇小说有哲贵的《住酒店的人》；"田野手记"有《湖湘五事》；"遗失的青春记忆"有《地久天长》；"一个人的电影"有王樽与刘镇伟的访谈录《刘镇伟：后现代的歪打正着》；"河汉遥寄"有章洁思的《布谷声声》。

本期莫言的长篇小说《蛙》获第八届茅盾文学奖。

本年，长篇专号春夏卷有宗璞的《西征记》、小白的《局点》、商羊的《晚安，七井桥》、那多的《甲骨碎》等四部长篇，定价二十元；秋冬卷有王璞的《我爸爸是好人》、贺奕的《第二只箭》、林森祥与薛荣的《水乡》、龙一的《接头》。

本年十二月，程永新被任命为杂志执行主编，钟红明被任命为副主编。

本年，"《收获》五十年精选丛书"出版。

本年，《收获》第三次获得上海市著名商标的认证。《收获》再次申请将"收获"商标认定为上海市著名商标，旨在寻求政府机构通过法律手段对纯文学优秀期刊的品牌进行保护，维护《收获》杂志社对"收获"品牌的法律权益，保护《收获》杂志在公众心目中的良好形象。

本年"2008—2009年度中国出版机构暨文学刊物十强"评选结果出炉，郭敬明主编的《最小说》以六千八百三十五票高登榜首，《收获》以四百五十九票位列第六，《人民文学》位列第七。

二〇一〇年

一月十五日　第一期

长篇小说有须一瓜的《太阳黑子》；长篇连载有黄永玉的《无愁河的浪荡汉子》；中篇小说有陈河的《我是一只小小鸟》等两部；专栏"封面中国"有李辉的《更能消，几番风雨》，该专栏从美国传教士司徒雷登开始新的系列撰写；"一个人的电影"有程丹对于蓝的访谈录《一生的信仰》；"集外遗文"有林斤澜的《滴水不漏》、林布谷的《我想我爸》；"河汉遥寄"有叶兆言的《万事翻覆如浮云》。

本期专栏"永玉的窗口"改为由黄永玉撰写的长篇连载，只刊发黄永玉自传体长篇及其插图，无论是文字还是插图都是全新创作。该长篇连载从本期至二〇一七年每期都有，因为连载，题名不变，所以本年谱此后每期杂志目录中都不再赘述。

本期设新专栏"燕京杂记"。此专栏系孙郁个人随笔专栏，本期作品有《漂流者》。此专栏见于本年第一至第六期，二〇一一年第一、三、五期。

本期，封三标注程永新为执行主编，钟红明为副主编。

三月十五日　第二期

长篇小说有王璞的《猫部落》；中篇小说有林白的《长江为何如此远》等四部；短篇小说有叶弥的《香炉山》等两部；"封面中国"有《天平的倾斜》；"燕京杂记"有《苦行者》；"一个人的电影"有王童与冯小刚的访谈录《冯小刚：嫁接一段新路继续前行》；"生活在别处"有龙冬的《布拉格涂鸦》。

本期短篇小说《香炉山》获第六届（二〇一〇至二〇一三年）鲁迅文学奖短篇小说奖。

五月十五日　第三期

长篇小说有姚鄂梅的《一面是金，一面是铜》；中篇小说有杨少衡的《无可逃遁》等两部；短篇小说有陈丹燕的《蛇果》；"封面中国"有《溃败》；"燕京杂记"有《关于章门弟子》;"一个人的电影"有邱华栋对张元的访谈录《张元:从〈妈妈〉到〈达达〉》;"河汉遥寄"有陈东东的《亲爱的张枣》。

七月十五日　第四期

长篇小说有六六的《心术》,该小说后被改编成同名电视剧;中篇小说有魏微的《沿河村纪事》等两部;短篇小说有徐则臣的《这些年我一直在路上》等两部;"封面中国"有《数风流人物》;"燕京杂记"有《风动紫禁城》;"一个人的电影"有吴文光的《笔记:一个人的纪录片》。

九月十五日　第五期

长篇小说有唐颖的《另一座城》;中篇小说有叶兆言的《玫瑰的岁月》;短篇小说有范小青的《生于黄昏或清晨》;"封面中国"有《台湾海峡,江河再延伸……》;"燕京杂记"有《东亚之痛》;"一个人的电影"有王童与刘恒的访谈录《钟爱的"情人"》。

十一月十五日　第六期

"封面中国"有《"三八线"南北》;"燕京杂记"有《王小波遗墨》。

本期,为纪念曹禺诞生一百周年,巴金逝世五周年,选发两位文化老人自新中国成立前夕至曹禺病逝的部分通信《曹禺巴金书简》,共八十六封,包括两份电报。除巴金五封信、曹禺三封信曾收录相关书籍,其他均为首次公开发表。

本期特设"青年作家小说专辑"专栏,本期有葛亮的《泥人尹》等十部小说。此专栏见于本年第六期、二〇一四年第四至第五期、二〇一五年第五期。

本年,推出二〇〇九年《收获》精装合订本,定价由原来的八十五元涨为一百零五元,长篇增刊合订本由四十五元涨为五十元。

本年《收获》长篇小说专号春夏卷有李西闽的《酸》、王若虚的《限速二十》、余西的《黑暗中的孩子》、郭敬明的《爵迹》(延伸阅读)。从春夏卷开辟栏目"延伸阅读"。《收获》一直是纯文学杂志,此次发表郭敬明的小说引发争议,杂志副主编钟红明在采访中说通过这个栏目希望可以引发更多的关于文本、内容、表现手段等方面的讨论,并不局限在通常所说的严肃文学范围,也容纳包括类型小说在内的多种表达方式的长篇小说，注重可读性与风格的多样化。本期在刊发郭敬明小说的同时，刊发郜元宝和甫跃辉的两篇评论文章。长篇专号秋冬卷有王海鸰的《成长》、小白的《租界》、荞麦的《最大的一场大火》、董启章的《学习年代》（延伸阅读）。

本年推出《收获》杂志金牌栏目结集"收获人文丛书"，丛书包括《一个人的电影·2008—2009》《西部地理》《匈奴的谶歌》《好说歹说》。丛书由上海文艺出版社出版。

二〇一一年

一月十五日　第一期

长篇小说有王安忆的《天香》，该小说连载至第二期；中篇小说有张楚的《七根孔雀羽毛》；短篇小说有晓苏的《花被窝》等两部；"燕京杂记"有《新旧之间》；"一个人的电影"有杨小滨对蔡明亮的访谈录《每个人都在找他心里的一头鹿》。

本期设新专栏"绝响谁听"。此专栏系李辉个人专栏，他用自己的方式描述那些经历"五四"、二十世纪三十年代的文化老人在进入八十年代时的丰富复杂的内心世界，并以知识分子的立场进行深刻反思，本期文章有关于曹禺的《舞台旋转》。此专栏见于本年第一至第六期。

本期，封三标注李小林为杂志社社长。

三月十五日　第二期

长篇小说有王安忆的《天香》（续）；中篇小说有王小鹰的《点绛唇》等三部；短篇小说有王璞的《灰房子》等两部；"绝响谁听"有《风从远方来》；"一个人的电影"有周黎明对姜文的访谈录《姜文：把观众当作恋爱对象》；"河汉遥寄"有叶周的《雾都重庆的峥嵘岁月》。

五月十五日　第三期

长篇小说有路内的《云中人》；中篇小说有迟子建的《黄鸡白酒》等两部；

短篇小说有曹寇的《码头风云》;"绝响谁听"有《归来》;"燕京杂记"有《非洲的眼神》;"一个人的电影"有王童对葛优的访谈录《葛优:演出生活来》。

七月十五日　第四期

长篇小说有李锐的《张马丁的第八天》;中篇小说有张翎的《生命中最黑暗的夜晚》等两部;短篇小说有张惠雯的《爱》等两部;"绝响谁听"有讲述丁玲复杂的一生及其与周扬、沈从文的纠葛和恩怨等的《向左走,向右走》;"田野手记"有《一个古画乡的临终抢救》;"一个人的电影"有张一白和徐展雄的访谈《导演一思考,上帝就发笑》;"河汉遥寄"有张辛欣的《灵与根》。

九月十五日　第五期

长篇小说有麦家的《刀尖上行走》,该小说连载至第六期;中篇小说有陈河的《南方兵营》等两部;短篇小说有范小青的《哪年夏天在海边》;"绝响谁听"有《甲子年冬日》;"燕京杂记"有《汪曾祺的昆明》;"一个人的电影"有商羊对李屏宾的访谈录《李屏宾:画面的味道》。

本期设新专栏"来燕榭书跋"。此专栏系黄裳个人藏书书跋专栏,与读者共同分享访书心得体验,本期作品有《拙政园诗余》。此专栏见于本年第五至第六期。

十一月十五日　第六期

长篇小说有麦家的《刀尖上行走》(续);中篇小说有杨争光的《驴队来到奉先峙》;短篇小说有盛可以的《佛肚》等两部;"来燕榭书跋"有《欧苏书简》;"绝响谁听"有《伤痕何处?》;"一个人的电影"有徐展雄对麦兆辉、庄文强的访谈录《香港电影从来就没自主过》;"河汉遥寄"有陈喜儒的《怀念古川万太郎》。

本年,二〇一〇年长篇专号合订本价格由五十元涨为五十五元。

本年,《收获》长篇增刊春夏卷有於梨华的《彼岸》、李西闽的《麻》、薛濛远的《尚未凝固的透明》,"延伸阅读"有刘心武的《刘心武续红楼梦》、王宏图的《潇洒走一回》、孙逊的《红学专家孙逊谈〈红楼梦〉续书现象》;秋冬卷有海外华人长篇专辑:哈金的《南京安魂曲》、抗凝的《金融危机六百日》、钟宜霖的《唐人街》、齐邦媛的《巨流河》（延伸阅读）。

本年三月十八日，在第二届中国出版政府奖颁奖典礼上，《收获》杂志获得首次设立的期刊奖，是继二〇〇八年杂志获得首届中国出版政府奖·先进出版单位奖之后，第二次获得中国出版政府奖。

本年九月五日，鉴于最近发现有"收获网"（http：//www.shouhuo.cc）刊载源自杂志新浪博客关于本刊内容的介绍等，甚至开设有关"收获在线阅读"等栏目，造成重大误解，为此《收获》杂志郑重声明"收获文学杂志社到目前为止，并未开设官方网站"。

本年，上海市委宣传部设立稿酬专项资金，专门用于提高本地区文学刊物《收获》和《上海文学》的稿酬，每千字从原来的八十元提到最高五百元。杂志执行主编程永新说每年一百万元全部用于作者稿酬，相关部门每月都会来审核，编辑部不会拿一分钱。此举帮助作者获得更加丰厚的稿费收入，也增强了期刊组稿竞争力，引发全国文学期刊的稿酬改革，对文学界影响极大。

本年，李小林任杂志社社长，肖元敏、程永新任执行主编，钟红明任副主编，王彪任副社长。

二〇一二年

一月十五日　第一期

中篇小说有迟子建的《别雅山谷的父子》等三部；短篇小说有王璞的《捉迷藏》等两部；"一个人的电影"有皇甫宜川对尹力的访谈录《想把电影做成人生至高至上的目标》；"生活在别处"有薛忆沩的《异域的迷宫》（上），此文下半部分发表在第二期。

本期设专栏"史铁生作品专辑"一期。为纪念作家史铁生逝世一周年，发表史铁生一组遗作，包括随笔、小小说、信件以及未完成的长篇作品等。

本期设新专栏"潮起潮落"。此专栏由严平主持撰写，本期文章有《"我辈"无文章》。此文以张光年致信荒煤"周兄走后，我辈都未写文"为引，描述周扬去世后，与之关系密切的沙汀、荒煤等文艺界重量级人物集体沉默背后种种复杂的历史缘由以及他们纠缠不休的历史过往。此专栏见于本年第一至第三期，二〇一四年第一至第六期。

本期设新专栏"占领华尔街"，由张辛欣主持撰写，本期作品有《我举什么占领？》。此专栏见于本年第一至第六期。

本期设新专栏"关于泥土的记忆"，由南帆主持撰写，本期作品有《历史的盲肠》。此专栏见于本年第一至第六期。

本期"本刊重要启事"声明："投给本刊的稿件，即视为同意本刊的相关规定，凡选载或转载该作品的，须征得作者和本刊同意"，"本刊发表的作品，未经许可，一律不得擅自转载"。二〇一一年《收获》合订本定价一百零五元，增刊可以在卓越亚马逊网订购。海外读者可向中国国际图书贸易集团有限公司报刊出口中心订购本刊。

本期，封三印有《收获》杂志官方微博 http：//weibo.com/1250530627（新浪官方认证微博）。

三月十五日　第二期

长篇小说有马原的《牛鬼蛇神》，该小说连载至第三期，是先锋派作家马原在告别小说写作二十年后返回文坛的重磅新作，是马原第一部长篇小说《零公里处》问世三十年后的第二部长篇作品；中篇小说有唐颖的《女生倦了》等三部；短篇小说有张惠雯的《两次相遇》等两部；"潮起潮落"有《最后的启航》；"占领华尔街"有《更慢更少的地球人？》；"关于泥土的记忆"有《饥饿惯性》；"一个人的电影"有河西对罗启锐的访谈录《香港电影的岁月神偷》。

五月十五日　第三期

长篇小说有马原的《牛鬼蛇神》（续）；中篇小说有格非的《隐身衣》；短篇小说有薛忆沩的《文盲》等两部；"潮起潮落"有《生命的承受》；"占领华尔街"有《学而优则——工？》；"关于泥土的记忆"有《情为何物》；"一个人的电影"有《用电影直视历史》；"河汉遥寄"有王圣思的《怀念父亲的挚友盛澄华先生》。

本期中篇小说《隐身衣》获第六届（二〇一〇至二〇一三年）鲁迅文学奖中篇小说奖。

本期开始，《收获》杂志与作者签订协议：提高作者稿酬，谢绝转载。这一举措引起文学界和读者关于文学期刊在保护原创与欢迎转载之间如何保持平衡的热议。

七月十五日　第四期

长篇小说有陈丹燕的《和平饭店》；中篇小说有张翎的《何处藏诗》等三部；短篇小说有鲁敏的《谢伯茂之死》等两部；"占领华尔街"有《美式变形记》；"关于泥土的记忆"有《一记勾拳》；"一个人的电影"有《幸运的是我们还能做出这样的电影》；"西部地理"有熊育群的《风过草原》。

本期封二、封三为纪念《收获》创刊五十五周年，选发部分作品的精美插图。一九九四年之前，《收获》刊发的小说有题图、插图。在《收获》历史上，著名画家程十发、贺友直、黄永玉、华三川、丁聪、顾炳鑫、张培础、林墉等都为作品配过插图，后来期刊用书法书写的小说标题代替了题图，偶尔有插图，大多是作者自己画的，如冯骥才、阿城等作家。

九月十五日　第五期

长篇小说有颜歌的《段逸兴的一家》；中篇小说有叶兆言的《一号命令》；短篇小说有徐则臣的《如果大雪封门》等两部；"占领华尔街"有《美国梦０移民潮》；"关于泥土的记忆"有《火车驶过田埂》；"一个人的电影"有胡不鬼对陈国富的访谈录《陈国富：肉眼凡胎窥奥电影》。

本期设新专栏"冰心巴金书简"一期，选发冰心、巴金之间的一组往来书简九十八封，其中四十一封是首发。

本期短篇小说《如果大雪封门》获第六届（二〇一〇至二〇一三年）鲁迅文学奖短篇小说奖。

本期，封二、封三为纪念创刊五十五周年，选发部分由《收获》刊发小说改编的影视剧海报。《收获》自一九五七年创刊号发表老舍的《茶馆》和柯灵的《不夜城》起，至今已有很多优秀作品改成影视，如《野火春风斗古城》、《人到中年》、《人生》、《甲方乙方》（原名《你不是一个俗人》）等，这些作品为中国影视剧提供了丰富的剧本素材，改编以后影响深远。

十一月十五日　第六期

长篇小说有贾平凹的《带灯》，该小说连载至二〇一三年第一期；中篇小说有王安忆的《众声喧哗》等两部；短篇小说有张惠雯的《书亭》等两部；"占领华尔街"有《一个无政府主义者的肖像》；"关于泥土的记忆"有《风声竹林夜》；"一个人的电影"有河西对陈冲的访谈录《有一种美丽叫才情》。

本年，长篇专号春夏卷有滕肖澜的《双生花》、夏商的《东岸纪事》、马拉的《果儿》、张挺的《孔子春秋》；秋冬卷有金宇澄的《繁花》、周嘉宁的《荒芜城》、王宏图的《别了，日耳曼尼亚》。

本年，长篇专号秋冬卷中刊发的金宇澄的长篇小说《繁花》获二〇一五年第九届茅盾文学奖。

二〇一三年

一月十五日　第一期

长篇小说有贾平凹的《带灯》（续）；中篇小说有阿乙的《春天》；短篇小说有王璞的《香港往事》等两部；"封面中国"有李辉的《狂飙八月红》，此专栏仍以美国《时代》周刊为线，描述相继登上周刊封面的政治人物在十年"文革"中大起大落的历史；"生活在别处"有余华的《旅游笔记》；"一个人的电影"有王樽对许秦豪的访谈录《许秦豪：悲伤让人记忆良久》。

本期设新专栏"星水微茫"，由周立民主持撰写。专栏名取自卞之琳的文章《星水微茫忆〈水星〉》，此文讲述巴金、靳以、卞之琳、李健吾、曹禺、萧乾、何其芳一批小说家、诗人、学者于二十世纪三十年代议论创办《水星》杂志的事情。此专栏是通过梳理重温那一代文人书信、日记等史料来缅怀他们的文学与心路历程，以及主持人对那一代知识分子的感想与反思。本期有《沈从文书简》，选发从五十年代至八十年代沈从文致巴金书信十一封，除收录《沈从文全集》的三封外，其他都是首次刊发。本期专栏文章《长河不尽流》在沈从文与巴金长达半个多世纪友情的追述中，描述两位作家不同的人生与写作道路。与之相对应的是每期期刊封二或封三大多是有关文人的笔迹，本期封二、封三分别是"沈从文张兆和结婚请柬"和"沈从文书信手迹"。此专栏见于本年第一至第六期。

三月十五日　第二期

长篇小说有韩少功的《日夜书》；中篇小说有罗望子的《修真纪》；短篇小说有哲贵的《施耐德的一日三餐》等两部；"星水微茫"有《卞之琳书简》和专栏文章《骆驼铃远了》（本期封二是卞之琳为友人题写的《断章》手迹）；"封面中国"有《花明楼前谁徘徊》；"一个人的电影"有张冠仁对蔡尚君的访谈录《挥刀而上》。

五月十五日　第三期

长篇小说有苏童的《黄雀记》；中篇小说有唐颖的《名媛》；短篇小说有薛忆沩的《神童》等两部；"星水微茫"有《李健吾书简》与专栏文章《不散场的戏》；"封面中国"有《决战》；"一个人的电影"有高群书和徐展雄的访谈录《接触到世界的真谛》；"河汉遥寄"有章小东的《母亲的爱》、靳以妻子陶肃琼的回忆与靳以生活过往的遗作《无题的文字》。

本期苏童的长篇小说《黄雀记》获二〇一五年第九届茅盾文学奖。

七月十五日　第四期

长篇小说有田耳的《天体悬浮》，该小说连载至第五期；中篇小说有余一鸣的《潮起潮落》等两部；短篇小说有鲁敏的《荷尔蒙夜谈》等三部；"星水微茫"有《梁宗岱沉樱书简》与专栏文章《纵浪大化中》（封二、封三有梁宗岱手迹）；"封面中国"有《几人酣醉几人醒？》；"一个人的电影"有张冠仁对拉娜·沃卓斯基和安迪·沃卓斯基的访谈录《以弱胜强及人类普遍命运》。

九月十五日　第五期

长篇小说有田耳的《天体悬浮》（续）；中篇小说有王松的《甲鱼的荣誉》等两部；短篇小说有范小青的《名字游戏》等两部；"星水微茫"有《方令孺书简》与专栏文章《沉重的飞翔》（封二、封三为方令孺的画作与信件手迹）；"封面中国"有《漩涡之中》；"一个人的电影"有常小琥对张杨的访谈录《用温纯的颜色绘制城市童话》。

十一月十五日　第六期

长篇小说有张欣的《终极底牌》；中篇小说有张廷竹的《点解》；短篇小说有旧海棠的《遇见穆先生》等两部；"星水微茫"有《萧乾书简》与专栏文章《未带地图的旅人》（封二、封三有萧乾手迹）；"封面中国"有《硝烟》；"一个人的电影"有河西对朱天文的访谈录《朱天文：世纪末的华丽》。

本年，长篇专号春夏卷是纪念《收获》创刊五十五周年华语原创长篇小说大展，包括六部长篇，版面扩至四百四十八页，作品有红柯的《喀拉布风暴》、李师江的《神奇的凤妈》、须一瓜的《白口罩》、莫迪的《摇摆798》、张廷竹的《征衣》、马业勤的《云泥》；秋冬卷有阎连科的《炸裂志》、陈河的《在暗夜中欢笑》、七堇年的《平生欢》。

本年四月七日，《收获》执行主编程永新发微博宣布"再也不读《文学报》了"，对该报"新批评"专刊上发表的李建军批评莫言的文章表示抗议，随后编辑部主任叶开发文呼应，引发争议。清华大学人文学院哲学系教授肖鹰于二〇一三年四月十五日在《东方早报》撰文对《收获》两位主编的言论加以一一驳斥，认为批评家有批评的权利和自由，有权利作意识形态的反批评，可以说"不"。

本年五月，《收获》杂志社再度捧回"上海市著名商标"大匾。这已是该杂志连续四届获此殊荣。刊物被称赞"以最少的人数，产生了最大的影响"。

本年十一月二十五日，《收获》微信公众号获批通过，发出第一条面向微信订户的群发内容，是继五月《小说月报》微信公众号上线后，又一传统纯文学期刊向微信世界发起寻找读者的尝试。钟红明告诉记者，开通微信公众账号，是社长李小林提议和推动的。《收获》微信号为 harvest1957，微信推送的内容，每天一期，每期一至两篇，延续杂志纯文学特色。杂志刊登的小说一般很长，微信推送则采取缩写模式，摘出最精华的部分拼接。如二〇〇五年第五期发表的长篇小说《繁花》，其节选在微信上推送，不但有作者的手绘插图，还有对作者的采访，与纸版有很多不同。

二〇一四年

一月十五日　第一期

长篇小说有叶兆言的《很久以来》；中篇小说有唐颖的《当我们耳语时》等两部；短篇小说有周嘉宁的《让我们聊些别的》；"亲历历史"有《凌汛》，此文章是冯骥才作为一个亲历者关于一九七七年至一九七九年文学的"口述史"；"潮起潮落"有《夏衍的1964》；"一个人的电影"有《这些故人　那些往事》。

本期，封三印有《收获》微信公众号：《收获》。

三月十五日　第二期

长篇小说有宁肯的《三个三重奏》；中篇小说有须一瓜的《老闺蜜》；短篇小说有张惠雯的《岁暮》等两部；"封面中国"有《沉浮间，谁领风骚？》；"潮起潮落"有《刻入年轮的影像》；"一个人的电影"有张冠仁对芦苇的访谈录《"中国故事"的突围历程》。

五月十五日　第三期

长篇小说有叶弥的《风流图卷》；中篇小说有王手的《斧头剁了自己的柄》等两部；短篇小说有鲁引弓的《隔壁，或者1991年你在干啥》等两部；"潮起潮落"有《告别梦想》；"一个人的电影"有常小琥对路学长的访谈录《习惯用画面解决问题的导演》。

本期设新专栏"雪隐鹭鸶"。此专栏由格非主持撰写，从经济、政治、思想、风俗、文化等各个方面阐释《金瓶梅》的复杂内涵，本期专栏文章有《插在金瓶中的梅花》。此专栏见于本年第三至第五期。

七月十五日　第四期

"青年作家小说专辑"有霍艳的《无人之境》等八部小说；"雪隐鹭鸶"有《阳明学的投影》；"封面中国"有《惊雷》；"潮起潮落"有关于何其芳的《历史

的碎片》;"一个人的电影"有《来个好酒,讲讲人生》。

本期设新专栏"非虚构",作品有薛舒的《远去的人》。此专栏见于二〇一四年第四期,二〇一六年第三期、第六期,二〇一七年第五期。

"青年作家小说专辑"专栏从本期至第五期大规模发表中国八〇后优秀作家作品,在微信平台相应推出青年作家小说专辑创作谈。

九月十五日　第五期

"青年作家小说专辑"有张悦然的《动物形状的烟火》等十三部作品;"雪隐鹭鸶"有《伦理学的暗夜》;"潮起潮落"有《在激流涌动中》;"一个人的电影"有王沐对刁亦男的访谈录《要尊重内心的感受》;"西部地理"有艾平的《我是马鞍巴特尔》。

十一月十五日　第六期

长篇小说有阎真的《活着之上》;中篇小说有钟求是的《我的对手》;短篇小说有池上的《在长乐镇》等两部;"封面中国"有《"中国人来了"》;"亲历历史"有巴金的《日记(1973—1976)》和周立民的《长夜漫漫》,该日记是巴金"文革"后期日记的首次公开发表;"潮起潮落"有关于巴金的文章《孤独与喧哗》。

本年,长篇专号春夏卷有范小青的《我的名字叫王村》、孙颙的《缥缈的峰》、张新颖的《沈从文的后半生》;长篇专号秋冬卷有笛安的《南方有令秧》、杨绍斌的《诞生》、周嘉宁的《密林中》、邵燕祥的《一个戴灰帽子的人》。

本年,推出二〇一三年《收获》合订本,定价一百一十元,长篇专号合订本定价六十元。

本年四月二十六日,第十二届华语传媒文学大奖揭晓。作家田耳因刊载于《收获》二〇一三年第四至第五期的长篇作品《天体悬浮》获第十二届华语文学传媒大奖二〇一三年度小说家奖,李辉因刊载于《收获》二〇一一年专栏《绝响谁听》的文章获得二〇一三年度散文家奖。

本年六月三日至二十四日,为庆祝《收获》创刊五十七年暨创刊主编巴金诞生一百一十周年,《收获》杂志举办"我与收获"散文征文活动——题目可以自拟,以"我与收获"为副题,为期三周,征文要求作者做成长微博发布并

@收获杂志以及@三位好友。此活动表明《收获》面对新时代的挑战，充分运用新媒体手段，与广大读者更好地互动、分享精神作品。

本年六月二十二日，《收获》微信公众号微书评《收获·声音》No.1第一次推出。

本年九月，《收获》淘宝店开张，分别为《收获》文学杂志社和《收获》杂志官方店。

二〇一五年

一月十五日　第一期

长篇小说有迟子建的《群山之巅》；中篇小说有陈河的《爷爷有条魔幻船？》等两部；短篇小说有娜彧的《刺杀希特勒》等三部；"生活在别处"有冯骥才的《俄罗斯十九天》，该文章连载至第三期；"一个人的电影"有河西对彭浩翔的访谈录《彭浩翔：新一代的开山怪》。

本期设新专栏"说吧记忆"。专栏刊载抗击日本侵略者主战场的中国亲历者的回忆文章，来纪念世界反法西斯战争胜利七十周年，纪念为之献出宝贵生命的千万英魂。本期专栏文章有朱和风的《抗战老兵》。此专栏见于本年第一至第六期。

三月十五日　第二期

长篇小说有严歌苓的《护士万红》；中篇小说有双雪涛的《平原上的摩西》等两部；短篇小说有曹寇的《在县城》等两部；"说吧记忆"有王小鹰的《苏北行》；"封面中国"有《起落一瞬间》。

本期设新专栏"明亮的星"。此专栏是关于诗歌的专栏，不是发表诗歌，是对诗人作品与形象的立体分析，题目取自英国诗人济慈的诗句，比喻诗人们就像高悬夜空的星星一样。本期专栏文章有钟鸣的《翟永明的诗哀与獭祭》和翟永明的诗歌《大街上传来的旋律（外五首）》。此专栏见于本年第二至第六期，二〇一六年第一至第六期，二〇一七年第一、三、四、五期。

五月十五日　第三期

长篇小说有路内的《慈悲》；中篇小说有阿来的《蘑菇圈》等两部；短篇小说有杨小凡的《缔结了就不会消失》等两部；"说吧记忆"有郭晓明的《老兵口述豫中会战》；"一个人的电影"有王沐对谢飞的访谈录《中国电影的灰色之痛》；"明亮的星"有陈东东的《张枣：我要衔接过去一个人的梦》。

本期阿来的中篇小说《蘑菇圈》获第七届（二〇一四至二〇一七年）鲁迅文学奖中篇小说奖。

七月十五日　第四期

长篇小说有韩东的《欢乐而隐秘》；中篇小说有尹学芸的《士别十年》等两部；短篇小说有冯骥才的《俗世奇人新篇》；"说吧记忆"有熊育群的《旧年的血泪》；"封面中国"有《十月风云》；"明亮的星"有钟文的《记录北岛》和北岛的诗歌《歧路行（选章）》。

九月十五日　第五期

"青年作家小说专辑"有祁媛的《我准备不发疯》等六部小说，本期该专栏延续去年的青年专号，展示八〇后、九〇后年轻作者的文学实绩，题材广泛，从不同的语言、视角描述他们对现实人生的观察和思考；长篇小说有王安忆的《匿名》，该小说连载至第六期；"说吧记忆"有金宇澄的《火鸟》；"明亮的星"有张定浩的《顾城：夜的酒杯与花束》；"一个人的电影"有许艺对刘杰的访谈录《电影即是一种发现》。

十一月十五日　第六期

长篇小说有王安忆的《匿名》（续）；中篇小说有王璞的《再见胡美丽》；短篇小说有弋舟的《平行》等两部；"说吧记忆"有严平的《他们走向抗战》和袁敏的《三小姐的抗战》；"封面中国"有栏目结束语《"新的长征"》，历时十余年的"封面中国"专栏至此结束；"明亮的星"有张定浩的《海子：去建筑祖国的语言》。

本年，推出二〇一四年《收获》精装合订本，定价一百零五元，长篇专号精装合订本定价五十五元。

本年，《收获》长篇专号春夏卷有何顿的《黄埔四期》、赵丽宏的《渔童》、张怡微的《细民盛宴》；秋冬卷有陈永和的《一九七九年纪事》、孙康青的《解码游戏》、王若虚的《火锅杀》、唐颖的《与孩子一起留学》。

二〇一六年

一月十五日　第一期

长篇小说有格非的《望春风》；中篇小说有尹学芸的《李海叔叔》等两部；短篇小说有徐则臣的《狗叫了一天·日月山》等四部；"明亮的星"有陈东东的《斯人昌耀》。

本期设新专栏"远水无痕"，专栏由翟永明撰写，本期作品有《毕竟流行去》。此专栏见于本年第一至第六期。

本期设新专栏"夜短梦长"，专栏由毛尖撰写，本期作品有《打我打我：现代谋杀艺术》。此专栏见于本年第一至第六期，二〇一七年第一、三、四、六期。

本期"启事"声明《收获》开通微信、微店，请读者封底扫码关注。

本期，封三开始印有《收获》微店以及淘宝店信息。二〇一五年杂志封三只有《收获》杂志官方微博以及《收获》微信公众号。本年《收获》开始微信征订，只要扫码进入《收获》微店就可以订阅全年《收获》和《收获》长篇专号，使读者订阅更加快捷方便。

本期尹学芸的中篇小说《李海叔叔》获第七届（二〇一四至二〇一七年）鲁迅文学奖中篇小说奖。

三月十五日　第二期

长篇小说有张悦然的《茧》；中篇小说有张世勤的《英雪》；短篇小说有吕新的《烈日，亲戚》等两部；"亲历历史"有余华的《阅读的故事》；"远水无痕"有《写真留影》；"夜短梦长"有《热牛奶加冰牛奶：关于欲望轻喜剧》；"明亮的星"有陈东东的《郭路生是谁》。

五月十五日　第三期

"非虚构"有冯骥才的《无路可逃》；中篇小说有孙频的《我看过草叶葳蕤》等三部；短篇小说有双雪涛的《跷跷板》等三部；"亲历历史"有贾平凹的《父亲的往事》；"远水无痕"有《川菜小记》；"夜短梦长"有《有闪电的地方稻子才长得好》；"明亮的星"有黄德海的《韩东：要长成一棵没有叶子的树》和韩东的《诗六首》。

七月十五日　第四期

长篇小说有徐则臣的《王城如海》；中篇小说有旧海棠的《橙红银白》等三部；短篇小说有韩少功的《枪手》等两部；"远水无痕"有《看电影记》；"夜短梦长"有《只要你上了火车》；"明亮的星"有耿占春的《吉狄马加：返回吉勒布特的道路》和吉狄马加的《吉狄马加的诗》。

九月十五日　第五期

长篇小说有唐颖的《上东城晚宴》；中篇小说有杨遥的《流年》等两部；短篇小说有弋舟的《随园》等两部；"作家书简"有刘太格的《收信人的话》和傅雷的《傅雷致刘太格》；"亲历历史"有叶兆言的《等闲变却故人心》；"远水无痕"有《观影进化史》；"夜短梦长"有《一个人可以在哪里找到一张床：男人和火》；"明亮的星"有敬文东的《宋炜的下南道》。

十一月十五日　第六期

"非虚构"有冯骥才的《地狱一步到天堂》（韩美林与冯骥才口述自传对话）；中篇小说有王松的《歌尼斯堡七座桥》等三部；短篇小说有储福金的《棋语·搏杀》等三部；"亲历历史"有王安忆的《成长初始革命年》；"远水无痕"有《少年杂读记》；"夜短梦长"有《一场欢愉，三次改编》；"明亮的星"有茱萸的《陈东东：海神的导游图》和陈东东的《诗五首》。

本年，长篇专号春夏卷有李凤群的《大风》、吴亮的《朝霞》、张忌的《出家》；秋冬卷有张爱玲的《爱憎表》、冯良的《西南边》、秦文君的《小青春》、王传宏的《我走了》、李宏伟的《国王与抒情诗》。

本年四月二十九日，《收获》官方微博发布消息宣称可以直接通过手机App软件接受在线投稿（"行距"文学创作平台），在纯文学领域堪称创举。长期以来，包括《收获》在内的严肃文学杂志大多只接受纸质投稿。《收获》主编程永新指出，《收获》的这次"大动作"意在为写作者争取到更自由和便捷的通道，让更多有写作才华的年轻人冒出来。同时，《收获》还将积极拥抱互联网，在提升优秀文学作品的影响力、传播力及IP价值方面，作出更多探索。

本年五月二十八日，《收获》针对《京华时报》《文学报》等媒体记者对杂志发行量极其谬误的解读作出严肃说明，声明杂志发行量每期十万册，在同类文学期刊中名列前茅，从一九八五年起是自负盈亏，没有任何行政拨款。

本年，李小林任名誉主编，程永新任主编，钟红明、王彪任副主编。

二〇一七年

一月十五日　第一期

长篇小说有老舍的《四世同堂·饥荒》以及赵武平写作的与之相关的文章《〈四世同堂〉英译全稿的发现和〈饥荒〉的回译》；中篇小说有王安忆的《红豆生南国》等两部；短篇小说有张楚的《盛夏夜，或盛夏夜忆旧》等三部；"夜短梦长"有《老K，老A，和王》；"明亮的星"有陈东东的《圣者骆一禾》；"河汉遥寄"有桂未明的《生命的感动》。

本期设新专栏"他们走向战场"，专栏由严平撰写，本期作品有《我们歌颂我们之再生——马可和他的1938年日记》。此专栏见于本年第一至第六期。

本期设新专栏"三朵雨云"，专栏由唐诺撰写，本期作品有《阿伦特的愤怒和契诃夫的笑声》。此专栏见于本年第一至第六期。

三月十五日　第二期

长篇小说有张翎的《劳燕》；中篇小说有张悦然的《大乔小乔》；短篇小说有艾玛的《白耳夜鹭》等三部；"他们走向战场"有《火炼》；"生活在别处"有南帆的《天元》；"三朵雨云"有唐诺的《乘哪朵雨云去环游地球》。

五月十五日　第三期

　　长篇小说有石一枫的《心灵外史》；中篇小说有王手的《第三把手》等两部；短篇小说有钟求是的《街上的耳朵》等三部；"他们走向战场"有《沙滩上再不见女郎》；"三朵雨云"有《更加稠密有感的真相》；"夜短梦长"有《奇数：三部命运电视剧》；"明亮的星"有陈东东的《舒婷：我要回到人群里去》。

七月十五日　第四期

　　中篇小说有孙频的《松林夜宴图》等四部；短篇小说有周嘉宁的《了不起的夏天》等四部；"他们走向战场"有《埋伏》；"三朵雨云"有《还能不能制造一根完美手杖》；"夜短梦长"有《二货》；"明亮的星"有陈东东的《叛逆的芒克》；"西部地理"有熊育群的《青铜岁月》。

九月十五日　第五期

　　"非虚构"有冯骥才的《激流中》；中篇小说有张悦然的《天鹅旅馆》等三部；短篇小说有葛亮的《朱鹮》；"他们走向战场"有《谁与你同行》；"三朵雨云"有《为什么嗡嗡不休地骚扰这个世界？》；"明亮的星"有陈东东的《多多的省略》；"生活在别处"有丹麦作者福劳德·欧尔森撰写、钱佳楠翻译的《克莱门公寓74号房间》。

　　本期有《收获》大事记和《收获》总目录。

　　本期"编者按"重发巴金在杂志三十周年撰写的文章《〈收获〉创刊三十年》，以作纪念。

　　本期设"莫言小说新作"专栏，刊发莫言的《故乡人事》。

　　本期，期刊总期数为二百六十五期，第四期表明总期为二百四十六期，两期期刊总期数不连续，是由于《收获》杂志历经两次停刊，两次复刊，一九七九年复刊时是以第一次复刊至第二次停刊总刊期共十四期为基础，一九六六年第三期未包含在内。现在改为二百六十五期，是把一九五七年创刊至第一次停刊共十八期以及一九六六年第三期计算在内。

十一月十五日　第六期

　　长篇小说有须一瓜的《双眼台风》；中篇小说有荆歌的《亲戚关系》等两

部；短篇小说有七堇年的《黑刃》；"他们走向战场"有《异域征尘》；"三朵雨云"有《更多好东西不在你的习惯里》；"夜短梦长"有《结尾》；"西部地理"有胡学文的《塞外长歌》。

本期有《收获》长篇专号总目录（二〇〇一至二〇〇七年）。

本年，《收获》长篇专号全新改版，从半年刊改为季刊，分为春、夏、秋、冬四卷，由《收获》杂志社和长江文艺出版社联合出版，价格为每卷三十二元。春卷有陈永和的《光禄坊三号》、刘庆的《唇典》、马原的《三眼叔叔和他的灰鹅》；夏卷有阎连科的《速求共眠》、李陀的《无名指》、傅星的《怪鸟》；秋卷有范迁的《锦瑟》、那多的《十九年间谋杀小叙》、朱联忠的《北美纪事》；冬卷有杨林的《雪夜》、霍香结的《灵的编年史》、张辛欣的《IT童话》、普玄的《疼痛吧指头》。

本年，《收获》杂志与写作平台"行距"合办首届"注意行距"创意写作比赛，《收获》推出两个网络投稿通道"科幻故事空间站""罪推理事务所"。

本年开始，每期目录页注明"本刊所付稿酬已包含杂志纸版、电子版、微信公号之稿酬；本刊同时拥有影视版权的优先代理权。来稿凡经本刊采用，即视作者同意以上约定。本刊承诺不以任何方式将作品割裂于期刊之外单独销售"。

本年，期刊附加征订页就有关《收获》杂志作品的转载时间、支付作者报酬和编辑费等相关方面进行明确规定。

本年，为庆祝《收获》杂志创办六十周年，上海九久读书人与人民文学出版社合作推出由《收获》杂志社编辑部主编的《收获》六十周年纪念文存（珍藏版），选收杂志创刊至本年第二期发表的优秀作品二百八十多篇，萃聚一百八十多位老中青作家，纪念文存共二十九卷，按不同体裁编纂。

本年，《收获》杂志荣获第四届中国出版政府奖·期刊奖。

本年，主编程永新荣获第四届中国出版政府奖·优秀出版人物奖。

本年十二月十日下午，纪念《收获》创刊六十周年"与时代同行"作品朗诵会在上海作协大厅举行，莫言、余华、苏童、贾平凹等三十多位文坛名家抵沪朗诵庆生。

（原载于《东吴学术》2022年第6期、2023年第1期。收录本书时有改动。）

广阔的小说之路
——《十月》"小说新干线"栏目（一九九九—二〇一八）研究

"小说新干线"是《十月》开辟的一条关于中、短篇小说的新的传播主线，迄今为止已二十余年。该栏目创设初衷是针对那些具有创作实力和潜力但没有受到充分关注的青年小说作者，给予重点关注和集中推介。栏目每期集中刊载同一作者的多篇小说（中篇或短篇），配以短评和文学自传。二〇〇八年第四期是一个例外，当期该栏目是多位作者的小辑。这种每期以集束方式推出一个作家的模式，颇具力度，别具一格。尤为难得的是，《十月》长期坚持，塑造了一道独特的风景线。本文通过对该栏目于一九九九年至二〇一八年间推选的作家作品进行梳理与分析，一方面探究期刊的办刊举措与创新思路，另一方面考察该栏目促进青年小说家成长的贡献。

一

"小说新干线"推出的青年作家都已在文坛崭露头角，写出了一些有特点的作品，但所发刊物规格不高，在文坛的存在感较低，未受广泛关注。譬如"与传媒接触不广，无法拥有所谓'话语权'，其人其文不能广为人知"的黎晗①，"还是一个比较生疏的名字"的鹿永建②，"创作情况不详"的鱼河③，"惊鸿一瞥"的吕不④，"龙困浅滩"的何大草⑤，"被置于边缘的位置"的邵丹⑥，"应当还算一个新人"的付秀莹⑦，"作为一个新手"的鲁敏⑧，等等。"小说新干线"栏目以敏锐的文学触觉，准确定位，不盲目跟风，从不同的切入点关注每个创作主体的亮点。综观该栏目推出的每一位青年作家，大体分为两类：（一）有特点有实力的文坛新人。作家个人创作具有很大的生长潜力和发展空间，作品别开生面，探索和创新意识浓厚，迥别于同时代作家作品风格。（二）创作正在发生变化的中青年作家。作家创作风格较以前有明显的发展变化，或创作文体发生改变。

"小说新干线"栏目的责任编辑从大量稿件中挑选，不唯名家，重视来稿中特色鲜明的创作，关注青年作家在小说结构、叙事语言、表达手法等小说技巧方面的创新与努力。一九九九年第三期选发了鱼河的两篇小说《你去问马吧》《愚卿的故事》。《你去问马吧》引用大段的广告文案，《愚卿的故事》中悼词、遗物清单、译著序言等内容占据作品大半篇幅，这两篇小说都在文本中嵌入大量流行用语，虚假与真实相映，荒诞和滑稽并存，给读者带来强烈的阅读冲击和新鲜的阅读体验。二〇〇三年第四期刊发了吕不的《如厕记》，后被改编成电影《马桶上的甜蜜生活》。这篇小说采用的人称转换和叙事手法受到评论家一致称赞，吕不因此成为该年度文坛热切关注的新人。在这篇小说中，第一人称和第三人称叙事交替转换。小说以穆小生为主叙事者，同时交织着主人公穆小旦及其父母的叙事口吻，在这种叙事模式的转换中，以"厕所"的变迁为框架，勾勒出主角穆小旦和配角穆小生的成长轨迹。二〇一四年第二期张寒的《看着父亲牵羊过渭河》，讲述父亲牵着一头羊过渭河看望亲戚的故事，穿插着父亲一路走来与所遇见的乡亲们的对话，讲述者"我"在幕后远远地关注

---

① 顾建平：《含蓄与感伤》，《十月》1999年第5期。
② 陈东捷：《不如归去》，《十月》2000年第3期。
③ 陈东捷：《以文本的方式》，《十月》1999年第3期。
④ 晓枫：《向美好生活致敬》，《十月》2003年第4期。
⑤ 唐小林：《印象·没有记忆却有乡愁》，《十月》2005年第1期。
⑥ 祝勇：《印象·路口的邵丹》，《十月》2007年第6期。
⑦ 李浩：《印象·小说中的付秀莹》，《十月》2010年第1期。
⑧ 晓枫：《我们今天的困境》，《十月》2001年第6期。

父亲的行走，倾听父亲的对话。整篇小说故事简单，不以故事见长，叙事像散文又不是散文，刷新了读者对小说的认识，正如点评者所言，"一个陌生的张寒，带给我们陌生的小说"①。描写城乡关系的小说很多，二〇一六年第六期中篇小说《末日黄花》的作者格尼善于从细微处着眼，从城市与乡村的张力关系中关注世相百态，体现出其小说独特的一面。《末日黄花》中颜小菊对"处子之身"和乡村贞操观的坚守，与《啃春》中田万方对"啃春"这一传统风俗的执念有异曲同工之妙，上演了一场场城乡之间道德理念与价值理念冲突的大戏。格尼从小处着眼，关注生活在城乡间的芸芸众生，记录着他们在时代浪潮中的固守与变异。

栏目持续发掘有特点的文坛新人，不仅关注其小说本身的独特与创新之处，还关注其与同时代作家的差别。在同代作家文学审美日渐趋同的写作潮流中，这些作家以个性鲜明的独特发声，表现出与同时代作家的高区别度，格格不入地坚守纯文学立场。《作家》杂志一九九八年第七期推出"70年代出生的女作家专号"，"美女作家"的标签从此成为一个流行的符码，在消费意识和营销策略的推动下，所谓女性"身体写作"曾经吸引了一批七〇后女作家的追捧。有别于贩卖女性感官体验的写作潮流，"小说新干线"在二〇〇四年第四期推出的杨怡芬"同样是七十年代，同样关注女性，杨怡芬的写作并不依靠有限分泌的个人肉体经验"②。无论是《金地》中为儿子终日辛劳的母亲，还是《珠片》中为丈夫升迁牺牲色相的妻子，作者以冷静的语调展开叙述，通过日常生活细节刻画立体的女性形象，女性的坚韧与温情贯穿始终，揭示被"爱"的藩篱束缚的女性命运。五〇后、六〇后作家群正在被文学史经典化，而在新媒体语境中成长起来的八〇后、九〇后作家群大有后浪压倒前浪的气势，处于夹缝中的七〇后艰难地寻找与他们成长经验相匹配的语言方式和叙事能力。在"小说新干线"栏目推出的七〇后女作家群中，编者重点关注的是那些尝试寻找独特表达方式的作家，栏目所推出的鲁敏、乔叶、盛琼等人都努力构建自我的审美空间，寻找独特的审美表达，开辟出属于自己的一方天地。像鲁敏笔下"东坝"世界的生命轨迹，乔叶对豫剧与人生关系的生动描述，盛琼对女性命运的别样关注等等。新概念作文大赛催生了一批八〇后的明星作家，像韩寒、

---

① 方向明：《陌生的小说》，《十月》2014年第2期。
② 晓枫：《贤妻良母》，《十月》2004年第4期。

郭敬明、张悦然等，他们吸粉无数，在消费化的背景下一路高歌向前。二〇〇八年第四期"小说新干线"栏目突破一人一期常规，集中推出了六位八〇后作者：祁又一、马小淘、董夏青青、桂石、少染、王小天。这些年轻作者都是属于"写作有年""小有名气"的实力派，坚持"纯文学写作"，不迁就迎合市场，他们的作品"在走出'80后'的写作定式与含带清新的文学气韵方面，都还有一些属于自己的东西，值得引起人们的注意"①。栏目推出的其他八〇后作家，如写作向传统回归的郑小驴，继承传统力量"带着生长痕迹"的吕魁②，"写出质地如此纯粹的文本"的王威廉③，写作"独立性强、辨识度高的周李立"④ 等，他们在纯文学道路上的坚守与努力赢得了《十月》的尊重。"小说新干线"另辟蹊径，为他们提供了一个展示自己实力与潜力的舞台。

  "小说新干线"栏目跟踪作家的成长轨迹，及时发现其创作转变的迹象。作家中跃早年小说创作叙事风格夸张、直露，道德评判意味浓厚，经多年摸索后风格转为含蓄、隐晦。一九九九年第二期选发了他的两篇小说《习惯痛苦》《斗地主》，顾建平在评介中说："近年他的小说'现实性'增强，游戏笔墨渐减，客观叙述几近'零度风格'。他试图在新作中表现为一个讲故事的老手，而其不经意显露的朴拙，却如同一位文学新人。"⑤ 马叙前期作品着重书写世俗生活的平庸和无聊，后来叙事开始挖掘对象的复杂性。《伪经济书》和《海边书》发表于二〇〇七年第四期。马叙在访谈录中说"当然写作是会有变化的，不会是标本式的，其实我的小说写作的变化在《伪经济书》与《海边书》中就已经开始"，"特别是《海边书》，我写到了女性身体的黑暗绝望与内心的深度幽暗"⑥。陈集益的小说创作从现代主义向现实主义回归，他在个人创作谈中说："我现在的小说，正如你们现在所看到的，已经写得非常规矩了。"⑦ 对于刊发于二〇〇八年第五期的《城门洞开》《阿巴东的葬礼》两篇作品，赵

---

① 白烨：《新人自有新气象》，《十月》2008 年第 4 期。
② 宁肯：《自我与他者的对话》，《十月》2006 年第 5 期。
③ 《卷首语》，《十月》2014 年第 6 期。
④ 王干：《逃逸 往返 另存——周李立的小说策略》，《十月》2017 年第 3 期。
⑤ 顾建平：《讲故事的人》，《十月》1999 年第 2 期。
⑥ 王永胜：《我只关注平庸深处的荒谬与幽暗——马叙访谈录》，《文学港》2009 年第 3 期。
⑦ 陈集益：《插在地上的刀子》，《十月》2008 年第 5 期。

月斌断言他"已变成了一位'非常规矩'的小说家,他告别了'虚伪的形式',走向了更为广袤的话语空间。或许正是凭借这种扎实的力量,他才会荣登《十月》的'小说新干线'"①。以药都系列小小说成名的实力派青年作家杨小凡"苦于不能突破自己","几度停停写写"②,最终从对生活的冷静思考中找到自己写作的突破口,于二〇〇九至二〇一一短短两年间有贴近现实的数篇佳作问世。栏目选发了他描述医患闹剧的《欢乐》与关注房地产状况的《开盘》,两篇小说都密切关注社会焦点话题,呈现人生百态,挖掘人性的隐秘。

"小说新干线"以"求新、求变"的意识,鼓励作家不断挑战自我,支持他们更新小说创作模式的探索,为那些在写作方面处于突破期的作家提供了一个停靠的驿站。该栏目为作家们充电,目送他们奔向新的创作旅程。少数民族作家潘灵创作成果丰硕,栏目推出其作品《天麻》《回来》,这是他从通俗路线转向纯文学路线的标志性作品,此前他凭借《血恋》《红风筝》收获了火热的市场反响。出道较早的霍艳在二〇一三年第四期发表《失败者之歌》和《管制》,她说:"严格意义来说,我不算一个新人,却愿意以新人的姿态重新出发。"不论是《失败者之歌》中表现父、母、女三者复杂搅揉的关系,还是《管制》对一个小时内公交车上众生相的扫描,都显示出霍艳对底层人物细致入微的观察力和不落俗套的想象力。霍艳前期作品沉浸于对自我与青春的热烈宣扬,从二〇〇八年开始转向冷静客观的叙述,用细致的社会观察代替情绪的宣泄,作品深深地扎根于现实。津子围是一个早熟作家,在"小说新干线"亮相之前已获得不少省市级文学奖项,该栏目二〇〇四年第三期推出其《审判》《求你揍我一顿吧》。《审判》描写一群孩子以"耍流氓"的罪名审判一只灰青色的鸭子,结果两只茫然的鸭子"罪犯",灰青和大花,在众多"审判官"的合力下,被蒙在头上的布片憋死了。在儿童看似无意的游戏中,折射出特殊年代成人世界扭曲的价值观,私下对他人隐私的窥视与公共场合的正气凛然迥然有别,形成了强烈的反讽。《求你揍我一顿吧》中的主人公请求别人揍自己一顿,由此引起民事纠纷,先后参与案件处理的两位民警后来也有了求别人揍一顿的冲动,荒诞的情节设置折射出生活在高压之下的小人物的困境。作者以克制的生命热情,游刃有余地展开叙事,捕捉被生活表象遮蔽的人性。

---

① 赵月斌:《从夸饰到朴实》,《十月》2008 年第 5 期。
② 杨小凡:《人生的左岸》,《十月》2011 年第 3 期。

"小说新干线"栏目一直关注从其他文体转向小说文体的艺术探索，重视这类创作中跨文体元素带来的审美可能性。黎晗曾经写作散文十多年，该栏目推出了他的两部短篇小说《石子跑得比子弹快》《巨鲸上岸》，这些作品还有散文化的迹象，但在叙事与抒情之间寻找到一种平衡，"在文字的简约和故事的丰盈之间，黎晗现在已经找到了恰当的结合点"[①]。徐迅同样以散文见长，曾经获得多项散文大奖，他从二〇〇六年开始写小说，该栏目二〇〇八年第一期刊发他的两部中篇《白色雷》和《梦里的事哪会都真实》，跨界的写作别有意趣，尽管文体不够老练，但不落俗套。李云雷以评论成名，该栏目二〇一〇年第五期选发他的《舅舅的花园》和《父亲的果园》，两篇小说都以回忆为主题，面对乡村传统生活的逐渐消逝，在时光的河流中捕捉温暖的画面和珍贵的片段，作者的纠结与感伤深埋于文字的描述中。不论是以散文、评论还是诗歌在文坛立足的创作者，他们在操练小说文体时难免有生涩之处，但都显示出不俗的功力和潜力。该栏目对他们的关注，体现了对文体多样性的鼓励，也期待作家能突破审美成规，开掘新的艺术可能性。

"小说新干线"栏目既朴实宽厚，又鲜活敏感，在发掘新人时体现出宽广的包容性，在跟踪早熟作家的创作新变时，更多体现出艺术嗅觉的敏锐。该栏目的包容与敏锐，二十多年来鼓励着众多年轻的小说家摆脱迷茫与挫败，拥抱艺术的孤独，重新积蓄向前的力量。进入"小说新干线"视野的作家，不论是新人还是老手，他们当时在文坛都还没有引起充分关注，并且在创作上还有很大上升空间。该栏目的力推，增强了这些作家的自信，其中有不少作家迎来了创作的新起点，破茧成蝶，大放异彩，成为当代文坛的生力军。

二

不拘一格推作家，别具慧眼选作品，这是《十月》的优良传统。铁凝第一部中篇小说《没有纽扣的红衬衫》发表于《十月》，铁凝说："写此作时我尚是一名业余作者，在一家地区级的杂志社当小说编辑。但《十月》的编辑老师并没有漠视一个年轻的业余作者，他们将《没有纽扣的红衬衫》以头条位置发

[①] 顾建平：《含蓄与感伤》，《十月》1999年第5期。

表。"① "小说新干线"栏目秉承《十月》的精神基因,在"推新人"这一项任务上下足了功夫,而且种豆得豆,效果突出。一期刊物集中刊发一个作者的二至三篇中短篇小说,这在同类文学期刊中已是破例。而"小说新干线"栏目突破常规,一九九九年至二〇〇四年在作品后面配发责任编辑的短评,从二〇〇五年第一期开始再度增加砝码,配发作家的文学自传和评论文章。这种方式加深了读者对作者本人及其创作风格的了解,对入选作者更是难得的荣耀。从二〇〇五年第一期开始,《十月》杂志封面开始印有重点作品目录。登上封面目录的该栏目作品有何大草《千只猫》、马叙《伪经济书》、邵丹《小镇的女裁缝》、徐迅《白色雷》、王秀梅《树洞》、尉然《音像店》、祁又一《失踪女》、陈集益《阿巴东的葬礼》、肖勤《云上》、方如《看大王》、李云雷《舅舅的花园》、郑小驴《1921年的童谣》、金磊《半推半就》、金岳清《花旗手枪》、杨小凡《欢乐》、胡性能《下野石手记》、王威廉《北京一夜》、于一爽《带零层的公寓》、李唐《呼吸》、蒋在《举起灵魂伸向你》、童伟格《放鸽子》,等等。这也表明该栏目并非刊物的点缀,而是刊物的重点。《十月》的历期卷首语中,也有不少涉及该栏目作家作品的评语,像胡性能、李云雷、王威廉、于一爽等都被重点推荐过。《十月》的编者确实是殚精竭虑,通过多种方式结合的组合拳,加大了对文坛陌生面孔的推荐力度。

《十月》不仅通过"小说新干线"栏目将推荐的作家扶上马,还动用刊物的其他资源送他们一程。《十月》"长篇小说"增刊和《十月·长篇小说》陆续推出这些作者的作品,见证他们的成长。从二〇〇四年到二〇一八年,共刊发了曾在"小说新干线"栏目露面的十八位作家的长篇小说:鲁敏《说谎吧,戒指》(二〇〇四年芒种卷)、陈全伦《包子铺》(二〇〇五年立春卷),叶舟《犹在镜中》(二〇〇五年立春卷),盛琼《幸福在哪里》(二〇〇五年谷雨卷)和《小街西施》(二〇〇七年第四期),海桀《绝杀》(二〇〇七年第二期)、《唱阴舞阳》(二〇〇八年第四期),潘灵《翡暖翠寒》(二〇〇七年第三期),何大草《盲春秋》(二〇〇七年第六期)、《忆君》(二〇一〇年第二期)、《忧伤的乳房》(二〇一三年第六期),陈继明《百鸟苏醒》(二〇〇八年第三期)和《七步镇》(二〇一八年第一期),尉然《第三十七计》(二〇一〇年第一期),李浩《如归

---

① 铁凝:《吉祥〈十月〉》,《十月》2004年第4期。

旅店》（二〇一〇年第五期）、《镜子里的父亲》（二〇一二年第五期）、《镜子里的父亲》（第二部）（二〇一三年第三期），荆永鸣《我们的老家》（二〇一一年第三期），董夏青青《年年有鱼》（二〇一一年第四期），刘建东《一座塔的安魂曲》（二〇一二年第一期），肖勤《水土》（二〇一四年第一期）、《守卫者长诗》（二〇一五年第六期），陈鹏《刀》（二〇一五年第一期），付秀莹《陌上》（二〇一六年第二期），晓航《游戏是不能忘记的》（二〇一七年第三期），乔叶《藏珠记》（二〇一七年第三期）。其中何大草、李浩发表三部，盛琼、海桀、陈继明、肖勤各二部，其他人各一部，展示了他们的创作实力以及对长篇小说的驾驭能力。

该栏目一方面促进了作家的成长，另一方面赢得了他们的支持，他们把《十月》作为自己的精神家园，从中获得一种温暖的归属感。在《十月》设立的"十月文学奖"获奖作家中，有不少"小说新干线"作者的身影，而且获奖数目占据不小的比例。从第八届"十月文学奖"（二〇〇一至二〇〇七）到第十五届"十月文学奖"（二〇一八），该栏目共有二十篇获奖。详情请见下表。

"小说新干线"作者获"十月文学奖"中短篇小说奖情况统计表[①]

届数 \ 获奖项目	中篇小说奖 获奖作品	获奖比例	短篇小说奖 获奖作品	获奖比例
第八届（2001—2007）	吕不《如厕记》※（2003.4）荆永鸣《白水羊头葫芦丝》（2005.3）	33.3%（2/6）	卢金地《斗地主》※（2003.6）乔叶《取暖》※（2005.2）	66.7%（2/3）
第九届（2008—2010）	东君《阿拙仙传》※（2008.6）付秀莹《旧院》※（2010.1）李云雷《舅舅的花园》※（2010.5）	50%（3/6）		0%（0/3）
第十届（2011—2012）	胡性能《下野石手记》※（2011.4）陈继明《灰汉》（2012.1）	33.3%（2/6）	劳马《短篇小说一束》※（2011.2）	25%（1/4）

---

① 作品名称后带※者为原发于"小说新干线"栏目的作品。

续表

届数 \ 获奖项目	中篇小说奖 获奖作品	获奖比例	短篇小说奖 获奖作品	获奖比例
第十一届（2013—2014）	陈鹏《绝杀》(2013.2)	16.7%（1/6）	黎晗《朱红与深蓝》(2014.4) 王威廉《当我看不到你目光的时候》※ (2014.6)	50%（2/4）
第十二届（2015）	刘建东《卡斯特罗》(2015.4)	33.3%（1/3）		0%（0/2）
第十三届（2016）	晓航《霾永远在我们心中》(2016.2) 何大草《岁杪》(2016.3)	66.7%（2/3）	祁媛《脉》※ (2016.2)	33.3%（1/3）
第十四届（2017）	胡性能《生死课》(2017.5)	33.3%（1/3）	叶舟《兄弟我》(2017.4)	50%（1/2）
第十五届（2018）	肖勤《去巴林找一棵树》(2018.6)	33.3%（1/3）		0%（0/2）
合计	13篇	36.1%（13/36）	7篇	30.4%（7/23）

　　从上面统计表中可以看出从第八届"十月文学奖"开始一直到第十五届，每届都有"小说新干线"栏目推出的作家获得中篇小说奖，第九届中篇小说奖获奖比例为50%，第十三届为66.7%，八届获奖比例为36.1%。短篇小说奖虽然第九届、第十二届、第十五届缺席，但八届获奖比例为30.4%，获奖占比相当可观。必须指出的是，刊发于"小说新干线"的吕不的《如厕记》、东君的《阿拙仙传》、付秀莹的《旧院》、李云雷的《舅舅的花园》获得中篇小说奖，卢金地《斗地主》、乔叶《取暖》、王威廉《当我看不到你目光的时候》、祁媛的《脉》获得短篇小说奖，这表明该栏目既重作者又重作品，长期保持了较高的艺术水准。从"小说新干线"栏目走出的青年作家还获得了"十月文学奖"的其他奖项：李浩的《如归旅店》和陈继明的《七步镇》分别获得第九届、第十五届长篇小说奖；甫跃辉的短篇小说《动物园》获得第十"新人奖"，王棵、陈集益等人为《十月》"新锐人物奖"的获得者。与栏目创设初衷

一致，该栏目发掘的多数青年作家都在不断成长，以作品的质量赢得了尊重，以大胆的创新突破已有的边界，向文坛吹来清新的风。

三

在"小说新干线"栏目的推荐和扶持下，很多有实力的青年作家勇于探索，逐渐确立自己独特的艺术风格，成长为精锐力量。从一九九九年到二〇一八年，该栏目推出的九十七名作家中获得鲁迅文学奖的就有六位：晓航、鲁敏、乔叶、李浩、叶舟、盛琼。晓航就是在《十月》的鼓舞与支持下，坚定了自己写作的信心，"小说新干线"开栏首期推出他的两部中篇《有谁为我哭泣》《在冬天里奔跑》，把晓航从发表受挫的困境中解脱出来。他说在《十月》发表作品有着非比寻常的意义："《十月》不推我一下，我就不会搞文学。"他不断拓宽自己的道路，逐渐形成"城市智性写作"的独特风格，在感性与理性的交织中独辟蹊径："我用哲学和科学的方式来表达对世界的理解。"[①] 该栏目二〇〇二年第四期刊发李浩的作品《蹲在鸡舍里的父亲》和《三个国王和各自的疆土》，李浩说："我当时完全没有名气，上《十月》是完全不敢想的，当年我激动了好几个月"，"作品发表，意味着对我的特别承认，我想我可以按照自己的想法有意识地突破和冒险了"[②]。乔叶一九九七年开始小说创作，自由投稿给《十月》，短篇《一个下午的延伸》发表在《十月》一九九八年第一期，作者形象地描述小说发表的意义："小说的种子从此就种了下来。"[③]"小说新干线"编辑很细心地观察到乔叶挣脱当时流行的叙事模式的艺术尝试，二〇〇五年第二期集中推出乔叶的三篇小说：短篇《取暖》、中篇《他一定很爱你》和《从窗而降》。该栏目二〇〇一年第六期推出鲁敏的两篇小说《冷风拂面》《宽恕》。责任编辑晓枫在短评中说："作为一个新手，鲁敏彰显了一种小说家宝贵而又必要的拟态本领，根据环境变幻自己的色泽，

---

① 路艳霞：《〈十月〉杂志"小说新干线"栏目开办20年：近百位"文学新人"从这里出发》，《北京日报》2019年3月8日。

② 路艳霞：《〈十月〉杂志"小说新干线"栏目开办20年：近百位"文学新人"从这里出发》，《北京日报》2019年3月8日。

③ 乔叶：《我的文学自传》，《十月》2005年第2期。

不易察觉地，融入那时那境的情节和人物心理之中。她能够使读者较快地产生阅读热情，并建立对叙述的信赖感——对于写作者来说，这是一个良好的起点。"① 编辑对这些实力深厚的青年作家的发掘，激发了他们的创造激情，突破了自己的艺术瓶颈。

　　该栏目包容性与探索性并举，继承并发扬了《十月》的优良传统。礼平中篇小说《晚霞消失的时候》最初是一本手抄本小说，发表于《十月》一九八一年第一期，作品不以情节见长，打动人心的是小说中的思辨色彩与对人生价值的探索，其"离经叛道"的新颖写法引起了很大争议，但获得了很多读者的赞赏与喜爱。作者提到自己在写作过程的疑惑："我写的是什么东西？它真的是一篇小说吗？"他怀着这种困惑问当时《十月》的主编苏予，苏予回答："问题不在你写的是不是一部小说，而在于你写出了许多人们想到或者还未曾想到要说的话。这些话说得很好，让人读了能够感觉到愉悦。而这就是文学，这就是艺术。"② "小说新干线"栏目坚持这种优良传统，在二〇〇二年第五期推出玄武的两篇小说《蚕马》《盘瓠》，晓枫在评介中说："我认为这两篇作品以'小说'来定义是非常勉强的。玄武较少受到'小说'或'散文'的概念束缚，他综合调用表达手段、戏剧因素、诗性语言和散文的任性精神交混着，对文体之间的坚固界面具有冲击力。这种强烈的冲击力，也更多地使作品染上个性色彩。"③ "小说新干线"并没有因循守旧，该栏目继承了《十月》厚爱现实主义的艺术传统，同时并不排斥那些大胆进行形式探索的作品。二〇〇四年第一期刊发了刘春的两篇小说《好人如何，坏人又如何》和《山中》。《好人如何，坏人又如何》开篇是纪实的平淡叙述，随后笔锋一转，又带有魔幻现实主义的色彩。《山中》更是在琐碎的叙述中暗藏机锋，读者要细细品味才能体悟出文本的柳暗花明之妙。晓枫在点评中指出："结构的自由性和处理闲笔的热情，一直是刘春的两个显著特色。"④ 夜子在"小说新干线"二〇一五年第六期发表《R》与《化妆师》两篇小说。《R》中的主人公R作为小县城的一名机关职员，为了拯救被工业化毁掉的湖泊，只身前往传说中的琉璃城寻求解决之

---

① 晓枫：《我们今天的困境》，《十月》2001 年第 6 期。
② 礼平：《后话"晚霞"》，《十月》2004 年第 5 期。
③ 晓枫：《神话中的力量》，《十月》2002 年第 5 期。
④ 晓枫：《不知所终的旅行》，《十月》2004 年第 1 期。

道。夜子走出了日常叙事的窠臼，擅长营造独特的叙事氛围，追求作品的形而上内涵，具有寓言化的荒诞意蕴。童伟格是台湾新乡土小说的代表性作家之一，大多数大陆读者对台湾年轻一代作家并不熟悉，"小说新干线"二〇一七年第二期推出童伟格的两部短篇小说，他繁复多样的表达手法具有一种陌生化效果。童伟格自身的创作历程也有新的变化，他不仅写乡土，还关注记忆本身的吊诡。这种对记忆本身的疑惑在《放鸽子》中进一步放大，作者通过对乡土世界的执着追问，上升到对乡土记忆的茫然审问，乡土的"无处安放"与"虚幻缥缈"在作者的拷问中逐一呈现，但呈现的方式是温暖的、坚定的。

"小说新干线"栏目二十年推出了九十七名作家，这些作家出生年代横跨五十、六十、七十、八十、九十年代，五代中以六十、七十、八十年代生人居多，五十和九十年代生人仅占个位数，六十、七十、八十年代生人所占比例大致持平。六〇后作家有晓航、荆永鸣、刘建东、陈继明、余泽民、胡性能等代表人物，七〇后作家有鲁敏、乔叶、李浩、盛琼、付秀莹、东君、陈鹏等佼佼者，八〇后作家有甫跃辉、郑小驴、马小淘、孙频、霍艳等活跃分子。其实，以代际划分作家难免以偏概全，尽管相同的成长环境给同代人带来类似的物质、精神文化熏染，但没有个性的文学缺乏生命力，睿智的作家也会不断提醒自己，避免陷入同质化的怪圈。客观上，通过"小说新干线"栏目发表的作品，我们可以大致把握不同代际作家的整体风貌与代际差别。在编辑策略上，《十月》编辑不像其他刊物的编辑过分强调入选作者的共同性，借人多势众来炒热话题，他们充分尊重作者的个体性与差异性，真正做到了兼容并包，让作家们立体地展示自己的不同侧面。巴金在发表于《十月》一九八一年第六期的《致〈十月〉》中谈到了编辑的职责与贡献，他特别感念扶持过自己的叶圣陶。他说："编辑的成绩不在于发表名人的作品，而在于发现新的作家，推荐新的创作。我感激叶圣老，因为他给我指出了一条宽广的路，他始终是一位不声不响的向导。"从这个角度来看，"小说新干线"功德无量，该栏目扮演的正是青年作家们的向导，为他们指出仅仅属于自己的一条宽广的路。对于《十月》而言，"小说新干线"本身已经是一个发光发热的名栏，而且为刊物储备了大量感恩并认同《十月》的优质作者资源。发掘新人的编辑路线越走越宽广，而一些只走名家路线的期刊往往只能拿到名家的边角料，路子越走越窄，期刊逐渐边缘化。通过这种鲜明的对比，文学期刊或文学媒介应该能从中获得启示。

（原载于《小说评论》2020年第6期，人大复印资料《中国现代、当代文学研究》2021年第2期转载。收录本书时有改动。）

文学期刊与文学评奖

"文革"结束以后，从一九七八年全国优秀短篇小说奖开始，文学评奖的种类越来越多，既受到媒体和公众的广泛关注，也备受争议。从二十世纪八十年代开始，文学期刊设立的文学奖项从星星之火渐成燎原之势，尽管其影响力比不上茅盾文学奖和鲁迅文学奖，但在新时期文学评奖的历程中具有不可忽略的地位。文学期刊举办的文学评奖与其办刊的定位密切相关，在奖项设置和宣传策略上都追求社会关注度，具有鲜明的时代特色。因此，系统考察文学期刊主办的文学评奖，对于探讨新形势下文学期刊和文学评奖的发展策略具有理论意义和现实意义。

一

从二十世纪七八十年代到九十年代初，各级作家协会、文联主办的具有官方色彩的文学评奖占据绝对的主导地位，民间机构主持评选的文学奖项在数量和质量上都不尽如人意。一九七九年三月二十六日，由中国作家协会授权举办的一九七八年全国优秀短篇小说奖举行颁奖大会，首开"文革"后文学评奖的先河。在此基础上，中国作家协会进一步扩大文学评奖范围，陆续增设了全国优秀中篇小说奖、全国优秀新诗（诗集）奖、全国优秀报告文学奖等奖项。在官方文学奖项中，根据茅盾遗愿于一九八一年设立的茅盾文学奖保持了评奖的连续性，影响力也最为深远。《小说选刊》在一九八九年第十期公布了一九八七至一九八八年全国优秀短篇小说奖、全国优秀中篇小说奖的获奖名单，这也是全国优秀短篇小说奖和全国优秀中篇小说奖的告别演出。直到中国作家协会在一九九七年启动第一届鲁迅文学奖的评选工作，全国性文学评奖的拼图才变得完整起来。茅盾文学奖、鲁迅文学奖和全国优秀儿童文学奖、全国少数民族文学创作奖一起，覆盖了长篇小说、中篇小说、短篇小说、诗歌、散文、杂文、报告文学、文学评论、文学翻译、儿童文学和少数民族文学等文体和文类。此外，曹禺戏剧文学奖由中国文联、中国戏剧家协会主办，其前身是中国戏剧家协会于一九八〇年创办的全国优秀剧本奖，一九九四年评选机制调整，更名为曹禺戏剧文学奖。

值得注意的是，中国作家协会主办的一些刊物和重要的文学奖项有特殊的关系。一九七八年第十期的《人民文学》刊登了《举办一九七八年全国优秀短篇小说评选启事》，这次由《人民文学》杂志具体操办的评奖开创了中国当代文学评奖的先河，茅盾认为是"空前的、过去没有做过的"[①]。而《小说选刊》的创办，其初衷就是为全国优秀中短篇小说奖遴选初选篇目。茅盾在《发刊词》中说："为评奖活动之能经常化，有必要及时推荐全国各地报刊发表的可作年终评奖候选的短篇佳作。因此，《人民文学》编委会决定编辑部增办《小说选刊》月刊。"[②] 一九九七年启动的首届鲁迅文学奖，每种文体的奖项分别由中国作家协会直属的一家刊物负责承办评奖工作，譬如《小说选刊》负责中篇小说奖、《人民文学》负责短篇小说奖、《中国作家》负责报告文学奖、《诗刊》负责诗歌奖等单项奖的评选工作。由此可见，文学期刊在当代文学评奖中扮演了重要角色。

在八十年代，文学奖大多为各级作家协会、文联机构主办，由文学期刊独立设立的文学奖项呈现出逐渐增多的趋势，但奖项的数量较少。一九八四年六月《青年文学》杂志举办首届"青年文学创作奖"，一九八五年一月《小说界》举办首届全国微型小说大赛，一九八四年《花城》文学奖开始评奖，这些奖项都是半途而废，在评选几次后终止。值得注意的是，在文学期刊设立的文学奖项中，一直保持连续性的两项评奖都是由文学选刊主办。一九八四年，《中篇

---

① 茅盾：《在一九七八年全国优秀短篇小说评选发奖大会上的讲话》，《人民文学》1979年第4期。

② 茅盾：《发刊词》，《小说选刊》1980年第1期。

小说选刊》设立优秀中篇小说奖，除一九八四年、一九八五年为年度奖项外，此后均为两年一届。同年，《小说月报》设立百花奖，两年评选一次，它是国内文坛唯一采用读者投票方式评选，并完全按照票数而产生获奖作品的评奖活动，也是国内唯一设立优秀责任编辑奖及读者奖的评奖活动。

九十年代中期以来，全国各地文学评奖活动花样繁多，文学期刊也不甘寂寞，八仙过海各显神通，陆续设立各类名目的文学奖项。综观这些由文学期刊主办的文学奖项，大致有以下特点。

首先，以高额奖金作为基本策略。一九九五年，由《大家》杂志社和云南红河卷烟厂共同设立的"大家·红河文学奖"，奖金为十万元人民币，拉开以高额奖金吸引社会关注的文学评奖的序幕。一九九六年十一月，《东海》杂志将三十万元"文学巨奖"颁发给史铁生的短篇小说《老屋小记》。二〇〇〇年，《当代》杂志也推出"《当代》文学拉力赛"，奖金为十万元。二〇〇二年，《收获》杂志宣称将联合几家企业打造"中国诺贝尔文学奖"——《收获》文学奖，奖金为一百万元人民币，但最终不了了之。二〇〇六年，《芳草》设立汉语文学"女评委"奖，分设大奖、最佳抒情奖、最佳审美奖和最佳叙事奖，单项文学大奖最高八万元；同年，由《佛山文艺》联合《人民文学》《莽原》及新浪网共同主办的"新乡土文学"征文大赛，唯一大奖的奖金为八万。文学评奖以丰厚的奖金来吸引眼球，散发出浓厚的商业气息。对此，作家孙犁感叹："在中国，忽然兴起了奖金热。到现在，几乎无时无地不在办文学奖……几乎成了一种股市，趋之若狂，越来越不可收拾，而其实质，已不可问矣。"① 虽然评奖的主办方一再强调评奖的公正性、权威性，但此时文学评奖的运行规律、操作模式并不注重作品的艺术性和程序的公正性。不同奖项之间比拼奖金的额度，在某种意义上已经丧失了激励独立的文学创造的作用，而是以炒作的形式来制造轰动效应。

其次，青少年文学奖项成为热点。文学期刊设立的文学评奖还以各种形式来紧跟社会潮流，在评奖中加入流行的时尚元素，使文学评奖更加娱乐化、功利化。二十一世纪最初的几年，少年写作热潮持续升温，在捧红了一大批少年写手的同时，也催生了越来越多的青春文学赛事。《萌芽》杂志和全国多所重

---

① 孙犁：《我观文学奖》，载《曲终集》，百花文艺出版1996年版，第165页。

点大学在一九九八年发起新概念作文大赛，韩寒、郭敬明、张悦然都借助这个平台一飞冲天，成为文化市场的宠儿。二〇〇二年，由《美文》杂志社主办的全球华人少年美文写作征文大赛被包装为"中国少年诺贝尔文学奖"，自我标榜为全国中学生的最高写作比赛，并以一百零一万元的奖金总额吸引媒体和公众的视线；同年，《青年文学》与《中华读书报》、新浪网共同举办首届中学生性情作文大赛，之后《青年文学》又举办首届校园之星文学作品大赛。二〇〇四年，《同学》杂志社、北京共和联动图书有限公司联合举办的首届全球华文青春写作大赛在京举行颁奖仪式。打着各种名义的青少年大赛与国内众多家长急功近利的教育心态不谋而合，与娱乐圈造星运动一样，激发了青少年追捧文学偶像的热潮。在时尚风潮的推动下，青少年写手很难形成自己的艺术个性，而是在跟风中写作，难以成长为大家，造成文学生产的恶性循环。

再次，文学期刊积极与网站、电信公司等各种新型媒体机构合作办奖，试图引领文学发展新趋势。网络、手机等多种媒体形式的普及，对现代人的生活产生越来越大的影响，使大众的生活模式发生了巨大的变化。在文学评奖中，读者投票方式从邮寄转向大规模的网络投票，茅盾文学奖、鲁迅文学奖等奖项都通过新浪网、中国作家网等网站设立投票平台。与传统的书面投票方式相比，网络投票方式更加快捷，但必须防范一些网络高手通过技术手段造假，网络水军的存在也为人为操作留下了空间。近年，从手机短信发展起来的手机小说成为公众的新宠，《天涯》杂志抓住这一契机，在二〇〇四年与天涯社区、海南移动通信公司联合发起全国首届短信文学大赛，引发文坛对于短信是否是文学的热烈争议。二〇一一年，《山东文学》、《齐鲁晚报》、网易共同主办中国首届网络文学大奖赛，大赛声明旨在推动网络文学健康有序的发展，将纯正的文学理念、高雅的艺术格调和专业的评价体系引入江河横流、泥沙俱下的网络文学大潮之中，从而使大赛真正实现"构建网络文学新坐标，引领时代创作新风潮"的目标。纯文学期刊以文学评奖的方式介入网络文学或者短信文学的生产与传播，是文学期刊以跨界实践寻找新的发展空间的举措。纯文学期刊与新媒体的合作如果能够深入下去，将有利于提升新兴文体的文学含量，也能吸引大众关注日益边缘化的纯文学期刊。

二

二十世纪九十年代以来，文学期刊举办的文学评奖种类繁多，引发公众的审美疲劳。由于评奖需要丰厚财力的支持，如果评奖无法对文学的发展和推广产生积极的推动作用，低效的评奖只会造成社会资源的浪费。因此，非常有必要对文学期刊举办的文学评奖进行总结与反思。笔者认为主要存在以下五个方面的问题。

其一，定位模糊，变化频繁，缺乏长远规划，评奖活动成为缺乏持续性的短期行为。在急剧变化的时代浪潮中，为了因应办刊方针的调整，文学期刊举办的文学评奖肯定会发生相应变化，在原有基础上增加或减少奖项。譬如《小说家》更名为《小说月报·原创版》后，《小说月报》的百花奖就增设了原创小说大奖。《人民文学》杂志在获取茅台酒厂的赞助后，将人民文学奖冠名为"茅台杯"人民文学奖。原来的奖项设置中只包括优秀中篇小说、短篇小说、散文、诗歌等奖项，伴随着《人民文学》的扩版，《人民文学》开始刊发长篇小说，二〇〇七年"茅台杯"人民文学奖开始将长篇小说也纳入评奖范围，二〇一〇年除设立首届长篇小说双年奖外，还新增设了非虚构作品奖。但是，如果奖项设置的变化太过频繁，会让作家和读者觉得主办方缺乏明确目标，奖项的公信力就会受到损害。譬如《当代》刚刚举办《当代》文学拉力赛时，奖金十万，号称全国奖金最高的文学奖项，随后的《当代》文学拉力赛取消了奖金，《当代》长篇小说年度最佳奖（包括专家奖和读者奖）也不设奖金，此后又推出"五年五佳奖"和"五年最佳奖"。《当代》设立的文学奖项可谓花样迭出，评奖规则也不断改变。由于奖项的设置和评选规则的制定都显得太过随意，无法形成象征资本的积累，比较难产生持续的文化影响力，这样的文学奖项很难在作家和读者心目中留下深刻的印象。在文学期刊的评奖活动中，有不少奖项都是一次性的，开场时声势浩大，随后却不了了之。

其二，缺乏特色，追逐时尚，在跟风中迷失。文学的丰富性造就了文学奖项的无限可能性，多样的文学奖项对文学的发展具有监督和促进作用，但无节制的文学评奖容易陷入时时评奖、事事评奖的泥淖中。就二十一世纪以来文学期刊举办的文学评奖而言，奖项太多，名堂太多，令人眼花缭乱，无所适从。

譬如二〇〇四年《青年文学》举办"慈溪农行杯"首届青年文学奖的评选，分设了青年文学成就奖、创作奖和新人奖；二〇〇六年，《文学自由谈》杂志举办"《文学自由谈》二十年作者奖"评选，奖项包括功勋作者、重要作者和新锐作者；二〇〇七年，《文学报》《作家》等国内十二家媒体联合发起"中国原创小说月月推荐榜"，结果有二十二部作品荣登"2006名家推荐中国原创小说年度排行榜"，最终评出"2006名家推荐中国原创小说年度大奖"。奖项太多就显得廉价，给人"排排坐分糖果"的印象。由中国微型小说学会主办、金山杂志承办的第三届（二〇〇四年度）全国微型小说年度评选就有一百篇作品获奖，分别有十篇、三十篇、六十篇作品获得一、二、三等奖。如何在林立的文学评奖中保持特色，是作为主办机构的文学期刊必须正视的问题。有的通过改革评委构成来推陈出新。《大家》杂志在第三、第四届大家·红河文学奖评奖活动中，邀请金庸和中央电视台《读书时间》主持人李潘作为评委，这种做法引发文坛热议，被认为有媚俗之嫌。《芳草》杂志于二〇〇七年设立的汉语文学"女评委"大奖，就是邀请文学界有影响力的女性文艺理论家、评论家、资深编辑组成评委会，以纯女性评委的姿态亮相，吸引大众的眼球。二十一世纪以来文学期刊的评奖活动越来越重视挖掘和鼓励文学新人。文学要发展，当然需要不断补充新鲜血液，但是，如果以为越早成名的作家越有前途，这显然是走偏了方向。二〇〇八年，《芳草》又设立汉语诗歌双年十佳奖。对低龄作家的看重，显然和商业炒作有关。在韩寒、郭敬明获得巨大的市场成功后，文学期刊的文学评奖也倾向于奖励更年轻的"新人"。二〇〇〇年一月，王蒙在获得《当代》文学拉力赛大奖的十万元奖金后，将奖金捐给人民文学出版社设立"春天文学奖"，规定每年奖励一位三十岁以下的青年作者。《上海文学》杂志社于二〇〇三年和东方卫视文艺频道共同主办《上海文学》全国文学新人大赛，短篇小说新人奖没有年龄限制，二〇〇六年的"中环"杯《上海文学》中篇小说大赛开始设置新人奖，获奖者年限为三十五周岁以下，二〇〇九年的"中环"杯《上海文学》短篇小说新人大赛直接表明参评者年龄在三十周岁以下。二〇〇六年，《人民文学》杂志设立的人民文学利群文学奖也明确规定只奖励年龄不超过四十岁的文学新人。事实上，中外文学史上有不少大器晚成的作家，遗憾的是，在如今的消费文化氛围中，成名晚就意味着和很多机会绝缘。《中国作家》设立的大红鹰文学奖以"与鲁迅文学奖、茅盾文学奖、冯牧文学奖形成互补格局，成为他们的准备与补遗"为口号，除评选优秀作品外，还独家设立"最佳友刊作品奖"，奖励同期在兄弟刊物发表的优秀作品，这成为该奖项的一个特色。必须指出的是，奖项设置也不能过分标新立异，如果脱离了自己的办刊实践，这种奖项往往难以持久。

其三，文学性淡化，评奖成为一种功利的炒作行为，还有一些期刊的评奖是赤裸裸的牟利行为。在文心浮躁的年代，无论美丑，只要能出名、有看点、博得关注就行，其背后隐含的是商业的营销策略。现在越来越多的文学期刊喜欢和旅游风景区、酒厂合作，在获得赞助后举办"××杯"征文奖，来稿都对景区的风景、酒文化进行肉麻的赞美，等奖项评出来，绝大多数的获奖者都是期刊或评委的关系户，那些获得二等奖、三等奖的自由来稿，算得上是一种点缀的花边。二〇〇三年一月二十四日，中国当代文学研究会、《中华文学选刊》、《南方文坛》、《南方都市报》联合主办的"2002年度中华文学人物"评选揭晓。作家王蒙、张洁分别摘取"文学先生"和"文学女士"桂冠，阎真获得"进步最大的作家"称号，池莉获得"人气最旺的作家"称号，张者被评为"最具潜质的青年作家"，海岩、虹影、柯云路则分别获得"最有影视缘的作家""最富争议的作家""最会变脸的作家"称号。二〇〇四年一月六日，"2003年度中华文学人物"揭晓，巴金和杨绛分别获得"文学先生"和"文学女士"的称号。获得"2003年度中华文学人物"称号的还有"最具活力的作家"韩东、"进步最大的作家"麦家、"人气最旺的作家"贾平凹、"最具潜质的青年作家"邵丽、"最富争议的作家"余秋雨、"最有影视缘的作家"刘震云、"最被看好的网络作家"慕容雪村。这样的奖项设置不仅显得过于随意，而且以吸引大众眼球为主要目标。文学评奖和文学作品的艺术质量没有直接关联，奖励的都是话题人物，荣誉称号也采用模糊概念，在一定程度上助长了文坛的浮躁风气。还有一些文学期刊惯于通过文学评奖来敛财，这类评奖往往要求作者在参加征文大奖时就支付评审费，而获奖者参加颁奖大会时还要付出更为高昂的代价。一些以中小学生为读者对象的青少年文学刊物，这类评奖行为尤其多见。这种评奖其实是一种欺骗行为，是对文学爱好者的利用和压榨，对文学发展只有损害，没有丝毫益处。

其四，评奖成为一种圈子内的利益分配，缺乏公正性和独立性。文学期刊举办的文学评奖活动，最难做到的是保持自己的独立性，尤其是那些通过获取商业赞助来支付评审费用和奖金的奖项，赞助方的意志常常会干扰正常的评奖活动。在一些文学期刊举办的评奖活动中，如果仔细留意，会发现获奖名单中有不少赞助方的关系户。文联系统、作家协会主办的机关刊物和各级文艺出版社的社办刊物，构成了中国当代文学期刊的核心阵容。在一些文学期刊举办的文学评奖的获奖名单中，经常会看到期刊的上级单位的工作人员乃至负责人的名字。这表明文学期刊的文学评奖要保持独立性，确实有较高的难度。由李嘉诚赞助一百万元奖金、《读书》杂志主办的志在打造中国的诺贝尔奖的"长江读书奖"，一九九九年启动评选工作。但是，学术委员会召集人和评审委员的获奖，引发了媒体和知识界对其评审的公正性的强烈质疑。当然，要做到文学评奖程序的透明和公正，也有一个渐进的过程。在全国优秀短篇小说奖和茅盾文学奖的评奖历史上，就曾出现评委获奖的情况。尽管在牵涉到自己的作品时作家回避，但作家既当裁判员又当运动员的状态，显然无法保证评审的公正性。由于大多数文学期刊举办的文学评奖影响力小，公众关注度也不高，缺乏必要的监督机制，受到的舆论压力也小，因而更容易进行暗箱操作。正是在这种大环境下，文学期刊举办的文学评奖要做到公平、公正、公开，还有很长的路要走。

三

在计划经济向市场经济转轨的过程中，文学评奖究竟是文学期刊的自我救赎，人文精神的艰难独守，还是不甘寂寞，为浮躁的快餐文化推波助澜？与改革开放之初大众对文学的疯狂膜拜不同，今天的文学期刊的影响力已经大不如前，无法与影视、网络等新兴媒介相抗衡。精神生活正在走向多元化，文学无复当年盛况，文学期刊不再是时尚的焦点，甚至面临生存的危机。在市场主宰、文心混乱的年代，如果要使文学评奖成为文学期刊证明自我存在的砝码，同时通过评奖提升期刊的影响力，形成品牌效应，获得更好的稿源，充分挖掘文学期刊潜在的市场，为市场经济下纯文学期刊的发展拓宽道路，那么文学期刊一定要爱惜自己的羽毛，维护文学奖项的声誉。

文学期刊主办的成功的文学评奖，通过奖励那些真正具有现实意义和艺术价值的创作，向社会和读者推荐好作品，可以扩大获奖作品和期刊的知名度与社会影响力,巩固自己的作者队伍,强化办刊特色。如果一项评奖能够做到公开、公平、公正,而且持之以恒,就像《小说月报》百花奖一样,它一定会成为一种文学品牌。出色的文学奖项会生发出一种内在的凝聚力,源源不断地吸引那些有才华的作家加盟,使文学期刊拥有一支可以自我更新的、充满活力的作者队伍。文学评奖也是文学期刊的试金石,在文学评奖中可以坚持艺术标准的文学期刊,在选择稿件时也往往能够择优汰劣,获得广大作者的信任,同时也赢得读者的支持。因为只有严于律己的文学期刊,才能够奉行精品路线,保证不以次充好,使得刊发的作品有品质保障。与此相反,那些由文学期刊举办的乌烟瘴气的文学评奖,妍媸莫辨,不仅难以取信于作者和读者,而且会扭曲文学标准,毒化文学空气,使得作者不专注于艺术的磨炼和提升,而是费尽心思地做足诗外功夫。这种充满私心和杂质的文学评奖,对于文学期刊自身的建设不仅无法起到正面的推动作用,而且会自己挖坑自己跳,贻害无穷。

发挥文学期刊自身特色的文学评奖,是办好文学期刊的有效手段。评奖间接地宣传期刊定位,对期刊的品牌建设和市场销售都有一定的促进作用。在某种意义上,一九九八年启动的新概念作文大赛是《萌芽》的转折点,这一影响广泛的青少年文学奖项迅速提升了《萌芽》在中学生群体中的影响力,像滚雪球一样吸引了大批的少年作者和少年读者,刊物的发行量大涨,那些衍生性出版物也给刊物带来可观的经济回报和巨大的社会反响。《青年文学》二〇〇二年举办首届中学生性情作文大赛,仅仅一个月就收到五千多份稿件,既在大学生和中学生中传播了刊物,又挖掘了文学新人。以青年读者为直接对象举办大赛,符合《青年文学》的办刊定位,使刊物直接受益,无疑是提高刊物知名度的最简单的办法。文学刊物在整个市场形式下已经边缘化,不宣传自己,本身的市场会进一步萎缩。文学刊物用大赛或评奖来为自己代言,传播办刊理念,稳定和拓展自己的读者群,切分市场中属于自己的蛋糕,这种精准的市场定位,从长远来说对期刊形成稳固的接受群体具有积极的促进作用。另一方面,通过评奖推出文学新人和优秀作品,给青年文学作者队伍增加了新的构成层面,对接受群体或者稿源组合都有更好的引导作用。从二〇〇〇年开始,《美文》由月刊改为半月刊,增加了"少年版"。二〇〇二年,《美文》杂志举办首届全球华人少年美文写作征文大赛,自我标榜为"中国少年诺贝尔文学奖",参赛的全球华裔青少年数量十分可观,也为杂志带来了可观的经济效益。《美文》杂志在二〇〇〇年底征订数不足八千份，举办征文大赛后，仅"少年版"邮购就达到五万至六万册，并且带动了"成人版"，每月增加一千至二千份。《美文》杂志除在每年下半年下半月刊中推出获奖作品专号外，还以图书的形式来出版历届获奖作品，如贾平凹主编的《历届少年美文写作大赛获奖作品精选》、《全球华人少年美文大赛获奖作品集》（上、下）都十分畅销。

文学评奖和排行榜活动，可以成为文学期刊的营销策略和推广手段，但是，文学期刊千万不能舍本逐末，把主要精力用在花样百出的评奖和炒作上，却荒疏了自己的主业，缺乏扎实的内功和基本功，没有把期刊办好。文学期刊设立文学评奖需要一定的资金作为支撑，尤其是高额奖金，更需要赞助商。只有极少数评奖是期刊自掏腰包，这种自费评奖往往陷入后续资金匮乏，导致评奖不了了之乃至期刊办不下去的尴尬境地。期刊与企业联姻，企业出资金协助办刊、颁奖，文学期刊通过文学奖宣传文学期刊，也为企业形象注入文化内涵，提升了企业的形象，实现企业和文学的双赢，使文学评奖发挥了最大的功用。二〇〇三年，茅台酒厂以协办方式与《人民文学》长期合作，把始于一九八六年的人民文学奖定名为"茅台杯"人民文学奖，被誉为企业与文化联姻的成功案例，也为其他失去了财政支持、资金短缺的文学期刊办刊树立了榜样。《大家》刊物封面是历届诺贝尔奖得主，在创刊时就声明以获得诺贝尔文学奖为目标，以寻找大家和造就大家为己任，打出纯文学期刊的旗帜。另一方面，《大家》在未创刊时就积极寻求企业的合作，从一九九四年一直到一九九五年初期，刊物的封底都是旗帜鲜明地标明"当今中国一流的大型文学期刊，寻求一流企业携手合作"，实现"共生共长、共存共荣"，希望获得商业资金的赞助。后来因为有一些读者难以接受纯文学期刊上赤裸裸的商业口号，《大家》从一九九五年第四期后在读者建议的基础上对封面和封底的装帧设计作了改动。在获得云南红河卷烟厂的经济支持后，《大家》在一九九五年推出十万元的文学大奖，当时给文坛带来了不小的震撼。应该承认，连续评选了四届的巨额奖项确实扩大了刚刚创刊不久的《大家》的影响力，随着作家对刊物认同感的增强，《大家》可以吸引名家的重头稿件和处于上升期的作家的力作，从而节省大量人力物力，聚集起自己的品牌效应。遗憾的是，以巨额奖金为噱头的文学奖项半途而废，《大家》自身的建设也多有漏洞。在第一届将大奖颁给《丰乳肥臀》后，第二、第三届大奖连续空缺，在第四届颁给《看麦娘》后，这一奖项也退出了历史舞台。《当代》副主编常振家就对《大家》的空缺策略提出批评："就是勒紧裤子过日子，也必须要发出大奖。以高额奖金掀起炒作热潮，又以'空缺'方式一毛不拔的伎俩，《当代》是绝不会的。"①《大家》曾经打出"先锋"的旗号，莫言的《丰乳肥臀》也引起过热烈的关注，但总体而言，发表在《大家》上的真正具有广泛影响的却是典型的现实主义风格的作品，譬如李贯通的《天缺一角》、贾平凹的《制造声音》、唐浩明的《旷世逸才》等等。到了后来，《大家》又推出莫名其妙的"凸凹文体"，加上云南人民出版社和《大家》编辑团队的扯皮，《大家》的经营状况不断下滑，后来采用一个刊号两本杂志的方式，"理论版"通过卖版面疯狂牟利，二〇一二年六月二十六日被云南省新闻出版局责令停刊整顿。另一个代表性案例是《东海》杂志，在赵锐勇担任主编后，一九九六年推出三十万元奖金的"东海文学奖"，一九九八年至一九九九年又举办五十万元奖金的"广厦杯"文学征文活动，但缺乏可持续性，二〇〇〇年改名为《品位》后，先后改版为时尚杂志和财经期刊。因此，对于文学期刊而言，只有首先把期刊办好，文学评奖才可能拥有坚实的后盾，否则，文学评奖只能是无源之水无本之木，难以做大做强。

以排行榜名义出现的文学评奖通过排名次提高作家、作品的知名度，聚敛人气，为后期文学市场的商业运作埋下伏笔。二〇〇五年，《北京文学》杂志举办"当代中国文学最新作品排行榜"。二〇〇七年，《文学报》《作家》等国内几家媒体联合发起"中国原创小说月月推荐榜"。二〇一〇年，《钟山》杂志总结三十年（一九七九至二〇〇九）成就，组织三十年十佳长篇小说、十佳诗人排行榜。各种排行榜出来，随之就是批量的作家集、作品集。排行榜对于作品的销售起到了很好的宣传作用，生活的快节奏使普通大众难得有大量时间在文海里披沙拣金，排行榜在某种程度上充当了向导的作用，关注度的提升为文学期刊带来了商业利润的提高。必须指出的是，过度的炒作是对文学的一种伤害，也会催生作家和读者的逆反心理。

文学期刊举办文学评奖活动，如果评奖程序公开透明，坚持公正性，而且持之以恒，这样的评奖显然有积极意义。典型如《小说月报》举办的百花奖评奖活动，一直没有中断，提高了刊物的知名度，进一步扩大了刊物的影响力，

---

① 《"〈当代〉文学拉力赛"2000年第一站》，《当代》2000年第2期。

打造品牌效应，从而形成良性循环。由于百花奖有良好的声誉，小说家也以获得百花奖为荣。对于作者来说，虽然荣誉比奖金更重要，但在市场经济主导的社会体系中，以物质形式鼓励文学创作，给好的作家提供更好的生存环境，也是非常有必要的。罗贝尔·埃斯卡皮在《文学社会学》中谈到文学奖的作用时说："奖金的价值在票面上是有限的，然而，得奖作品可以保证得到畅销；作者的收入就此大增。"[①] 可见文学评奖对作家作品的肯定、对提升其市场号召力会起到隐形的推动作用。至关重要的是，物质奖励要授予那些真正优秀的作品，如果文学奖颁给那些会跑关系、有背景的作家，不仅无法推动文学的健康发展，还会起到负面作用，使得其他作家难以安心创作，而是把精力花在公关上，这就会导致劣币驱逐良币。以历史的眼光来看，公正的文学评奖是建立健全的文学评价机制的重要环节，能够起到披沙拣金的作用，让好的作品进入公众视野，乃至流传下去，成为文学经典化的重要环节。

（原载于《当代作家评论》2015年第4期。收录本书时有改动。）

---

① ［法］罗贝尔·埃斯卡皮：《文学社会学》，王美华、于沛译，安徽文艺出版社1987年版，第73页。

建构批评的自主性
——丁帆的《扬子江评论·卷首语》及其批评理念

二〇〇六年深秋，《扬子江评论》在南京创刊。主编丁帆在《卷首语》中指出："针对90年代以来文学评论的种种弊端，我们力图本着不媚俗、讲真话的办刊原则，为改变消费时代的不良评论风气而做出努力。"在九年的办刊历程中，这份杂志不改初衷，以"不媚俗、讲真话"为原则，逐渐形成了鲜明的特色。伴随着《扬子江评论》的成长，其《卷首语》每期必有，一步一个脚印，成为杂志醒目的标志。从二〇一三年第五期开始，丁帆开始用毛笔书写《卷首语》，由此可见他对这个栏目的重视。

一

《扬子江评论·卷首语》篇幅不长，长时上千字，短时不到五百字，有话则长，无话则短。在看多了洋洋洒洒数万言的长篇大论后，读这些言简意赅的文字，真是提神醒脑。在某种意义上，《卷首语》是《扬子江评论》每期的"文眼"，颇有画龙点睛的妙趣。读现在的评论，总感觉缠缠绕绕，说话藏藏掖掖，观点模棱两可，找来找去也找不到一句痛快话，让人如坠云里雾里，如鲠在喉。丁帆的《卷首语》总是一针见血，三言两语就把一些人花了上万字也没说清楚的问题给掀了个底朝天。丁帆在《卷首语》中从来不摆花架子，就像一个返璞归真的武林高手，轻易不出手，一出手就抓住敌人的软肋，点了对手的死穴。对于刊物的追求和风格,《卷首语》的表达也是立场鲜明:"本刊主张那种犀利的批评文章,有锋芒,即使有所偏激,也比那种平庸的文章好;我们主张批判,是定位在学理层面上的讨论,是特指在哲学层面上的思辨,而非道德伦理层面的人身攻击。所以,我们欢迎一切不同观点的文章!包括那些与本刊同仁意见相左的来稿,但不希望看到那些辱骂性的文字出现。"①

读当前的一些评论,感觉大多数都是说好话,刻意拔高,给作家的新作做广告。十多年前常见的文学评论,比较通用的模式是"大表扬小批评",评论家在说了一堆好话后,觉得有点不好意思,于是就费尽心思,挑一些无关紧要的缺点说一说,既保住自己的职业底线,又给被评论的作家留足面子。有趣的是,这些年的文学评论唱起赞歌来,那是无比高亢无比嘹亮,不打任何折扣。从那些发表在报刊上的研讨会发言纪要中,不难找到"里程碑""绝作""大师"等肉麻字眼。偶尔看见一些批评作品缺点的文章,那是阴阳怪气,一损到底,典型的"酷评"风格。这种文字也不能让人服气,首先那种冲冲杀杀的文风就让人汗毛倒竖,产生一些不好的联想。同样值得重视的是,很多文学评论故意写得让人看不懂,通篇佶屈聱牙的概念与术语,把简单的问题搞得异常复杂。就像那些京剧没学好的半桶水,挤着嗓子唱,对听的人来说简直就是折磨。也正是在这样的背景下,丁帆的《卷首语》彰显出其独特的价值。首先是"好处说好,坏处说坏"。丁帆在评论他特别熟悉的一些作家时,也是秉笔直书,不溢美,不隐讳。在他评说刘醒龙的文字中,有这样一段话:"刘醒龙的成功之处,就在于他的作品始终将关注人性和关注生命价值置于自己创作的最高位置。无疑,在 90 年代后期和新世纪初,我对刘醒龙'分享艰难'式的作品表示过怀疑,以为这是为某种观念张目,是一种不顾人性书写的献媚姿态。然而,读完《圣天门口》后,我才又重新认识了刘醒龙,才真正体味到他作品的人性深度和看待生命的力度!"② 他在《卷首语》中还有这样的表达:"对中国一流作家的新作,尤其是对好朋友的作品,应该以更加苛刻的眼光来挑剔,这才是真正的批评。所以,我曾经对苏童的《河岸》和毕飞宇的《推拿》提出过批评,但并不是全盘否定这些在中国还排在创作前列的作品,只是说苏童在《河岸》中过分轻视了价值观对长篇的作用,过度使用那种苏童式的想象技巧;

---

① 丁帆:《卷首语》,《扬子江评论》2007 年第 2 期。
② 丁帆:《卷首语》,《扬子江评论》2011 年第 6 期。

而毕飞宇则是在《推拿》中过分显现了价值理念，而轻忽了以往的文学想象力的扩张，正如他在本期的文章中所言：'想象力的背后是才华，理解力的背后是情怀。'显然，毕飞宇所说的'情怀'就是作家的价值理念，而我们这个时代的作家恰恰就是忽略了创作中最最本质的人文元素——价值观的定位和定性问题，从这个意义上来说，毕飞宇是对的：'小说家的使命是什么？写出好作品。这句话只说对了一半。小说家也有提升自身生命质量的义务。在我看来，生命的质量取决于一件事，作为一个人所拥有的情怀。我渴望自己有质量，虽不能至，心向往之。'作家的生命取决于作品，而作品的生命则取决于价值观和艺术的想象力，前者最重要，后者也是不可或缺的，倘若《推拿》在想象力上更进一步，那就会更有恒久的生命力，这就是艺术的辩证法。"① 用更加苛刻的眼光挑剔好朋友的作品，而不是一团和气"和稀泥"，这样的诤言有利于艺术的真正提升。对于文学创作中的一些不良倾向，丁帆更是不留情面地予以针砭。《扬子江评论》二〇一一年第二期刊发了《大秦帝国》的评论专辑，批评了《大秦帝国》的常识性错误和价值观的悖谬。丁帆在《卷首语》中坦言："三十多年来，长篇历史小说的创作可谓是如火如荼，但是能有几部像样的作品呢？无疑，许多刚刚出版的皇皇巨著就重新回到造纸厂化为纸浆的厄运，时常是它们的最后归属，这已经成为人们司空见惯的现象了，不足为奇。而奇怪的是，像《大秦帝国》这样一部粗制滥造、水平低下，且在史识、史实和常识上都存在着许多错误的不入流的所谓'长篇历史小说'，竟然受到了许多人的吹捧，乃至花巨资拍摄成长篇电视剧。"并倡言"真理只有在激辩中才能获得重生"②。

其次，《卷首语》在文体上独具一格。丁帆在二〇〇八年第四期的《卷首语》中评价："在本期的'作家作品论'栏目中，我们看到了两种不同的批评视角：一种是抽取和提炼一个作家最有代表性的精神特质内涵来进行深入细致的分析；另一种是就一部作品来总结其内在特征。这其实都是评论的套路，一般是很难超越的，但是，我们还是期待着一种具有文体创新意义的写法诞生，当然，也决不是学院派的掉书袋式的写法。"③ 其实，《卷首语》本身就有一种文体创新意义。坚持了九年的《卷首语》自由活泼，不拘一格。最为关键的

---

① 丁帆：《卷首语》，《扬子江评论》2011年第5期。
② 丁帆：《卷首语》，《扬子江评论》2011年第2期。
③ 丁帆：《卷首语》，《扬子江评论》2008年第4期。

是，这些篇章的道理很深，有很强的学术内涵，但文字的意思对于读者来说并不难懂。说到底，就是用简单的表达阐述复杂的问题。还有，《卷首语》总是有感而发，饱含真情，有很强的感染力。不妨看看下面这一段文字：

> 秋天到了！我就想起了我在小学一年级语文课本上学到的第一篇"诗歌"："秋天到了/天气凉了……一群大雁往南飞/一会儿排成'人'字/一会儿排成'一'字。"多好的诗歌啊！虽是启蒙课文，但是我读了一辈子。就把这首并非诗歌的诗献给彭燕郊先生吧，但愿这个"七月派"诗人在天堂不寂寞。①

文字通俗易懂，但寄意深刻。在看了朱天文的创作谈后，他认为"用朱天文叙述的那个佛陀重生的美丽故事来诠释审美的本质特征是最准确不过的了"："他要去找回他的嗅觉！最后他骨枯形销昏死在河边，村中牧羊女喂以乳糜，悉达多醒来，闻见乳香，如此甘美，如此确凿，他感谢牧羊女说：'一切有情，依食而住。'他渡河进城，坐在菩提树下悟道，成了佛陀。"② 在此基础上，丁帆感叹："这就是文学的誓言！就新世纪的大陆作家而言，更多的人是被消费文化熏染得失却了文学的'嗅觉'，所以他们根本就没有立下文学的誓言，因此，'失情'俨然成为文学创作的通病。一部作品倘若没有情感的支撑，它当然是一具形容枯槁的僵尸。"③ 我们再来看另一段文字："读了毕飞宇的创作谈，我突然间看到的是毕飞宇性格的另一种境界：既非'少年气'的率真，亦非'生不逢时'的落寞，而是平添了许多'英雄气'的悲怆。他的创作过程的转变契机使我想起的是震动美国几代人心灵的那部英雄落寞的反战影片《生逢七月四日》，同样是越战，它对每一个人生命重量的拷问是不同的，而作为一个作家，毕飞宇对战争后的人的思维状态的发掘深度，却是与他作品的审美宽度和深度息息相关的。从这个意义来讲，这样的价值思考将是毕飞宇终生受用的宝贵财富。"④ 这些文字中的情感流动和思想的轨迹形成有机的互动，就像

---

① 丁帆：《卷首语》，《扬子江评论》2009 年第 4 期。
② 朱天文：《我的"台湾书写"》，《扬子江评论》2010 年第 3 期。
③ 丁帆：《卷首语》，《扬子江评论》2010 年第 3 期。
④ 丁帆：《卷首语》，《扬子江评论》2010 年第 1 期。

船和水的关系，船搅动流水，流水推动航船。正如蒂博代所言，批评家的创造"是通过感情交流来孕育的"，"创造对他来说，就是感情交流，这种创造，有三种形式：同一个艺术家的感情交流、同一部作品的感情交流、同一种流派的感情交流。从这里产生了创造性批评的三种形式"①。

二

布尔迪厄在《自由交流》一书中对丧失了自主性的知识分子深表忧虑，他认为"这些人只保留了知识分子的外部表象，看得见的表象"，他们轻易放弃了批判精神，"这种精神的基础在于对世俗的要求与诱惑表现出独立性，在于尊重文艺本身的价值，而这些人既无批判意识也无专业才能和道德信念，却在现时的一切问题上表态，因此几乎总是与现存秩序合拍"②。正是对于自主性的自觉追求，使得《扬子江评论》形成了自己的鲜明特色。这份杂志有自己独立的价值追求，一方面大力推举佳作，尤其重视发掘那些被遮蔽和被忽略的好作家、好作品，给孤独的探索者以精神支持；另一方面敢于对文学中的一些不良现象提出尖锐的批评，激浊扬清，坚守独立的人文品格。对于马原的《牛鬼蛇神》，徐刚的评论颇为犀利："他幻想着从先锋文学的余烬中'死灰复燃'，去写作一部旷古未有的大书。然而，这终究只是一次'借尸还魂'的表演，召唤出的或许只有先锋的虚假魂魄。在这'小说已死'的时代，即便神奇如马原也无力回天，去期待'纯文学'的'转世重生'。"③ 对于这场"虚幻的表演"的症结，丁帆一语中的："倘若不让小说死去，还是多在其中注入作家自身的人文思考吧。"④ 在精神文化领域，人格的自主性是保持独立的质疑精神的基础，直抒己见的争鸣则是文学批评的活力之源。丁帆认为："当下中国的文学批评亟须解决的问题是批评的真谛何在，殊不知，作为学理性的批判，我们最缺乏的是对学术真理追求的勇气和真问题的探究。弘扬批评直面谬误的发现和指陈

---

① ［法］蒂博代：《六说文学批评》，赵坚译，生活·读书·新知三联书店2002年版，第208页。
② ［法］皮埃尔·布尔迪尔、［美］汉斯·哈克：《自由交流》，桂裕芳译，生活·读书·新知三联书店1996年版，第51页。
③ 徐刚：《先锋记忆的缅怀与溃散》，《扬子江评论》2012年第3期。
④ 丁帆：《卷首语》，《扬子江评论》2012年第3期。

本是批评的常态，而这种常态却往往被斥为谩骂，显然这是非正常的，所以我们主张文学批评激烈辩论之文章，惟此才能推动批评的正常发展。本刊本着内不避亲、外不拒贤的宗旨，欢迎那种有激扬风格的文章，为振兴批评作出贡献。"①

《卷首语》篇幅虽短，但价值立场鲜明，体现出一种执着的启蒙情怀。阎连科在《文学的愧疚》中的一段文字给丁帆留下了深刻印象："在陀思妥耶夫斯基的《罪与罚》和《卡拉马佐夫兄弟》这两部小说中，读到拉思科里涅珂夫和阿辽沙都在故事的最后，怀着忏悔和拥抱苦难的心情去亲吻俄罗斯的大地时，我总是忍不住会掉下眼泪，感叹自己的写作，面对土地，面对那块土地上芸芸众生的人生与命运，我为什么不能像托尔斯泰和陀思妥耶夫斯基一样去爱一切、理解一切、拥抱一切，而这一切中，最重要的就是热爱苦难、拥抱苦难。"② 他在《卷首语》中认为："这个世界上的文学就是因为爱而产生了对苦难的揭示和超越，一个好的作家并不一定需要这样的情怀，而一个伟大的作家却一定会具备这样的情怀。只有在这样的情怀感召下，文学才能在人类丰沃的精神土壤中生根。为什么阎连科会对陀思妥耶夫斯基和托尔斯泰那样面向灵魂忏悔的作家如此敬畏呢？""这不是浪漫的矫情，这是一个有良知的作家发自肺腑的真诚感受，一个切中中国文坛要害的世纪之问。"③ 他由此呼吁作家以敢于担当的勇气审视现实，找回文学的灵魂。

通读九年的《卷首语》，常常能感受到作者对消费文化野蛮生长的警惕。要让精神文化健康生长，必须营造一种多元并存的自由空间。因此，那些与潮流保持距离的独行侠一样的作家，也就有了一种独特的价值。面对张炜所说的"即便作为一个极为孤单无力的个体，也仍然需要具备抵挡整个文学潮流的雄心"④，丁帆深有同感：

> 我总以为在这个消费文化的时代是没有浪漫主义，尤其是古代浪漫主义的一席之地的，我们往往像嘲笑堂吉诃德那样去嘲笑当今的浪漫主义，对"诗性"写作予以耻笑，可能已经成为我们这个被大量现代和后现代主

---

① 丁帆：《卷首语》，《扬子江评论》2014年第2期。
② 阎连科：《文学的愧疚》，《扬子江评论》2011年第3期。
③ 丁帆：《卷首语》，《扬子江评论》2011年第3期。
④ 张炜：《写作：八十年代以来》，《扬子江评论》2010年第2期。

义思潮复制时代的一种傲慢与偏见。然而，文学的精髓恰恰就在于此，一个没有"诗性"的写作，那是行尸走肉的僵化书写；一个没有"诗性"的文学创作时代，就是一个文学堕落与悲哀的时代！我以为张炜这20多年来的创作是一直坚守着"诗性"这一天条般的信念的，同样的观点，我们在王尧的评论当中也可以读到这般况味。我以为从80年代至今，能够始终坚守浪漫主义情怀的作家就是"二张"（张炜、张承志），虽然二人的主题指向不同，一个是传统儒家情结，一个是宗教情结。但是不变的人文情怀始终是他们一以贯之的目标，其韧性是令人敬佩的。虽然我并不完全赞同他们在其形象和意象背后所表现出的主题内涵，但是，作为一种文学终极的表达方式，我对他们的这种创作姿态与信念的持守表示最崇高的敬意。他们手执长矛（古典的冷兵器）冲向风车（巨大的时代思潮的合力）的时候，我们是否能够像桑丘那样再次与之同行呢？！①

在一个消费文化盛行的年代里，越来越边缘化的文学之所以还有不可替代的价值，绝不在于它可以通过和商业的结盟，催生极富商业价值的流行文化。相反，丁帆和《扬子江评论》颇为欣赏那些"在边缘处守望"的作家和作品。也就是说，文学要在一个追逐实利的时代保留最后的梦想。刘亮程在创作谈中倡言："梦启迪了文学，文学又教会更多的人做梦。优秀的文学都是一场梦。人们遗忘的梦，习以为常却从未说出的梦，未做过的梦，呈现在文学中。文学艺术是造梦术。写作是一件繁复却有意思的修梦工程。用现实材料，修复破损的梦。又用梦中材料，修复破损的现实。不厌其烦地把现实带进梦境，又把梦带回现实。"② 丁帆为刘亮程"向梦学习"的姿态鼓与呼，他认为刘亮程的生态散文"不仅镌刻在中国散文史的里程碑上，同时，也成为中国文学在世纪转型中的一道亮丽的风景线。刘亮程说创作是在'向梦学习'，一点不错，如果一个作家失去了自己的'梦'，他也就失去了创作的原动力，正是这个'梦'推动着优秀的作家创作出优秀的作品，一个作家能够理解这一点却是很不容易的，可是这个'梦'中的理想主义的场景在无情的现实世界当中却是不堪一击的，但是，人类没有这样的'梦'，就会变成没有生命细胞的机器人，同时作

---

① 丁帆：《卷首语》，《扬子江评论》2010年第2期。
② 刘亮程：《向梦学习》，《扬子江评论》2011年第1期。

家存在的意义也就消逝了"。而且,丁帆还将"文学的梦想"理解为面向未来、保护未来的人文情怀,他对生态文学深怀厚望:"倘若'人与自然'之梦能够在作家的笔下得以'修复',人类就会有希望地活下去!"①

《卷首语》内容丰富,既有对历史的反省,也有对未来的展望。值得肯定的是,丁帆以极大的包容性,突破以名气、影响来衡量作家作品和文学现象的等级观念,平等看待研究对象,体现出一种兼容并包的大地伦理和生态意识。譬如"西部文学",就常常被研究者所忽略,被看作一种衬托中心地区文学的重要性的边缘性存在。在二〇一二年第五期的"西部文学研究专号"中,《卷首语》有这样的话:"我们对西部的关注应该消除的偏见首先是文学创作观念的改变,不要以为在技术手法上有所模仿(而非化境式的吸纳)就是最好的作品;其次,不要以为只要求得市场的份额,就是文学的赢家。只有去除这种偏见,我们才能在同一起跑线上平等看待西部文学。"② 在作者的选择上,《扬子江评论》是开放的、多元的。二〇〇七年第四期的《卷首语》中就有这样的文字:"本期发表了老、中、青三代批评家的文章,从中我们看到了不同时代的写作风格,作为海纳百川、兼容并包的刊物,我们希望看到更多不同风格的有见地的评论文章。"③ 在文学研究领域中,"打工文学"因其作者的卑微和艺术水平的欠缺,也常被熟视无睹。至于"打工文学"的批评家,那更是寂寞的耕耘者。二〇〇九年第三期的《卷首语》高度肯定了柳冬妩的努力:"柳冬妩是一个坚守文化批判立场的打工文学的批评家,虽然他原是一个诗人,但是其文字表述中所透露出来的那份坚韧与执着,以及具有震撼力的价值立场的表白与激情使人敬佩,同时,其文章的逻辑力量也并不输给专业批评家。"④ 英雄不问出处,《扬子江评论》拆除篱笆的动作,拓展了文学批评的空间,避免让文学评论成为小圈子内的游戏,使得文学批评成为多元碰撞、自由交流的平台。正如丁帆所言:"作为一个编辑,一个批评者,我们首先须得尊重的是那些有独特见地的批评声音。"⑤ "我们会坚定自己的办刊宗旨:为文学史正名,为文

---

① 丁帆:《卷首语》,《扬子江评论》2011年第1期。
② 丁帆:《卷首语》,《扬子江评论》2012年第5期。
③ 丁帆:《卷首语》,《扬子江评论》2007年第4期。
④ 丁帆:《卷首语》,《扬子江评论》2009年第3期。
⑤ 丁帆:《卷首语》,《扬子江评论》2015年第2期。

学创作证明，翻开文学批评新的一页。"①

顾名思义，《卷首语》是每期杂志的导读，是读者的路标。通过《卷首语》，我们可以明白刊物的设想和追求。对于每一个栏目的设置和进展，《卷首语》都有简明扼要的说明。《扬子江评论》一直很重视文本细读，并倡导在严谨扎实中自由创造的文风。二〇〇九年第六期的《卷首语》认为："作为文学评论的主要领域，'作家作品论'是不可或缺的主打栏目，而国内学界与评论界恰恰缺少能够坐冷板凳来潜心研究这一块的好评论家，我们在慨叹消费时代评论堕落与评论家后继乏人的同时，又不得不面对现实！呼吁评论家多为中国文学的作家作品评论写靠实的好稿子。我们期望着。"② 关于《扬子江评论》产生广泛影响的"名家三棱镜"栏目，《卷首语》在开办栏目时说："本期刊发的'名家三棱镜'是我们设立的一个长期的栏目，通过这个窗口，我们试图检阅中国当下有实力的中青年作家。我们衷心地期望各位同仁关心、支持与呵护她，给文学史留下一道深深的痕迹。"③ 对于"名刊观察"栏目的阐述寥寥数语，情怀尽显："'名刊观察'栏目对几个名刊从不同角度的切入剖析，不仅是对在商业背景下刊物生存的相的解码，同时也是对纯文学运行机制内在规律的一种解读，更是对作家与刊物的血肉关系的深层次的解剖！所有这些评析将有助于纯文学在新的运行轨迹中克服困难，走向中兴。"④ 对于"文学制度研究"栏目的描述，十分生动："对文学史上的许多细节进行理性的爬梳与分析是一件十分有意义的事情，你会从中听到一声'原来如此'之际，我们才真正回到了文学历史的现场，才真正回到了历史真实的原点上，这就是我们不断刊发'文学制度研究'栏目的初衷——掀开历史的一角，你就足以窥见舞台大幕后的大戏与风景。"⑤ 也就是说，《卷首语》以浓缩的形式，记录了《扬子江评论》的发展轨迹，并且是这份杂志与当下文学、时代精神进行对话的一个窗口。

（原载于《文艺争鸣》2015年第6期。收录本书时有改动。）

---

① 丁帆：《卷首语》，《扬子江评论》2015年第3期。
② 丁帆：《卷首语》，《扬子江评论》2009年第6期。
③ 丁帆：《卷首语》，《扬子江评论》2009年第1期。
④ 丁帆：《卷首语》，《扬子江评论》2008年第1期。
⑤ 丁帆：《卷首语》，《扬子江评论》2015年第3期。

新世纪文学编年纪事
（二〇〇一—二〇一〇）

二〇〇一年

一月

一日 《人民日报》发表社论《迈进光辉灿烂的新世纪——元旦献辞》，迎接新世纪，倡议"以新的奋斗、新的创造、新的成就迈进新的世纪，迎接中华民族的伟大复兴"。

六日 作家西戎因病在太原逝世，终年七十九岁。西戎原名席诚正，与马烽合著的《吕梁英雄传》是解放区第一部长篇小说，曾长期担任《火花》和《汾水》文学杂志的主编。

十五日至二月十五日 图书文化网站www.book321.com与台海出版社联手举办"孤篇自荐"网上竞猜活动，从五十名候选的当代作家中选出"十大人气最旺作家"。几千网民参加投票，最终脱颖而出的是：王安忆、贾平凹、余华、苏童、王朔、池莉、莫言、张抗抗、刘震云、铁凝。其中王安忆以四千四百六十票遥遥领先。

二十日 宁肯的《蒙面之城》（上半部）由《当代》第一期推出，获得《当代》文学拉力赛第一站冠军。《蒙面之城》是由新浪网首次推出的原创网络长篇小说，二〇〇〇年获"全球中文网络最佳小说奖"，引起各界强烈反应。编者认为宁肯"正在给我们树立一个标志——'网络文学'同'非网络文学'比肩的标志"。

二十一日 二〇〇〇年《当代》文学拉力赛总决赛揭晓，王蒙的长篇小说《狂欢的季节》获得总决赛冠军。

二十七日 文学评论家徐采石因病在美国逝世，代表作是《文学的探求》。

本月 北京女高中生今金的《再造地狱之门》由中国青年出版社出版，此书首印十万册。少年写作出版热潮激起各界不同凡响，有的报刊载文宣称"文学已进入小男生、小女生的时代""晚晚生时代来了"，对这种现象加以肯定；有的报刊则以《小鬼当家能多久》《作者低龄化不宜鼓励》为题对此表示忧虑，提出质疑。

本月 倪墨炎、陈九英合著的《鲁迅与许广平》由上海书店出版社出版。

本月 李锐《银城故事》、池莉《怀念声名狼藉的日子》发表于《收获》第一期。

本月 阎连科《坚硬如水》发表于《钟山》第一期。

二月

四日 作家于黑丁因病在郑州逝世，终年八十七岁。

八日 巴金、韦韬、傅敏等十四位作家或著作权继承人委托人民文学出版社状告中国社会出版社和北京顺义富各庄福利印刷厂非法印制出版《中学生课外必读名著》（高中部分和初中部分），侵害了原告的著作权和专有出版权。这是新世纪第一起作者与出版者联手向侵权盗版者宣战的官司，引起了各方的关注。

二十四日 第二届冯牧文学奖在京颁奖，何向阳、阎晶明、谢有顺获青年批评家奖，刘亮程、毕飞宇、祁智获文学新人奖，莫言、乔良、朱秀梅获军旅文学创作奖。

本月 今何在的网络小说《悟空传》由光明日报出版社出版。

三月

七日至九日 中国文联在京举办首届中国文联文艺评论奖颁奖仪式和以"文艺批评方法与责任"为主题的首届年会。

十五日至二十日　《文学评论》杂志、《东方文化》杂志和华南师范大学中文系联合举办"价值重建与二十一世纪文学"研讨会。来自全国二十多所高校和出版单位的五十多位专家对此专题进行了热烈的探讨。

二十八日　人民文学出版社庆祝建社五十周年大会在京举行。同时在庆祝会上公布了由人民文学出版社举办的第三届人民文学奖获奖作品名单。

本月　莫言的长篇小说《檀香刑》由作家出版社出版。

本月　海岩《你的生命如此多情》由群众出版社出版。

本月　漠月《湖道》发表于《雨花》第三期。

本月　《南方文坛》第三期发表陈晓明的《媒体批评：骂你没商量》、静矣的《媒体批评与学院批评》、崔红楠的《穿过我的网络你的手》三篇文章，分别从各自的角度评说传媒批评。

本月　芒克的诗集《今天是哪一天》由作家出版社出版。

本月　《上海文学》第三期"批评家俱乐部"栏目以头条位置刊出李陀的访谈录《漫说"纯文学"》，以此为起点，从第四期开始，《上海文学》连续刊发了薛毅、韩少功、南帆等人的多篇文章，从不同的侧面探讨纯文学的概念及其相关话题。

本月　凭《第一次的亲密接触》红遍网络的写手蔡志恒推出新作《爱尔兰咖啡》，由知识出版社出版。

四月

七日　《中国作家》杂志社二○○一年度大红鹰文学奖的评奖工作在北京结束，高嵩的长篇小说《马嵬驿》、金敬迈的报告文学《好大的月亮好大的天哪》等作品榜上有名。

十五日　《文论报》发表陈冲的《论"文学批评传媒化"》。

二十日　作家、翻译家、编辑出版家楼适夷因病逝世，终年九十七岁。

二十三日至二十六日　由中国作协、共青团中央联合召开的第五次全国青年作家创作会议在北京召开。

本月　人民文学出版社首次介入网络文学出版，采用BBS（电子公告牌）版式，推出网络原创文学《风中玫瑰》。

本月　燎原《扑向太阳之豹——海子评传》由南海出版公司出版。

五月

二十一日 中国文联"万里采风"活动表彰会暨二〇〇一年采风出发式在人民大会堂举行。

二十一日 评论家岳建一在《羊城晚报》上发表文章《知青文学缺乏灵魂的拷问》,指出大多数知青文学作品不能直面历史,矫饰历史,缺乏灵魂的反省与拷问,不仅不能解释已经发生的历史,而且造成历史真相的流失甚至是常识性颠覆。

二十一日 老舍的夫人、画家胡絜青在京逝世,终年九十六岁。

三十一日 《打工诗人》在广东省惠州市创刊,发起人是许强、徐非、罗德远、任明友,以"用苦难的青春写下真实与梦想,为我们漂泊的人生作证"作为创刊宣言,在诗坛和社会上引起强烈反响,"打工诗歌"概念由此形成。

本月 上海文艺出版社再版王晓明的《无法直面的人生——鲁迅传》,该书于一九九三年底首版,问世后在读者中反响巨大。

本月 《今日名流》停刊。

六月

十一日至十八日 人民文学出版社在京召开《鲁迅全集》修订工作座谈会。会议开幕式由新闻出版总署副署长杨牧之主持,参加会议的有中宣部副部长李从军、新闻出版总署署长石宗源,会议邀请了几乎所有研究鲁迅著作版本的著名学者和专家。《鲁迅全集》一直由国家指定人文社出版,此次会议由政府出面组织专家共同参与全集的修订与编撰,制定《鲁迅全集》国家版本,从一定程度上缓解了之前有关《鲁迅全集》出版的种种纠纷。

十四日至十五日 北京市文联研究部在天津举办"网络批评、媒体批评与主流批评"研讨会。与会者就三种批评的各自特点和相互关系进行了充分的探讨。

十六日 《人民日报》发表署名张杰的文章《"三个代表"思想与文艺批评标准》。文章论述了"三个代表"思想与文艺批评标准的相互关系与指导意义。

二十五日 北京市第一中级人民法院举办向巴金、王蒙等二十五位作家交付著作权侵权案赔偿款仪式，侵权方为吉林摄影出版社和北京新华图书有限责任公司。此案立案于二〇〇〇年六月，是新中国成立以来涉及作家人数最多的侵犯著作权纠纷案。

本月 毕飞宇《玉米》发表于《人民文学》第六期。

七月

五日 评论家雷达在《文学报》上发表《思潮与文体》的评论文章，对近年小说创作的流向进行了一种考察。文中指出文学与时代的关系是一切关系的根本，文学作品要表现它所属时代的重大精神问题，应该是书写灵魂的历史。

十日至十四日 南京大学中国现代文学研究中心主办的"中国现代文学传统"国际学术研讨会在南京召开。来自日本、韩国、新加坡、中国台湾、中国香港等国家和地区的近百名专家围绕这一议题进行了多方面的探讨。

十四日 神话学研究专家袁珂在四川成都逝世，终年八十五岁。

十五日 王东焱在《文艺报》上撰文《色情小说界说》。该文就当前小说领域里的色情泛滥提出了自己的见解。

二十日 《新闻晨报》刊载苏童、余华针对"名作家会不会制造文字垃圾"问题的谈话录。

二十二日 《北京日报》发表署名魏安莉的文章《文学界反思小说的文体》。

三十日 《人民文学》"伊力特杯"优秀散文奖、第九届小说百花奖、第五届国家图书奖初评入选书目揭晓。《人民文学》获奖散文作品为林希的《肖尔布拉克之夜》等五部作品；第九届小说百花奖为铁凝的《永远有多远》等十部中篇小说和冯骥才的《俗世奇人》等十部短篇小说。国家图书奖入选书目包括北京十月文艺出版社出版，巴金、冰心、李国文等主编的《中国当代文学作品精选（一九四九至一九九九）》在内的三十一本著作。

本月 红柯《西去的骑手》发表于《收获》第四期。

本月 九丹的小说《乌鸦》引发全球华人大讨论的消息被渲染，或许是九丹本人自己刻意炒作出来的，而随后有媒体称"身体派"女作家卫慧与九丹爆发恶斗，更是把这种炒作推向了极致。接着，便有媒体撰文对从卫慧、棉棉到九丹等的"身体写作"进行了尖锐的抨击。

八月

六日 作家、评论家黄秋耘因病在广州逝世,终年八十三岁。

十日 作家艾煊逝世,终年七十九岁。

十一日至十四日 清华大学和美国耶鲁大学联合主办第三届中美比较文学双边讨论会,主题为"比较文学的全球化:走向新的千年"。这次讨论会是自一九八三年和一九八七年两次中美比较文学双边讨论会后,中美两国学者中断了十几年的双边理论对话的恢复。

三十日 第二届鲁迅文学奖揭晓,共三十五位作家获奖。刘庆邦的短篇小说《鞋》、叶广芩的中篇小说《梦也何曾到谢桥》、何建明的报告文学《落泪是金》、杨晓民的诗歌《羞涩》、李国文的散文杂文作品集《大雅村言》、陈涌的理论评论作品《"五四"文化革命的再评价》以及屠岸的译作《济慈诗选》等总共三十五篇(部)作品,分别获得鲁迅文学奖一九九七至二〇〇〇全国优秀短篇小说奖、一九九七至二〇〇〇全国优秀中篇小说奖、一九九七至二〇〇〇全国优秀报告文学奖、一九九七至二〇〇〇全国优秀诗歌奖、一九九七至二〇〇〇全国优秀散文杂文奖、一九九七至二〇〇〇全国优秀理论评论奖和一九九五至一九九八全国优秀文学翻译彩虹奖。

九月

三日 北京市戏剧家协会与北京市文联研究部在京联合举办"鲁迅与当代戏剧创作"研讨会,与会者就戏剧界改编"鲁迅"现象提出批评与建议。

十二日 中日女作家作品研讨会在京召开,有二十多位中日著名女作家参加。议题针对中日女性文学的历史和现状,从女性角度看传统文化、艺术的想象力、探索语言的可能性等方面展开讨论。同时,中国文联出版社推出二十位中国和日本当代优秀女作家作品集《中日女作家新作大系·中国方阵》和《中日女作家新作大系·日本方阵》。

十八日 纪念鲁迅一百二十周年诞辰座谈会在京举行,会议由中国作家协会副主席张锲主持。参加纪念会的有金炳华、王蒙、邓友梅、徐怀中、周海婴、陈建功、高洪波等。

二十二日 由中国作协主办的第二届鲁迅文学奖颁奖典礼在绍兴举行。

本月 群言出版社出版《鲁迅佚文全集》，共上下两册。

本月 成一《白银谷》由作家出版社出版。

本月 中国社会科学院文学研究所《文学评论》编辑部与浙江师范大学人文学院联合召开"中国现代文学研究学术生长点研讨会"。

十月

二日 《工人日报》登载署名刘效仁的文章《由刘白羽谢罪想到的》。

十日至十三日 厦门大学中文系、中外文艺理论学会、《文学评论》编辑部联合举办"新理性精神与文学研究方法论全国学术研讨会"。

十一日 瑞典当地时间十月十一日十三时，瑞典文学院宣布将二〇〇一年诺贝尔文学奖授予定居伦敦的印度裔特立尼达和多巴哥作家维迪亚达·苏莱普拉萨德·奈保尔。

本月 新浪网"文化频道"栏目举办"选出您最心仪的作家"的特别调查活动。池莉、贾平凹以较高票数位列第一、第二。针对调查结果，不少网友认为像张承志、韩少功、史铁生、马原等有思想深度的作家票数明显偏低，排名较后，质疑大部分评选者的阅读范围停留在"池莉、贾平凹时代"。

本月 中国文联和有关部门联合在杭州、西安、北京举办第五届中国国际民间艺术节，共有十四个国家的艺术团体参加。

本月 池莉《看麦娘》发表于《大家》第六期。

十一月

二日至七日 海峡两岸儿童文学学会研讨会在台湾台东师院举行。

二十一日至二十三日 新疆第六次作协代表大会在乌鲁木齐召开，买买提明·吾守尔当选主席。

二十八日 第五届辽宁曹雪芹长篇小说奖颁奖会在曹雪芹祖籍地辽阳市举行。谢友鄞长篇小说《嘶天》获奖。

本月 李洱《花腔》发表于《花城》第六期。

本月 《中国作家》十一期推出"女作家小说专辑"。

本月下旬 由中国版协少读工委主办，明天出版社、四川少儿社承办的新世纪首次"中国儿童文学读物研讨会"在成都召开。

十二月

一日 女作家林海音在台湾振兴医院因病逝世，终年八十三岁。林海音原名林含英，祖籍台湾苗栗县。她是中国现代文学史上重要作家之一，代表作品《城南旧事》以清新感人的文笔描写浓浓的乡愁和情思。以该小说改编的电影《城南旧事》一度风靡大陆。

五日 文艺理论家毛星逝世，终年八十二岁。

十八日至二十二日 中国文联第七次全国代表大会、中国作协第六次全国代表大会在京召开。中共中央总书记、国家主席、中央军委主席江泽民发表重要讲话，指出文艺是民族精神的火炬，是人民奋进的号角。在培育和弘扬民族精神方面，文艺可以发挥独特的重要作用。在这次会议上，周巍峙再次当选为新一届的中国文联主席，丁荫楠等二十一人当选为副主席；巴金再次当选新一届的中国作协主席，王蒙等十四人当选为副主席。

本月 王安忆获得第六届"花踪"世界华文文学奖"最杰出的华文作家"荣誉。"花踪"世界华文文学奖每两年举办一次，每届在全球范围内评选出一位最杰出的华文作家。遴选委员由全球十八位作家、学者组成。当选者奖金为一万美元。

二〇〇二年

一月

七日 天津市委宣传部筹集资金六百万元，设立"天津市青年作家创作奖励基金"。本奖每两年评选一次，每次不超过两人，每人奖金不低于十万元。五月，首届天津市青年作家创作奖评出，赵玫、肖克凡荣获大奖，另有四人荣获提名奖。

十日 中国民俗学、民间文艺学研究学者钟敬文因病在京逝世。钟敬文，一九〇三年生于广东海丰，是中国民俗学和民间文艺学的创始者和奠基人之一，被誉为"中国民俗学之父"。著有《民俗文化学：梗概与兴起》《民间文艺学及其历史》《钟敬文学述》等十余部学术著作。

十七日　河北省作协与中捷友谊农场合办的《大众阅读报》签字仪式在河北文学馆举行。《文论报》改为《大众阅读报》后将在投资体制、工作机制等方面进行根本性的改革，将更加重视读者和市场，既要坚持社会效益又要创造经济效益。

二十六日　作家、编辑家韦君宜因病在京逝世，终年八十四岁。韦君宜曾任《文艺学习》主编、《人民文学》副主编和人民文学出版社总编辑、社长。

二十八日　《黄河大合唱》词作者、《文艺报》和《人民文学》原主编张光年因病在京逝世，终年八十九岁。

二十九日　第四届大家·红河文学奖在人民大会堂颁奖，第三届大奖空缺，池莉的《看麦娘》获得第四届大奖。

本月　《北京文学》以"打工者之歌"为题刊发两个专版，发表曾文广、罗德远、刘洪希、柳冬妩、张守刚、徐非等人诗作。

本月　《诗刊》改为半月刊，上半月刊于每月一日出刊，下半月刊于每月十五日出刊。

本月　中国作协创研部编辑的《2001年中国诗歌精选》由长江文艺出版社出版。

本月　河南女作家戴来获得首届春天文学奖。二〇〇〇年一月，作家王蒙获得《当代》文学拉力赛大奖，当场将十万元奖金捐献给人民文学出版社，倡议为三十岁以下的文学新人设立专门奖项。以此为契机，人民文学出版社设立春天文学奖，每年奖励一位三十岁以下、文学创作成就显著的青年作者。

本月　张洁的《无字》由北京十月文艺出版社出版。

二月

一日　首届全球华人少年美文写作征文大赛决赛最终在西安评出少年美文金奖，这一奖项被媒体称为"中国少年诺贝尔文学奖"。

十六日　作家草明在京逝世，终年八十九岁。

十八日　中国民间文化遗产抢救工程新闻发布会在人民大会堂召开。

二十八日　《南方周末》发表大江健三郎、莫言的对话录《文学应该给人光明》。

本月　《北京文学》第二期刊载评论家周政保的文章《从文学的存在理由

说起——兼论小说怎样才能赢得更多的读者》。文中批评时下的小说创作，认为只有"赢得读者"，作家才"寻找到了自己的出路"，希望作家写出"关注现实"且"好看耐读"的文章。此文引发了文学界对于小说观念的讨论。

本月 史铁生的《病隙碎笔》由陕西师范大学出版社出版。

三月

二日 《北京文学》刊载马龙潜的《异彩纷呈的网络小说》，对网络小说类型进行了大致综合的描述。

六日 《北京青年报》发表评论家白烨和作家格非针对当前少年写作现象的个人见解，格非认为少年写作是一种投资行为，白烨认为少年写作从严格意义上来说是一种准文学。

十六日 二〇〇一年度中国小说排行榜在天津揭晓，共推出长篇小说六部、中篇小说九部、短篇小说十篇。其中红柯的《西去的骑手》、方方的《奔跑的火光》和漠月的《湖道》分别荣登长、中、短篇小说榜首。

十九日 中国文联七届二次全委会在北京召开。

二十四日 翻译、研究苏联文学的学者叶水夫在京逝世，终年八十二岁。

二十七日 "文学研究中的跨学科发展研讨会暨《文学评论》编委会"在南京召开，与会学者、专家就何谓文学研究中的跨学科发展、如何跨学科、跨学科的限度及方法以及跨学科的好处四个方面进行了探讨。

本月 诗人孙磊获第十届（二〇〇一年度）柔刚诗歌奖。

四月

二日至四日 第三次国际老舍学术研讨会在安徽芜湖举行。来自国内和海外的近八十位老舍研究者以"新世纪与老舍研究的拓展"为题展开了热烈的讨论。

六日 第三届冯牧文学奖颁奖仪式在京举行。郜元宝、吴俊、李建军获青年批评家奖；雪漠、周晓枫、孙惠芬获文学新人奖；周大新、李鸣生、苗长水获军旅文学创作奖。

十日 作家、诗人曾卓逝世，终年八十一岁。

十五日至十八日 北京师范大学文艺学研究中心与湖南师范大学文学院联

合召开"全球化语境中的文学民族性问题"。会议就全球性与民族性的关系、全球化与民族文化的出路等问题展开了热烈的讨论。

十八日 彝族作家李乔因病在昆明逝世,终年九十四岁。李乔曾以处女作《未完成的争斗》参加创造社出版的《现代小说》杂志"无名作家处女作征文",获得头奖。二十世纪五十年代创作的长篇小说"欢笑的金沙江"三部曲被誉为彝族文学史上里程碑式的文学著作。一九七九年短篇小说《一个担架兵的故事》获第一届全国少数民族文学创作奖。

二十日至二十一日 第一届中国现代文学亚洲学者国际学术会议在新加坡举行,主题是"越界与跨国:中国现代文学研究的区域视角与多元探索"。

二十日 当代小小说庆典暨理论研讨会在京召开,由中国作协创研部、文艺报社、《百花园》和《小小说选刊》联合举办。庆典活动为入选中国当代小小说风云人物榜(一九八二至二〇〇二年度)的获奖者颁发奖杯和荣誉证书。在研讨会中,与会者认为小小说是一种平民艺术,是一种具有鲜明时代特色的文体创新,它贴近生活,营造了文坛的一块绿地,能让普通读者的阅读欲望大为增强。

二十日 新中国成立以后第一批工人作家阿凤逝世,终年八十一岁。

二十一日 军事文学作家柯岗在京逝世,终年八十七岁。

二十八日 由老舍文艺基金会与《北京文学》月刊社举办的首届"北普陀杯·老舍散文奖"在北京颁奖,共十篇散文作品获奖。其中史铁生的《病隙碎笔》(之六)获一等奖。特等奖空缺。

本月 在天涯虚拟社区连载网络小说《成都,今夜请将我遗忘》,点击量迅速超过二十万次,创造了网络文学史上的一个奇迹。

五月

十日 《文汇报》刊载杨扬的文章《为什么都要打文学的旗号——由"隐私小说"的出版想到的》。文中指出"隐私小说"并非真正的文学创作,之所以将这些通俗类读物挂上文学作品的名义是出于图书的营销策略。

十五日 起点中文网正式开通上网。

二十日至二十一日 《北京文学》月刊社和《北京日报》文艺部联合举办"她世纪"与当代女性写作研讨会。与会的批评家和作家围绕女性写作及女性与社会、个人的关系问题展开了热烈的探讨。

二十八日 中国世界华文文学学会成立大会在暨南大学隆重召开。饶芃子当选为本届会长。

本月 作家余华凭借英译本《往事与刑罚》获得澳洲詹姆斯·乔伊斯基金会颁发的国际大奖——悬念句子文学奖。该奖为纪念爱尔兰作家詹姆斯·乔伊斯设立,每年举行一次。之前是颁给澳洲和爱尔兰作家,本年度首次颁发给中国作家。

本月 中国石化作家协会成立大会在北京召开。

本月 尤凤伟的长篇小说《泥鳅》发表在《当代》第三期。

六月

十日 上海文艺出版总社庆祝成立五十周年大会。上海文艺出版总社的前身是成立于一九五二年六月的新文艺出版社,其旗下的《故事会》《咬文嚼字》《艺术世界》《东方剑》《小说界》等期刊在同类刊物中享有良好的声誉。

二十四日至二十七日 《文学评论》编辑部和山东大学文学与新闻传播学院联合举办"中国文学现代转型与文学史重构"大型学术研讨会。

二十七日 作家曲波因病在京逝世,终年七十九岁,代表作品《林海雪原》。

本月 法国文化部授予作家韩少功"法国骑士文艺奖",表彰他在中法文化交流中所作出的杰出贡献。

本月 张者的长篇小说《桃李》由人民文学出版社出版。

七月

十日 《光明日报》发表韩小蕙的《散文变革时代来临了吗》,文中质疑时尚散文,探讨散文转型等话题。

十一日 作家孙犁在天津病逝,终年九十岁。孙犁原名孙树勋,河北省安平县人,曾用"芸夫"的笔名在《大公报》上发表文章,一九四四年赴延安,在鲁迅艺术文学院学习和工作,发表了《荷花淀》《芦花荡》等短篇小说,著有长篇小说《风云初记》,小说散文集《白洋淀纪事》等。他是中国解放区文艺的代表性作家之一,被誉为文学流派"荷花淀派"的创始人。

十六日 "九叶诗派"成员之一的诗人杜运燮因病逝世,终年八十七岁。主要著作有《诗四十首》《南音集》《晚稻集》《你是我爱的第一个》等。

二十七日至二十八日 由日本"地球诗社"和世界诗人大会联合主办的第八届亚洲诗人大会"丝绸之路二〇〇二·西安"在西安召开。

本月 山飒的《围棋少女》由春风文艺出版社出版。山飒在一九八四年以诗歌《鼠年,致鼠年》和诗集《阎妮的诗》获全国少年诗歌竞赛头奖和全国儿童文学奖。《围棋少女》是她在二〇〇一年用法文写作的作品,获得当年法国龚古尔高中生文学奖。

本月 夏中义主编的《大学人文读本》系列由广西师范大学出版社出版。

八月

十二日 天津市首届合同制作家签约。

十五日 中国文联在北京召开题为"坚持先进文化前进方向,促进文艺创作繁荣发展"的文艺家座谈会。

十七日 作家管桦逝世,终年八十一岁。他创作的中篇小说《小英雄雨来》以及与作曲家合作的歌曲《快乐的节日》《我们的田野》《听妈妈讲那过去的事情》等有广泛影响,另著有长篇小说《将军河》《深渊》。

十八日 人民文学出版社副总编辑、《当代》《中华文选选刊》主编高贤均因病在京逝世,终年五十五岁。

二十七日 余秋雨状告古远清侵害名誉权在上海开庭。

二十九日 《文学报》刊登李凌俊的《戏剧文学现状堪忧》。文中对戏剧文学的凋敝与优秀剧本的匮乏提出批评与建议。

本月 《中国青年》上半月刊发表记者刘新平的报告文学《为千百万打工者立碑》,报道"打工诗歌"作者生存状况、办刊历程。同月,民间诗报《行吟诗人》在广东东莞创刊。

九月

五日 诗人、《天津文学》原副主编陈茂欣逝世,终年六十六岁。

九日 由中国作协和国家民委共同举办的第七届全国少数民族文学创作"骏马奖"颁奖大会在人民大会堂隆重举行。全国人大常委会副委员长布赫、全国政协副主席白立忱出席颁奖会并为获奖作家颁奖。获得本届骏马奖的有朝鲜族女作家李惠善的《红蝴蝶》等六部长篇小说,仫佬族作家鬼子的《被雨淋湿的河》等十七部中、短篇小说集,拉祜族诗人张克扎都的《草地》等十部诗集,彝族作家米切若张的《情感高原》等九部散文集,满族作家江浩的《盗猎揭秘》等三部报告文学集,蒙古族女作家韩静慧的《恐怖地带101》等二部儿童文学集及苗族评论家龙潜的《圣殿之廊》等四部理论评论集。另有哈依霞·塔巴热克等四人获得翻译奖。获奖的五十六位作家分别来自全国十七个省区市、二十一个民族。

九日 鲁迅文学院举行首届中青年作家高级研讨班开学典礼。中共中央宣传部、中国作协的有关领导出席了典礼。参加本次高级研讨班的作家包括谈歌、曾哲、荆歌、关仁山、雪漠、孙惠芬、北北、马丽华、徐坤、柳建伟、东西、红柯等。

十七日 《文艺报》刊载秋石的《爱护鲁迅是我们共同的道义——质疑〈鲁迅与我七十年〉》,质疑鲁迅之子周海婴文章中撰写的有关内容,并追问"我们需要什么样的鲁迅遗产?"。

二十日至二十四日 华东师范大学中文系、吉首大学文学院、《中国社会科学》杂志社和《文艺理论研究》杂志社共同举办二十一世纪中国文艺理论研究与创新研讨会。

十月

二日 作家陈残云逝世,终年八十九岁。他被文坛誉为珠江文化的典型代表,著作有长篇小说《香飘四季》《山谷风烟》《热带惊涛录》和电影剧本《珠江泪》《羊城暗哨》等。

十二日 已经加入法国籍的中文作家高行健获得二〇〇二年度诺贝尔文学奖。

二十日至二十三日 中国现代文学研究会第八届年会在湖南长沙召开。会议期间举行了首届王瑶学术奖颁奖典礼,还选举了由八十七人组成的第九届理事会。与会者就"四十年代文学与十七年文学""胡风与沈从文研究"及其他学术话题展开了讨论。

二十二日 第二届老舍文学奖颁奖典礼在京举行。张洁的《无字》和宁肯的《蒙面之城》获优秀长篇小说奖；刘庆邦的《神木》、曾哲的《一年级二年级》和衣向东的《初三初四看月亮》获优秀中篇小说奖；李龙云的《正红旗下》和陈健秋的《宰相刘罗锅》获优秀戏剧剧本奖。

本月 韩少功的长篇小说《暗示》由人民文学出版社出版。

十一月

八日至十日 中国当代文学研究会第十二届年会在桂林召开，与会专家、学者围绕"新世纪文学的新格局"，就市场经济下的文学走向、文学批评的现状和当代文学的学科建设等问题展开了深入的研讨。年会期间改选了领导机构，张炯当选为会长，朱寨任名誉会长。

八日至十四日 中共十六大代表会议在北京举行，会议对深化文化体制改革、加快发展文化事业和文化产业作出重大部署。

十三日 针对秋石在九月十七日《文艺报》上的文章《爱护鲁迅是我们共同的道义——质疑〈鲁迅与我七十年〉》，景迅在《中华读书报》撰文《请尊重周海婴先生的人格》提出不同的意见。

本月 台湾作家柏杨得到台湾地区行政管理机构文化奖。

十二月

二十日 由人民文学出版社、中国外国文学学会及国内的各国（语种）文学研究会联合举办的"二十一世纪年度最佳外国小说奖·2001"评选揭晓，获奖作品共有六部：法国作家彼埃蕾特·弗勒蒂奥的《要短句，亲爱的》、德国作家斯文·雷根纳的《雷曼先生》、墨西哥作家埃莱娜·波尼亚托夫斯卡的《天空的皮肤》、俄罗斯作家尤·波里亚科夫的《无望的逃离》、英国作家阿莉·史密斯的《饭店世界》和美国作家拉丽塔·塔德米的《凯恩河》。人民文学出版社每年将获奖作品结集出版。"二十一世纪年度最佳外国小说奖"是中国出版界第一次为外国当代作家评奖、颁奖的评选活动，开启了中国学界和出版界联袂评选、出版外国当代文学作品的先河。

二十三日至二十五日 第七届国际诗人笔会在南京举行，授予艾青、臧克家、贺敬之、郭小川"中国当代诗魂金奖"。

二十九日 第二届中国文联文艺评论奖颁奖仪式在京举行。《我们这个时代会写出什么样的长篇小说》等四篇文章获一等奖;《试论中国电影在全球化趋势下的文化定位问题》等二十四篇文章获二等奖;《进入二十一世纪的高原文艺》等三十三篇文章获三等奖。

本月 天涯杂谈版主老蛋的小说《招娣》荣获第三届贝塔斯曼全球华人网络文学大赛中篇小说奖。

二〇〇三年

一月

七日 《小说选刊》"仰韶杯"优秀小说奖颁奖。长篇小说张洁的《无字》、阎真的《沧浪之水》,中篇小说毕飞宇的《玉米》、鬼子的《瓦城上空的麦田》、孙惠芬的《歇马山庄的两个女人》、方方的《奔跑的火光》、陈世旭的《救灾记》,短篇小说阎连科的《黑猪毛 白猪毛》、漠月的《湖道》、苏童的《伞》、荆永鸣的《外地人》共十一篇作品获奖。

十一日 二〇〇二年《诗刊》优秀作品年度奖揭晓。刘立云、郑玲、黑陶三位诗人获奖。

十五日 首届二十一世纪鼎钧双年文学奖颁奖会在京举行,莫言和李洱分别以《檀香刑》和《花腔》获取大奖。

二十四日 中国当代文学研究会、《中华文学选刊》、《南方文坛》、《南方都市报》联合主办的"2002年度中华文学人物"评选揭晓。作家王蒙、张洁分别摘取"文学先生"和"文学女士"桂冠;阎真获得"进步最大的作家"称号;池莉获得"人气最旺的作家"称号;张者被评为"最具潜质的青年作家";海岩、虹影、柯云路则分别获得"最有影视缘的作家""最富争议的作家""最会变脸的作家"称号。

本月 李洱的《花腔》、邱华栋的《花非花》、荆歌的《鸟巢》、戴来的《练习生活练习爱》、魏微的《拐弯的夏天》、艾伟的《爱人同志》等一批六七十年代出生的青年作家的作品受到媒体与评论界的关注。

本月 青年作家薛荣在《江南》杂志第一期发表中篇小说《沙家浜》,把"文革"中人人熟知的京剧"样板戏"《沙家浜》的故事情节和人物形象进行了颠覆性的改编，此举引起了社会的广泛关注和文学评论界的批评争议。

本月 池莉的新作《有了快感你就喊》由中国青年出版社出版。女作家虹影的新作《孔雀的叫喊》随后由知识出版社出版，女作家不谋而合的"叫喊"，引起文坛内外的关注与热议。人民网、《文学报》刊发署名文章，指出"好作品不是喊出来的"。

本月 王蒙的自叙作品《王蒙自述：我的人生哲学》由人民出版社出版。

本月 春风文艺出版社出版了郭敬明的畅销书《幻城》。

二月

十日 《中华读书报》刊登欧阳友权的文章《网络文学：技术乎？艺术乎？》，四月二十三日、七月十七日《中华读书报》又刊登了张晖等所著文章，提出不同意见，认为"网络文学不是游戏文学"，"网络文学没有技术'原罪'"。

二十五日 《文艺报》刊发了张韧的题为《从新写实走进底层文学》一文，可以说这是一篇开风气之先的文章，随后引发热议，"底层文学"成为热词。

本月 美国华裔小说家谭恩美（Amy Tan）获得二〇〇三年度巴诺作家奖。

本月 第二届（二〇〇二年度）全国微型小说（小小说）年度评选揭晓，凌鼎年《法眼》、罗伟章《独腿人生》等十篇作品荣获一等奖。此项评奖由中国微型小说学会主办、金山杂志社承办。

三月

十八日 二〇〇二年度中国小说排行榜在天津揭晓，共推出长篇小说三部、中篇小说十部、短篇小说十部。其中麦家的《解密》、阿来的《遥远的温泉》和毕飞宇的《地球上的王家庄》荣登长、中、短篇小说榜首。首届中国小说学会奖同时产生，红柯、毕飞宇、杨显惠分别获长、中、短篇小说奖。

二十五日 第二届春天文学奖在京揭晓，湖北青年作家李修文获奖，女作家格央和叶子获本届入围奖。

二十八日 中国学术界首次评选的唐弢青年文学研究奖在北京揭晓。此次评选对象是四十岁以下的青年学者的单篇论文，获奖论文共十七篇。

四月

九日 剧作家吴祖光因病在京逝世,终年八十六岁。吴祖光又名吴召石、吴韶,祖籍江苏武进。他从二十世纪三十年代开始戏剧创作,一九三七年创作抗日话剧《凤凰城》,成为全国戏剧界与日本侵略者进行斗争的有力武器。随后几年间,他创作了《正气歌》《风雪夜归人》《林冲夜奔》《牛郎织女》和《少年游》等剧作。其中《风雪夜归人》久演不衰,成为话剧史上的经典作品之一。新中国成立后,吴祖光出版了戏剧集《风雪集》、散文集《艺术的花朵》,同时还执导了多部艺术影片。

十日 迟子建获得澳大利亚悬念句子文学奖,该奖项认为她的作品"具有诗的意蕴"。

十八日 首届华语传媒文学大奖揭晓。该奖由《南方都市报》斥资设立,因奖金高备受瞩目。作家史铁生凭借二〇〇二年度代表作《病隙随笔》获得"年度杰出成就奖",韩少功、于坚、李国文、陈晓明、盛可以分别获得年度小说家奖、年度诗人奖、年度散文家奖、年度文学评论家奖、年度最具潜力新人奖。

十九日至二十日 由廊坊师范学院、首都师范大学诗歌研究中心、人民文学出版社、中国当代文学研究会联合主办的牛汉诗歌研讨会在廊坊师范学院举行。

五月

二十三日 中国作协欢送作家采访团深入抗击非典第一线。高洪波、何建明、毕淑敏等八位作家组成采访团,慰问战斗在一线的医生护士。

本月 中国作协领导金炳华、王巨才、吉狄马加等到北京市中日友好医院,向战斗在抗击非典第一线的医务人员赠送诗集《同心曲》和十万元捐款。

本月 第六届上海长中篇小说优秀作品大奖揭晓,本届获奖作品共十二部,潘婧的《抒情年代》荣获长篇小说一等奖,中篇小说一等奖继续空缺。长篇小说二等奖是李锐的《银城故事》和王安忆的《富萍》,三等奖是冯苓植的《出浴——朔方贝子池》、雪漠的《大漠祭》和陆天明的《省委书记》。中篇小说二等奖是方方的《奔跑的火光》、陈应松的《狂犬事件》和陈平的《七宝楼台》,三等奖是王新军的《民教小香》、吕志青的《南京在哪里》和杜光辉的

《哦！我的可可西里》。

六月

九日到二十日 新浪网站与《南方都市报》等国内主流媒体联合推出大型公众调查活动"二十世纪中国十大文化偶像评选"。最终网上评选的结果是鲁迅排在首位，排在前十位的其他文化偶像分别是金庸、钱锺书、老舍、巴金、张国荣、钱学森、雷锋、梅兰芳、王菲。艺人张国荣和王菲排名前十引发了各界人士的热议和评论。

二十八日至二十九日 由《传奇文学选刊》杂志社、广州大然文化公司等联合举办的"大然传奇中国首届奇幻文学笔会"在广州召开，此次笔会是玄幻文学界的第一次盛会。

本月 毕淑敏的小说《拯救乳房》由人民文学出版社出版。该书以乳腺癌患者为描述对象，关注女性生命和生存状态，被称为国内首部心理治疗小说。但该书书名引发了文学界人士的争议，认为有哗众取宠和迎合市场之嫌。

本月 老编辑、《咬文嚼字》编委金文明所著《石破天惊逗秋雨》由书海出版社出版。该书对余秋雨散文中一百三十多处文史知识差错集中进行了阐释和分析。此后余秋雨加以辩解，许多文人参与其中，事态进一步扩大。

七月

三日 作家贾平凹获得法兰西共和国文学艺术荣誉奖。这是贾平凹在获得美国美孚飞马文学奖、法国费米娜文学奖之后，获得的第三项国际文学奖项。

十日 新世纪首届《北京文学》奖揭晓，阿来、苏童、曲兰和陆文夫分别获得中篇小说、短篇小说、报告文学和散文随笔一等奖；诗人牛汉、蔡其矫并列诗歌一等奖；评论一等奖空缺，二等奖是雷达、周政保。

二十八日 第二十届陈伯吹国际儿童文学奖揭晓。周锐的童话小说集《出窍》获得大奖，梅子涵的《我们的公虎队》、张秋生的《骑在扫帚上听歌的巫婆》等作品获优秀作品奖。本届开始设立杰出贡献奖，儿童文学作家和翻译家任溶溶获得此奖。

本月 莫言长篇小说《四十一炮》由春风文艺出版社和台湾洪范出版社同时推出。

本月　杨绛的《我们仨》由生活·读书·新知三联书店出版社出版。

本月　湖南省作家余开伟、黄鹤逸宣布退出省作协。不久，上海"新生代"作家夏商也递交《声明》宣布退出上海市作协。会员退会现象显示了作协在内部体制、职能方面的某些疏漏和弊端。

八月

七日　首届中国小说学会奖在天津颁发。获奖作家红柯、毕飞宇和杨显惠分别获得一辆家庭型轿车。

八日　二〇〇三年全军长篇小说创作座谈会在宁波举行。与会作家和评论家汪守德、郝仲术、苗长水、何继青、丁临一、黄国荣、陶纯、翟晓光、徐贵祥、李镜等围绕军事题材小说的创作和发展进行了深入探讨。

十四日　首届姚雪垠长篇历史小说奖揭晓，共五部作品获奖。获奖作品是唐浩明的《曾国藩：血祭·野焚·黑雨》、凌力的《梦断关河》、熊召政的《张居正·木兰歌》、颜廷瑞的《汴京风骚：晨钟卷·午朝卷·暮鼓卷》和二月河的《乾隆皇帝》（六卷）。姚雪垠长篇历史小说奖是根据已故作家姚雪垠生前夙愿，为鼓励和推动长篇历史小说创作的繁荣和发展而设立的艺术创作奖项。该奖的题材范围仅限于辛亥革命以前，已获得茅盾文学奖的作品不在参评范围之内。

十八日　余秋雨状告古远清名誉侵权案在上海市第一中级人民法院封闭开庭调解，双方当事人自愿达成和解协议。

二十三日　全国第四届少数民族文学创作会议在昆明举行。参加会议的一百六十余名各民族作家和代表就少数民族文学面临的问题和机遇挑战进行了热烈的讨论。

九月

八日　牛汉获得马其顿政府颁发的文学节杖奖。该奖是马其顿作家协会设立的一项国际性文学奖，主要奖励与马其顿有着密切文化交流的国家中的重要作家和诗人。

十六日　第八届国际华文诗人笔会在广东珠海召开。开幕式上，诗人李瑛、曾卓、绿原被授予"当代诗魂金奖"。围绕"现代视野下的新诗如何与传统对接""从'抗非'的辉煌诗篇看诗人应承担的社会责任和时代使命"两大主题，与会者进行了热烈的研讨。

十九日 中国报告文学第二届正泰杯大奖揭晓。本届评奖对象是二〇〇一至二〇〇二年间全国报告文学，作家何建明的《根本利益》、李春雷的《宝山》等十五部作品获奖。

二十三日 北京作协第四次会员代表大会召开。在换届选举中，作家刘恒以全票当选北京市作协主席，史铁生、刘庆邦、张承志、陈祖芬、毕淑敏、凌力、曹文轩当选为副主席，李青任驻会副主席。

二十三日 中国社科院文学所建所五十周年庆祝大会在京举行。

二十四日 王蒙文学创作国际学术研讨会在青岛中国海洋大学召开。

本月 《北京文学》杂志社联合新浪文化和《北京娱乐信报》向读者发起"向当代文坛进言"活动。从二〇〇三年第十期至二〇〇五年第十一期，《北京文学》（精彩阅读）在"文化观察"栏目中特辟专版刊登来自全国各地读者的不同观点，为文学界自身的建设和发展提供了丰富多彩的参考意见。

十月

二日 瑞典文学院宣布将二〇〇三年诺贝尔文学奖授予南非作家约翰·马克斯韦尔·库切，其主要作品为《等待野蛮人》《昏暗的国度》《来自国家的心脏》和《耻》等。

八日 浙江作家节在杭州举行。此次活动邀请了国内著名作家与浙江作家一起以"西湖论剑""文学研讨"等形式议论文坛和谈论创作，是国内首次举办"作家节"。

十日 作家李锐、张石山辞去山西作协副主席职务并退出中国作协。这一举动再次引发了文学界对作协体制改革的争议。

十六日 二〇〇三年度"茅台杯"人民文学奖揭晓，共十篇作品获奖：中篇小说有熊正良的《我们卑微的灵魂》、荆永鸣的《北京候鸟》和池莉的《有了快感你就喊》；短篇小说有魏微的《大老郑的女人》和戴来的《茄子》；诗歌有李元胜的《景象》、桑克的《时光登记簿》和大解的《神秘的事物》；散文有周晓枫的《你的身体是个仙境》和黄集伟的《借一张嘴说美丽脏话》。此次评奖因作品较少但奖金较多而备受媒体关注。

十九日　第六届宋庆龄儿童文学奖在京举行颁奖典礼。彭学军的《你是我的妹》、常星儿的《吹口琴的小野兔阿洛兹》、张之路的《非法智慧》分别荣获小说、童话和科学文艺类大奖。郑春华、曹文轩等十六名作家分别获得小说、童话、科学文艺、诗歌、散文类佳作奖。任溶溶、束沛德、蒋风和浦漫汀获本届新增设的"特殊贡献奖"。

二十五日　第八届《上海文学》优秀作品奖（一九九八年一月至二〇〇三年八月）揭晓。杨显惠的《上海女人》、薛荣的《等一个人发疯需要多久》等八篇作品获"短篇小说名家奖"；宋明炜的《停止焦虑与长大成人——关于七十年代出生作家的笔记》，李陀、李静的《漫说"纯文学"》等四篇作品获"文学评论名家奖"。

本月　首届中国小小说金麻雀奖评选揭晓，王蒙、冯骥才等十人获奖。该奖是由《小小说选刊》《百花园》等机构筹措资金联合设立，成为当代小小说创作领域的最高奖项。

本月　"当代历史文学创作与民族精神建设"研讨会在淄博举行。

本月　施蛰存、徐中玉学术思想研讨会在上海举行。

十一月

三日　世界华文文学（散文）盘房奖揭晓，美国JACKJIN的《送别儿子》和冰子的《在SARS阴影下生活的美国华人》等十篇作品获奖。

十日　《小说月报》第十届百花奖揭晓。获奖中篇小说为：衣向东《过滤过的阳光》、毕飞宇《玉米》、池莉《看麦娘》、方方《奔跑的火光》、李肇正《永远不说再见》、李春平《老师本是老实人》、梁晓声《民选》、潘军《合同婚姻》、贾平凹《阿吉》、叶兆言《马文的战争》；获奖短篇小说为：莫言《冰雪美人》、毕淑敏《藏红花》、铁凝《有客来兮》、苏童《人民的鱼》、裘山山《我讲最后一个故事》、梁晓声《讹诈》、王安忆《民工刘建华》、贾平凹《饺子馆》、赵本夫《鞋匠与市长》、迟子建《花瓣饭》。

十九日　作家施蛰存因病在上海逝世，终年九十九岁。施蛰存原名施青萍，擅长写心理分析小说，代表作有《梅雨之夕》《春阳》等，重墨描写人物主观意识的流动和心理感情的变化，是现代时期"新感觉派"小说的代表性作家。

二十日　第九届庄重文文学奖揭晓，毕飞宇、红柯、国风、西川、徐坤、何向阳、柳建伟、关仁山、张梅、刁斗共十人获得该奖，十二月中旬在北京人民大会堂举行颁奖典礼。

　　二十五日　国务院授予巴金"人民作家"荣誉称号，颁证仪式在上海举行。

　　本月　二十五日是文坛巨匠巴金的百岁华诞，以此为主题，中国作协、中国现代文学馆以及上海和四川等地文化界组织了各种形式的庆祝活动。

　　本月　辛笛诗歌创作七十年研讨会在上海举行。

　　本月　第六届茅盾文学奖初评审读工作结束，用无记名投票的方式遴选出莫言的《檀香刑》等二十三部作品，作为入围书目提交评奖委员会终评。

　　本月　日记体作品《遗情书》在互联网掀起"木子美风波"，引起网友和一些专家学者的争议和批判。

　　本月　由《小说选刊》杂志主办的"最受读者欢迎的十大小说家"评选揭晓，苏童、池莉、刘庆邦、铁凝、毕飞宇、迟子建、莫言、叶广芩、贾平凹、方方位列前十名。

十二月

　　二日至四日　全国文学报刊改革与发展研讨会在郑州召开。此次研讨会由中国作协、国家新闻出版总署、中国期刊协会联合主办，鲁迅文学院和《小小说选刊》《百花园》杂志社承办，《人民文学》《当代》《十月》等六十余家文学报刊的负责人参加，对市场经济体制下文学报刊的改革与发展进行了深入的讨论。

　　十日　巴金文学研究会在上海成立，复旦大学的陈思和教授被选为巴金文学研究会会长。

　　十一日　由人民文学出版社与中国外国文学学会及各语种文学研究会、学会联袂举办的"二十一世纪年度最佳外国小说奖·2002"评选活动在京揭晓，法国作家马尔克·杜甘的《幸福得如同上帝在法国》等六部世界各国作家于二〇〇二年出版的长篇小说获得了此项殊荣。

　　二十八日　杨绛的《我们仨》获得台湾《中国时报》"2003开卷好书奖"十大好书（中文创作类）第一名。

本月 作家刘震云的长篇小说《手机》由长江文艺出版社出版,被导演冯小刚改编成同名电影,在全国掀起了"手机"热潮。

本月 第二届中国女性文学奖揭晓,王周生的《性别:女》、张洁的《无字》等四大类、五十九部作品获本届文学奖,《妇女研究论丛》《百花洲》等六家女性杂志获特别奖。

本月 "二〇〇三年度杰出文化人物"评选揭晓,共评选出十人(群体),包括巴金、王蒙、王世襄、用艺术抗击非典的画家群体(华君武、黄永玉、靳尚谊等)、以高度文化意识保护窖藏国宝青铜器的五个农民,等等。

二〇〇四年

一月

五日 新浪·万卷杯中国文学原创大赛揭晓,段战江的《寂寞山水苏格兰》和陈洪金的《忧伤的河流与屋檐》获优秀抒情散文奖,安昌河的《忧伤的炸弹》获最佳短篇小说奖,铸剑的《黑耳朵》获最佳中篇小说奖,阿闻的《纸门》获最佳长篇小说奖。

六日 "2003年度中华文学人物"揭晓,巴金和杨绛分别获得"文学先生"和"文学女士"的称号。获得"2003年度中华文学人物"称号的还有"最具活力的作家"韩东、"进步最大的作家"麦家、"人气最旺的作家"贾平凹、"最具潜质的青年作家"邵丽、"最富争议的作家"余秋雨、"最有影视缘的作家"刘震云、"最被看好的网络作家"慕容雪村。

七日 由老舍基金会和《北京文学》杂志社联合举办的第二届老舍散文奖揭晓,鲍河杨的《走进思想的竹林》等十篇作品获奖。

八日 诗人辛笛因病在上海逝世,终年九十二岁。辛笛一九八一年因与诗友出版四十年代诗歌选集《九叶集》,被称为"九叶诗派"代表诗人。其代表作是《手掌集》。

八日 作家周而复因病在京逝世,终年九十岁。周而复是安徽旌德人,青年时期投身左翼文艺运动。他最有影响的作品是长篇小说《上海的早晨》,其他主要作品还有长篇小说《白求恩大夫》、长篇叙事诗《伟人周恩来》等。

三十一日 作家马烽因病在太原逝世，终年八十二岁。马烽原名马书铭，一九二二年出生于山西省孝义县居义村。马烽被认为是当代文学史上重要流派"山药蛋派"的代表作家，是延安文艺座谈会之后成长起来的最有代表性的作家之一。一九四二年，马烽在延安《解放日报》副刊发表了他的第一篇作品《第一次侦察》，后与另一位"山药蛋派"作家西戎合著的长篇小说《吕梁英雄传》在工农群众中产生热烈反响，影响甚大。他于一九五一年发表的短篇小说《结婚》被选入中学课本作为教材。他的代表作还有《村仇》《一架弹花机》《三年早知道》《我的第一个上级》等等，写出了一系列反映中国农村四十年变迁历史的现实主义作品。

本月 《小说选刊》第一期刊载作家韩少功的文章《个性》，文中批评当前小说"信息重复、信息低劣"，提醒写作者"小说需要个性"，文章在文化界引起广泛关注与争议。评论家郜元宝、孟繁华，作家尹丽川等或撰写文章或接受采访纷纷表达各自的见解。

本月 阎连科的长篇小说《受活》由春风文艺出版社出版，此前刊载于《收获》二○○三年第六期。

二月

二日 由中国作协台港澳暨海外华文文学联络委员会主办的杨逵作品研讨会在南宁举行。

五日 诗人臧克家在京逝世，终年九十九岁。臧克家一九○五年生于山东诸城，一九三四年毕业于国立山东大学中文系，一九三三年出版了第一部诗集《烙印》，这是他最具影响的作品。此后，他陆续出版的诗集、长诗有《罪恶的黑手》《自己的写照》《泥土的歌》《宝贝儿》《生命的零度》等十多部。新中国成立后，臧克家多作政治抒情诗，《有的人》是他这类诗中的代表作。

七日 由中国作协理论批评委员会与上海《社会科学报》联合举办的二○○三年文学回顾研讨会在京召开。与会的数十位文学理论家、评论家聚集在一起，就二○○三年中国文学状况与发展态势进行深入研讨。

本月 《诗刊》二○○三年度作品奖揭晓，李瑛的组诗《垂落的眼泪》、李双的组诗《李双的诗》、雷抒雁的组诗《杂花生树》荣登榜首。

三月

七日 二〇〇三年度中国小说排行榜在山东济南揭晓，二十六部榜上有名的小说是：阎连科的《受活》、董立勃的《白豆》等六部长篇小说，须一瓜的《淡绿色的月亮》、巴桥的《阿瑶》等十部中篇小说，铁凝的《逃跑》、莫言的《木匠和狗》等十部短篇小说。

十日 二〇〇三年度《民族文学》"龙虎山"杯文学新人奖颁奖仪式在中国现代文学馆举行，该评奖专门奖掖崭露头角的少数民族文学新人。在此次评奖中，郑吉平（白族）、马强（回族）、商别离（苗族）等三位文学新人分别以《李茶叶》《老王和黑头羊》《文溪桥》获此殊荣。

十八日 纪念聂绀弩一百周年诞辰暨《聂绀弩全集》出版座谈会在京举行。

十八日至二十四日 中国作家参加在法国巴黎举办的以"中国文学"为主题的第二十四届法国图书沙龙。

本月 香港作家联会发表倡议书，促请香港特区政府在计划发展西九龙文娱艺术区时，考虑兴建香港文学馆。

本月 胡坚、戴漓力两名在读大学生通过湖北省作协的讨论审核，成为国内最年轻的一批省级作协会员。

四月

六日 第三届春天文学奖揭晓，青年作家了一容和周瑾凭借小说《向日葵》和《被世俗绑架》双双获奖，这在该奖设立以来尚属首次，受邀前来参加颁奖仪式的文学评论者周冰心当场质疑周瑾的获奖。

六日 由首都师范大学文学院举办的"身体写作与消费时代的文化症状"研讨会在京召开，围绕文学消费与身体写作，与会的四十多名文学界人士从不同的角度进行了热烈研讨。

十六日 二〇〇三年度大红鹰文学奖在京揭晓，共七部获奖作品，除发表在《中国作家》杂志的五部作品外，"最佳友刊作品奖"由邓贤的纪实文学作品《中国知青终结》、魏微的短篇小说《化妆》获得。大红鹰文学奖此前已连续举办三届。

十八日　第二届华语文学传媒大奖颁奖典礼在北京中国现代文学馆隆重举行。该奖从二〇〇四年起，由《南方都市报》《新京报》共同主办，是国内第一个由大众传媒创设的文学大奖，也是中国年度奖金最高的纯文学大奖之一。莫言、韩东、王小妮、余光中、王尧分别获得年度杰出成就奖、年度小说家奖、年度诗人奖、年度散文家奖、年度文学评论家奖，年度最具潜力新人奖则由须一瓜获得。

五月

二十一日　《中国图书商报·书评周刊》刊载青年学者赵稀方的文章《视线之外的余光中》，掀起学者质疑余光中的热潮。

二十一日　许地山一百一十周年诞辰纪念会暨学术研讨会在南京举行。

二十六日　"评说改编'红色经典'座谈会"在京举行。该座谈会为纪念毛泽东同志《在延安文艺座谈会上的讲话》发表六十二周年，由中国文联、中国剧协、中国影协、中国视协联合举办。与会者批评近年影视剧作对革命题材作品的戏说与低俗改编，呼吁要使改编的"红色经典"达到爱国主义与英雄主义、历史真实与艺术真实的有机统一。

二十六日　首届新诗界国际诗歌奖在京揭晓，牛汉、洛夫、特朗斯特罗姆（瑞典）三位诗人获得"北斗星奖"；西川、王小妮和于坚三位诗人获得"启明星奖"。

六月

十九日　北京大学诗歌中心成立大会在北京大学英杰国际交流中心举行。

二十一日　钱谷融、王景山、樊骏、舒乙、林非、钱理群、乐黛云、孙郁、刘勇、汪晖等新老编委二十余人欢聚北京，庆祝《中国现代文学研究丛刊》出满百期。《中国现代文学研究丛刊》创刊于一九七九年底，至今已走过了整整二十五个年头，它是目前国内唯一一家专门研究中国现代文学的纯学术刊物。

二十二日　上海文艺出版总社建设和发展工作会议在上海图书馆举行。根据中共上海市委、市政府的决定，以上海文艺出版社（包含上海文艺出版社、上海音乐出版社、上海文艺音像出版社）、上海书画出版社、上海人民美术出版社、上海画报出版社、百家出版社为基础,组建新的上海文艺出版总社。

二十七日　由北京师范大学文艺学研究中心、北京师范大学文学院、美国加州大学(戴维斯校区)东亚学系比较文学研究中心主办的"全球化时代的文学研究"国际学术研讨会在京召开,与会者针对文学研究与时代变化以及与其他学科研究的关系进行了热烈探讨。

二十八日　中国作协召开六届六次主席团会议,认真学习贯彻胡锦涛总书记等中央领导同志重要讲话,并对在文学界深入开展"三项学习教育"活动进行了部署。会议推举张健为中国作协书记处书记。

二十九日至三十日　由《文学评论》编辑部、四川大学文学与新闻学院、四川师范大学主办,四川师范大学承办的"消费时代的文学与文化研究"学术研讨会在成都召开,五十余位专家学者与会。

三十日至七月十六日　《天涯》杂志和海南在线"天涯社区"等单位联合举办全国首届短信文学大赛。这次大赛使"短信文学"作为一种文学样式开始引起文坛关注,引发了国内文学界对短信是否是一种文学的争论。

本月　俄罗斯科学院远东研究所学术委员会授予王蒙俄罗斯科学院名誉博士学位。

七月

二日至十八日　香港举行以"文学新视野"为主题的第五届文学节,主要探讨香港文学在新时代的意义和功能。

八日　上海作协举办八〇后青年文学创作研讨会,与会者对八〇后写作群体的创作提出了批评与建议。

九日　《孙犁全集》出版座谈会在京召开。本月《孙犁全集》由人民文学出版社出版。除收录已发表、出版的孙犁作品,还包括从未收录专集的作品,以及新搜集到的佚文、诗词、书信等。

十日　第三届鲁迅文学奖评奖拉开序幕。此次评奖除了翻译奖评选范围是一九九九至二〇〇三年在国内公开发表或出版的翻译作品外,其他六个奖项的评选范围均为二〇〇一至二〇〇三年在国内公开发表或出版的文学作品。

十七日至十九日　由中国作协和国家民委联合主办的全国第四届少数民族文学翻译会议在吉林省长春市召开。一百多位来自全国各民族的作家、翻译家和文学工作者以及中国作协有关部门人士共商加强少数民族文学翻译事业、繁荣少数民族文学的问题。

十九日 由人事部和中国文联共同主办的全国中青年德艺双馨文艺工作者评选表彰大会，于中国文联成立五十五周年之际，在北京人民大会堂举行。三十名来自中国文联各团体会员单位和解放军（含武警部队）的中青年文艺工作者首次获此荣誉称号，并获得奖章和证书。

二十三日 《山花》杂志改版十周年座谈会在贵阳举行。《山花》杂志从一九九四年改版以来，坚持"融文学精品与前卫艺术于一炉"的定位，给文坛提供了"文学精神与视觉人文"并重的双重文本。《山花》在不断提升品牌的同时，没有间断过对本土创作的扶持与关注。

二十六日至二十八日 首届"青海湖之夏"诗歌节在青海省举行。本次诗歌节由中国作协创联部、《诗刊》社、青海省文联、青海省作协、青海省海北州委共同举办。

二十六日至二十九日 由中国作协少数民族文学委员会、云南省作协、云南省红河州文联举办的第二届全国当代彝族文学研讨会在云南省红河哈尼族彝族自治州弥勒县召开。首届全国当代彝族文学研讨会于一九九八年十月在云南楚雄州召开。

本月 艾青遗作《旅行日记》由上海文艺出版社出版。《旅行日记》记录的是艾青一九五四年七月至八月间由亚洲经欧洲、非洲最后抵达南美洲旅途中的所见、所闻、所感。

本月 适逢古希腊文学研究学者和翻译家罗念生的百年诞辰，上海世纪出版集团北京世纪文景公司推出耗时八年编纂而成的《罗念生全集》。

本月 孙惠芬的长篇小说《上塘书》由人民文学出版社出版，此前曾刊载于《当代》二〇〇四年第三期。

本月 全面完整地反映了吴祖光曲折的人生经历和艺术道路的《一辈子——吴祖光回忆录》由中国文联出版社出版。

八月

一日 上海作协创立了内部诗歌读物《上海诗人》报，设有"星闻""海派""国风"等八个专版。创刊号上推出了《上海：现代新诗的重镇》，梳理了一九一七年至一九四九年中国新诗在上海的发展历程和辉煌历史，还推出了上海市和全国部分诗人的作品。

二日至五日 关注经典文化研讨会在山西举办，李希凡、郑伯农等三十多名文艺学、文化学方面的知名专家参加了这次会议。

十三日 首都文学界纪念邓小平同志一百周年诞辰座谈会由中国作协在京举办。

二十二日 邓小平同志一百周年诞辰纪念大会在京隆重举行，中共中央总书记、国家主席胡锦涛发表讲话，高度评价邓小平同志为民族独立、人民解放和国家富强、人民幸福建立的不朽功勋。

二十三日 剧作家、散文家、诗人、国际文学活动家杜宣因病在上海逝世，终年九十一岁。

二十五日 纪念杨沫九十周年诞辰暨新版《青春之歌》座谈会在京举行。

二十八日 第七届夏衍电影文学奖在京颁奖，共有十二部优秀剧本获奖。

本月 李洱的长篇小说《石榴树上结樱桃》由江苏文艺出版社出版。

九月

三日至五日 "二〇〇四文化高峰论坛"在京举行。

四日 女作家陆星儿在上海病逝，终年五十五岁。

六日至八日 湖南省作协第六次代表大会在长沙召开，湖南文学界老中青三代作家代表商讨如何繁荣振兴湖南文学事业。中国作协党组书记、副主席金炳华出席并讲话。

十一日至十三日 "二十一世纪：理论建设与批评实践国际学术研讨会"在沈阳召开。

十三日至十五日 第十三届世界华文文学国际学术研讨会在山东威海举行。与会者主要从迎接全球化的冲击与文化视野的拓展、学科雏形的建立与国际学术界的接轨以及华文文学在反"文学台独"中所应发挥的作用等三个方面进行了深入讨论。

十六日 由中国诗歌学会主办的"中坤杯·首届艾青诗歌奖"在京举行颁奖典礼。苗强的诗集《沉重的睡眠》等六部作品获奖。

十六日 由南昌大学、文艺报社等单位联合召开的首届新移民作家国际笔会在南昌举行，严歌苓、虹影等几十位新移民作家、学者参加了这次笔会，就新移民作家的文学创作现状与发展前景展开讨论。

十九日 首届北京文学节开幕，其目的是为了给热爱文学、献身于文学、在文学领域里常年耕耘的人提供一个展示、交流、庆贺的平台。王蒙、刘恒、白先勇分别获终身成就奖、文学创新奖和北京作家最喜爱的海外华语作家奖。

二十五日 第二届徐迟报告文学奖颁奖大会在湖州南浔举行。该奖是国内报告文学界的最高奖，每三年举行一次。本届评选范围是二〇〇一年一月至二〇〇三年十二月正式发表的报告文学作品。三部获奖作品分别是：李春雷的《宝山》、何建明的《根本利益》和赵瑜、胡世全合著的《革命百里洲》。

二十六日 由《诗刊》社、江西省作协联合举办的"青春中国"诗歌朗诵会在南昌举行。

本月 《台港文学选刊》推出创刊二十周年纪念特刊。创办于一九八四年九月的《台港文学选刊》是第一家专门介绍台港澳及海外华文作家作品的文学期刊，为纪念创办二十周年，该刊于九月和十月推出纪念特刊，其中九月号为"小说卷"，十月号为"散文·诗歌卷"。

本月 首都师范大学迎接作为中国首位"驻校诗人"的青年诗人江非入驻学校。

本月 刘锡诚所著五十七万字文学回忆录《在文坛边缘上——编辑手记》由河南大学出版社出版。

十月

七日 奥地利女作家耶利内克获诺贝尔文学奖，主要作品为《做情人的女人们》《美妙的年代》和《钢琴教师》。

八日 中国目前最大的网络游戏运营商盛大互动娱乐有限公司宣布以二千万现金收购国内领先的原创文学门户网站——起点中文网，引起网络文学界热烈反响。

八日 作家、胡风夫人梅志因病在京逝世，终年九十岁，代表作有《往事如烟》《伴囚记》《在高墙内》《胡风传》等。

九日 中国作协举办纪念丁玲一百周年诞辰座谈会。

十五日 上海文学界庆祝贾植芳九十华诞。贾植芳早年是"七月派"重要作家之一,晚年以回忆录《狱里狱外》在知识界产生重要影响。

十六日至十九日 第十三届中国当代文学学术年会在大连举行。与会者主要围绕二十一世纪初中国当代文学的现状与走向、当代文学史教学与当代文学学科建设、市场经济下文学生产机制的变化、当代文学的前沿话题等议题进行了深入的交流与研讨。会议期间还举行了第九届中国当代文学研究优秀成果奖的颁奖仪式。

十七日至十八日 应中国儿童文学研究中心邀请,马景贤、桂文亚、林文宝等台湾知名儿童文学工作者飞越海峡,来到北京参加海峡两岸儿童文学研讨会,并与在京的儿童文学界、出版界见面会谈。

十七日至二十四日 《北京文学》在四川成都举办二〇〇四年全国中篇小说年会,参加会议的作家、评论家围绕中国中篇小说近年来的文体历史以及近几年的创作状况等展开热烈的讨论。同时在年会上宣布:《北京文学·中篇小说月报》自二〇〇四年起每两年举办一次"中篇小说月报奖""中篇小说月报读者推荐奖"的评选活动。

二十一日 作家马加在沈阳逝世,享年九十五岁。

二十六日 《人民文学》创刊五十五周年酒会暨二〇〇四年度"茅台杯"人民文学奖颁奖典礼在京举行。此次评奖活动中,映川、晓航和陈应松获得中篇小说奖,莫言和须一瓜获得短篇小说奖,张楚、于坚、格致获得散文奖,诗歌奖由雷抒雁与张执浩获得。

二十六日至二十八日 以"文化强市:品牌打造与科学发展"为主题的二〇〇四中国文化产业论坛在北京举行。

三十一日 全国第一个中学生文学社联合会——深圳市中学生文学社联合会在深圳诞生。

本月 第六届(二〇〇一至二〇〇三)全国优秀儿童文学奖揭晓,曹文轩的《细米》、常新港的《陈土的六根头发》等十六部(篇)作品获奖

本月 广东省作协推出全国首部手机短信连载小说《城外》,作者千夫长。该举动引起媒体和电信机构的广泛关注。

本月 《小小说月刊》第二十二期刊载南京作家雅兰的小小说《南京呆B》,该小说以南京的"市骂"为题引起轩然大波。十一月五日,南京某报发表《南京人真那么丑陋吗?》的报道,并留下热线电话组织市民对此事件进行

讨论。一时间，"捍卫南京形象"和"南京人该自省"两种声音针锋相对，"文学是否抹黑城市？"的问题也再次被推上了争论前台。

十一月

六日 中国作协理论与批评委员会召开"2004年文学理论与批评回顾"研讨会。

七日 《青年文学》在浙江慈溪颁发"慈溪农行杯"首届青年文学奖。刘醒龙、徐坤获得青年创作成就奖，李铁和潘向黎获得青年文学创作奖，塞宁和胡钺获得青年文学新人奖。

十日 中文版《福布斯》中国名人榜公布，余秋雨、海岩、池莉、郭敬明、刘震云五位作家入选"富人榜"。作家们对此大多反应淡漠，认为很不真实。

十一日 王朝闻因病在京逝世，终年九十六岁。王朝闻于一九五四年主编《美术》月刊，一九六一年开始主编高校文科教材《美学概论》，二〇〇一年获中国文联和中国美协颁发的第一届中国美术金彩奖，二〇〇二年获文化部颁发的第一届造型艺术创作研究成就奖。

十六日 江苏省文联第七次代表大会、江苏省作协第六次代表大会在南京开幕。本次作代会是新世纪以来江苏省文学界的首次盛会。

十九日 《人民文学》主办的"萧山杯"新世纪散文奖、"德意杯"首届青春中国诗歌大赛颁奖会在北京人民大会堂举行。李国文、南帆、王朝阳获新世纪散文家奖，陈忠实的《原下的日子》、谢冕的《悲喜人生》等十篇作品获优秀散文奖。诗人殷常青和江一郎获得诗歌大赛一等奖，小米、马累等十四名诗人分获二、三等奖。

二十日 第四届中国文联文艺评论奖颁奖式暨二〇〇四当代文艺论坛在重庆举行。南帆的《四重奏：文学、革命、知识分子与大众》等七篇文章荣获评论文章类一等奖；沈鹏的《传统与"一画"》等五篇文章获理论文章类一等奖。随后召开的二〇〇四当代文艺论坛以"我们这个时代需要什么样的文艺"为主题，与会专家学者就当前我国文艺创作的现状、文艺思潮等进行了深入的探讨和交流。

二十日至二十一日 冯骥才"抢救民间文化遗产"公益画展在北京举行。

本次画展是冯骥才倡导通过"民间自救"的方式唤起民间的文化责任感，调动民间的力量来抢救与发扬我国缤纷灿烂的民间文化的重要举措之一。

二十二日　走近"八〇后"研讨会在京召开，由中国当代文学研究会与北京语言大学联合主办。在研讨会上，评论界代表与八〇后作者代表针对八〇后创作发表了各自的见解。

二十五日　巴金庆祝一百零一岁华诞。

三十日　"纪念于右任先生著名爱国诗作《望大陆》发表四十周年暨于右任先生书法真迹展"在北京中国现代文学馆举行。展品包括《望大陆》诗作手迹的影印巨幅照片、于右任近百幅书法作品真迹以及专门征集的海内外华人书法家的作品百余幅。

十二月

三日　中国残疾人作家联谊会成立，史铁生在大会上被推举为联谊会会长。

六日　由澳门基金会、《诗刊》社、《散文海外版》主办，《澳门日报》、澳门笔会协办的"我心中的澳门"全球华文诗歌、散文大赛在澳门颁奖。

八日　山西省作协在京召开座谈会，宣布再次启动赵树理文学奖。该奖停办了二十年之久，恢复后将是山西最高文学奖，全部奖项包括小说奖、诗歌奖、报告文学奖、儿童文学奖、文学编辑奖等。为了促进长篇小说的创作，专设"长篇小说特别奖"，每年评选一次。

十日　文艺理论家、美学家、评论家、编辑家侯敏泽在北京逝世，享年七十八岁。

十四日　意大利总统钱皮在总统府奎里纳尔宫举行隆重仪式，向"意大利总统科学与文化金质奖章"和"学校、文化与艺术功勋证书"的获奖者颁奖。我国意大利文学专家吕同六教授获奖。

十五日　贺敬之文学生涯六十五周年暨文集出版研讨会在京举行。该研讨会由中国作协举办，主要回顾贺敬之六十五年来在文学创作上取得的杰出成就并祝贺其文集出版发行。

十六日　上海老、中、青三代作家共贺上海作协成立五十周年。

十六日　"四川省文化界隆重纪念沙汀、艾芜诞辰100周年座谈会"在成都举行。

二十二日　中国作协重点作品扶持办公室发布二〇〇四年重点作品扶持篇目，从三十五个团体会员单位推荐申报的二百二十八个选题中遴选出三十四个选题，作为二〇〇四年重点扶持的项目。

二十三日　由人民文学出版社《当代》杂志社主办，新浪网协办的二〇〇四长篇小说年度奖在京揭晓，该奖设专家奖、读者奖两项，王刚的《英格力士》获得双料大奖。

二十六日　第十二届中国人口文化奖颁奖大会在北京人民大会堂举行。柯岩的小说《CA俱乐部》、张抗抗的小说《芝麻》、王霞的报告文学《生死关头》分别获小说、报告文学类金奖。

二十七日　中国作协鲁迅文学奖评奖办公室发布了第三届鲁迅文学奖获奖名单并将于二〇〇五年上半年在深圳举行颁奖大会的信息。

二十八日　《钟山》杂志社在南京举行创刊二十五周年庆典活动。

三十日　由中国文联、中国剧协主办，武汉市文化局承办的第十六届中国曹禺戏剧奖·剧本奖在武汉市揭晓，话剧《我在天堂等你》、话剧《爱尔纳·突击》、儿童剧《春雨沙沙》、话剧《临时病房》、话剧《北街南院》、戏曲《十品村官》、戏曲《走西口》、戏曲《典妻》、戏曲《流花溪》、戏曲《红豆缘》获得优秀剧本奖，话剧《打工棚》、戏曲《凤氏彝兰》等获得剧本奖提名奖。

二〇〇五年

一月

二日　首届全球华文青春写作大赛在京举行颁奖仪式，时下走红的八〇后青春作家给一批包括九〇后在内的青少年文学新人颁发了"自由写作类特别大奖"等奖项，使在中国文坛延烧已久的青少年写作话题再次升温。同时启动第二届全球华文青春写作大赛，截稿日期为八月三十一日。

十二日　鲁迅文学院第四届高级研讨班（少数民族中青年作家班）举行结业典礼。

十二日　"二十一世纪年度最佳外国小说奖·2003"作品评选揭晓，以俄罗斯文学泰斗瓦连京·拉斯普京为首的六位外国作家以"作品富有浓郁的时代气息和异国风情"获此殊荣。

十三日 第三届老舍文学奖在京揭晓，六部作品获得优秀奖，九部作品获得提名奖。阎连科的《受活》获优秀长篇小说奖，曾哲的《香歌潭》和程青的《十周岁》获优秀中篇小说奖，兰晓龙的剧本《爱尔纳·突击》获优秀戏剧剧本奖，尉然的《李大筐的脚和李小筐的爱情》和毛银鹏的《故人西辞》获得新人佳作奖。

十六日 中国作协第六届主席团第七次会议在浙江省宁波市召开。会议期间，根据有关章程，同意由西藏自治区作协的吉米平阶同志替补加央西热同志为第六届全委会委员。

十九日 新浪第二届华语原创文学大奖赛揭晓，《谁说青春不能错》获得青春互动大奖。该奖得主不仅获得六万元奖金，而且作品还将被拍摄成为互动电影。本次大赛在传统奖项上新增加了"网友推荐奖"。

二十八日 诗人唐湜逝世，终年八十六岁。唐湜是"九叶诗派"代表诗人之一，《中国当代文学史教程》《中国现代文学批评史》《新中国文学史》等对他均有专节论述，高度评价他对诗歌创作的卓著贡献。

本月 莫言获意大利第十三届诺尼诺国际文学奖。

二月

一日 由全国十所著名高校和《萌芽》杂志社联合发起、共同主办的"中华杯"第七届全国新概念作文大赛揭晓，共五十一名参赛者获得一等奖。

八日 红学家、杂文家蓝翎因病在京逝世，终年七十四岁。蓝翎一九三一年生于山东，二十世纪五十年代以《红楼梦》研究而崭露头角，与李希凡被毛泽东称为著名的"两个小人物"，曾与人合著《红楼梦评论集》。晚年以杂文著称，代表作有《了了录》《金台集》《风中观草》及回忆录《龙卷风》等书。

二十三日 翻译家、《读书》创始人之一冯亦代在京逝世，终年九十二岁。冯亦代一九三六年毕业于沪江大学，抗战时曾任国民党中央信托局重庆印刷厂副厂长，以资助进步文化人士著称。新中国成立后曾任国际新闻局秘书长兼出版发行处处长，一九五二年任外文出版社出版部主任、英文《中国文学》编辑部主任。一九七九年《读书》杂志创刊，冯亦代应邀为该杂志发起人并任副主编，在《读书》上发表了大量文章。他主张以开放的态度译介当代外国文学，并在美国文学的评介研究方面进行了不懈的努力。其代表性译著有海明威《第五纵队》等近二十本书，著有《西书拾锦》等多部著作。

本月 《上海文学》第一期刊载作家张炜的《精神的背景》，引起了广泛的争议。《上海文学》第二期又以《关于〈精神的背景〉的反响》为题，发表了《严锋的意见》《毛尖的意见》，以及主编陈思和书信式的点评。在大部分批评家给予肯定的同时，毛尖却给予了质疑，表示不同意张炜对"精神沙化"的观察。发表在陈村主持的"小众菜园"论坛的吴亮的文章《顺手记》对张炜的观点表示强烈反感，对"声称他代表人民，却不肯承认他代表大众"的知识分子进行了深刻有力的讽刺，在互联网上造成较大的影响。此后，作家李锐、刘继明和编辑家林贤治等分别就相关问题发表了自己的意见。

三月

一日 中宣部会同文化部、广播电影电视总局、新闻出版总署、国务院新闻办公室及中国文学艺术界联合会、中国作协、中华全国新闻工作者协会、中国出版工作者协会等有关部门制定的《全国性文艺新闻出版评奖管理办法》（以下简称《办法》）颁布施行。《办法》对规范和改进全国性文艺、新闻、出版评奖，包括全国性评奖主办单位的资格、奖项审批、评奖周期、评奖程序、评奖纪律等都作出了明确规定。按照《办法》规定，今后举办全国性评奖，包括此前经批准的全国性评奖，都要重新办理审批手续。任何互联网站、中介组织、企业以及其他单位和个人不得举办全国性评奖活动，也不得以各类大赛、评比、排行榜等形式变相举办全国性评奖活动。

二日 中国小说学会二〇〇四年度中国小说排行榜在济南揭晓，二十五部小说榜上有名。本次上榜作品有格非的《人面桃花》等五部长篇小说；艾伟的《中篇一或短篇二》等十部中篇小说；麦家的《两位富阳姑娘》等十部短篇小说。排行榜揭晓名单引起部分文学界人士对其权威性和公正性的质疑。江苏作家沈乔生指出，"就像北方小品在央视春晚上的话语霸权一样，北方小说在排行榜上也有一种霸权"。甘肃作家徐兆寿直言"中国小说排行榜的'圈子意识'太浓，是专家、评委、少数人的排行榜，而不是读者和社会的排行榜"。

二十日 由《北京文学》杂志社主办的"当代中国文学最新作品排行榜"

揭晓，方方的《出门寻死》、铁凝的《小嘴不停》、王宏甲的《走向新教育》、阎纲的《三十八朵荷花》分别荣登中篇小说、短篇小说、报告文学和散文随笔四类作品榜首。

二十四日 依据《全国性文艺新闻出版评奖管理办法》，中央宣传部在同文化部、广播电影电视总局、新闻出版总署、国务院新闻办公室及中国文学艺术界联合会、中国作家协会、中华全国新闻工作者协会、中国出版工作者协会等有关部门反复交换意见的基础上，制定了全国性文艺新闻出版评奖整改总体方案。全国性文艺新闻出版评奖原共计九十个，整改后减至二十四个，减少六十六个。精神文明建设"五个一工程"奖在已经改进的基础上进一步压缩子项数量。

二十七日 由首都师范大学文学院、中国诗歌研究中心主办的新诗与语文教学研讨会在京召开。三十多位来自人民教育出版社的教材编审、中国诗歌媒体代表、文学界的诗人、学者以及中学语文教育界的工作者围绕"新诗与语文教学"这一主题进行了深入讨论。

二十九日 第二届二十一世纪鼎钧双年文学奖在京揭晓。中国作家阎连科、格非和日本诗人谷川俊太郎分别以《受活》《人面桃花》《谷川俊太郎诗选》获得此项荣誉。根据该奖的规定，首届获奖者莫言和李洱获得本届评奖的提名权。从本届起，该奖得主除中国作家以外，将增添一位有重大影响的东亚作家。

本月 苏童入选"重述神话"项目。该项目由英国出版界"鬼才"坎特门农出版社于三月份在三十多个国家和地区发起，由各国极具实力的作家重述神话，他们的作品将被译介到参加该项目的近三十个国家，并获得高达百万元的版税。在神话题材选择上，苏童表示倾向于写孟姜女的故事。

本月 二〇〇五福布斯名人榜公布，余秋雨、郭敬明、韩寒、海岩入选福布斯财富排行榜。对此，海岩笑称"没有丝毫准确性"，郭敬明则表示"真有那么多就好了！"。

本月 八〇后代表人物李傻傻和张悦然入选第三届华语文学传媒大奖年度最具潜力新人提名名单。这被认为是八〇后作家走向文学前台的一个标志。

本月 由人文社主办的第四届春天文学奖揭晓，获得该奖的是八〇后作家彭扬和徐则臣，云南教师和晓梅获得了提名奖。

四月

七日至九日 贺敬之文学创作国际学术研讨会在武汉举行。

九日 第三届华语文学传媒大奖在京举行颁奖仪式。作家格非凭借《人面桃花》获得年度杰出成就奖，林白、多多、南帆、李敬泽、张悦然以各自作品分别获得年度小说家奖、年度诗人奖、年度散文家奖、年度文学评论家奖、年度最具潜力新人奖五个单项奖。

十一日 第六届茅盾文学奖在京揭晓，本届评选范围是一九九九至二〇〇二年的长篇小说。熊召政的《张居正》、张洁的《无字》、徐贵祥的《历史的天空》、柳建伟的《英雄时代》以及宗璞的《东藏记》五部长篇小说获奖。张洁继第二届茅盾文学奖之后，再次获得殊荣。该奖作为国家级文学大奖，从初评到评后引发网络、媒体文学圈的各种争议。

十六日 第六届东南亚华文文学研讨会在厦门大学举行，本次研讨会讨论的主要内容是文莱华文文学和东南亚华文文学研究的新进展。

二十九日 鲁迅文学院第五届高级研讨班（中青年文学理论评论家班）举行结业典礼。

本月 贾平凹的长篇小说《秦腔》由作家出版社出版。

五月

七日 香港文化艺术界发起千人签名活动，强烈呼吁香港建立一所文学馆，振兴包括文学在内的香港文化事业。

二十一日至二十三日 第三届浙江作家节在浙江横店影视城举行，有十九个国家和地区的二十五位外国作家，以及来自全国各地的六十余名作家参加。开幕式上同时举行"横店·中国影视文学创作中心"成立仪式和"浙江省2004年度'浙江青年文学之星'表彰仪式"，诸暨作家陈海飞荣获此殊荣。作家节期间，还举行了"江南文学会馆""媒体人文沙龙""西溪文学笔会"的成立挂牌仪式，以及一系列研讨交流活动。

三十一日 楼适夷一百周年诞辰纪念座谈会在上海鲁迅纪念馆举行，上海鲁迅纪念馆、人民文学出版社编的《楼适夷同志纪念集》同期发行。

本月 第二十一届陈伯吹国际儿童文学奖揭晓，秦文君的中篇童话《大狗喀拉克拉的公寓》荣获大奖，老作家鲁兵荣获"杰出贡献奖"。另有张洁的短篇小说《天堂的孩子》等十部作品获优秀作品奖。

本月 王安忆的长篇小说《遍地枭雄》由文汇出版社出版。

六月

二日至五日 由沈阳师范大学中国文化与文学研究所、中国当代文学研究会和《文艺争鸣》杂志社联合举办的"新世纪文学五年与文学的新世纪"学术讨论会在沈阳师范大学召开，会议就新世纪文学五年来发生的新变化、新动向、新成就及其存在的问题展开了热烈广泛的讨论。

二十二日 作家金庸被授予剑桥"荣誉博士"学位。

二十五日 李傻傻成为继春树、韩寒之后被《时代》周刊（全球版）再次关注的八〇后作家。《时代》周刊称李傻傻为"幽灵作家"。

二十六日 第三届鲁迅文学奖颁奖典礼在深圳举行，共二十九篇（部）作品获奖：毕飞宇的《玉米》等四部作品获中篇小说奖，王祥夫的《上边》等四部作品获短篇小说奖，王光明、姜良纲的《中国有座鲁西监狱》等五篇（部）作品获报告文学奖，老乡的《野诗全集》等五部诗集获诗歌奖，贾平凹的《贾平凹长篇散文精选》等五部散文杂文集获散文杂文奖，吴义勤的《难度·长度·速度·限度——关于长篇小说文体问题的思考》等四篇（部）作品获文学理论评论奖，田德望译的《神曲》获文学翻译奖荣誉奖，黄燎宇译的《雷曼先生》获文学翻译奖。

二十六日至二十七日 中国当代都市文学研讨会在深圳召开，与会评论家与学者针对"都市文学"这一话题进行了广泛讨论。

三十日 书法家、文史学家启功在京逝世，终年九十三岁。启功一九一二年七月生于北京，满族，长期从事文史教学与研究，有诗、书、画"三绝"之称，精于鉴定古代书画和碑帖。著作有《古代字体论稿》《诗文声律论稿》《启功丛稿》《启功韵语》《论书绝句》《启功书画留影册》等。

本月 钱锺书的《围城》被英国企鹅经典文库收录。针对此事，英国的中国文学学者和翻译家蓝诗玲（Julia Lovell，朱丽娅·洛弗尔）在英国《卫报》刊出长文，以《大跃进》为题，回溯中国现代文学走向西方的历史，并剖析了其在西方始终影响甚微的原因所在。

本月 台湾淡江大学首次举办古龙作品国际研讨会，参加会议的海内外知名学者围绕"一代鬼才：古龙与武侠小说"这个主题展开了讨论。

七月

一日 由海口当代汉语诗歌研究中心主办的青年诗人雷平阳、潘维诗歌研讨会在海南岛举行，与会者就如何看待和评价雷平阳与潘维的诗歌发生了激烈的争论。

六日 第八届全国少数民族文学创作"骏马奖"揭晓，本次获奖作品包括长篇小说、中短篇小说集、散文集、诗集、报告文学集、评论理论集各五部共三十部作品。维吾尔族翻译家狄力木拉提·泰来提获得翻译奖。

九日 作家陆文夫因病在苏州逝世，终年七十七岁。陆文夫一九二八年生于江苏泰兴，一九五五年开始发表作品，一九五六年发表成名作短篇小说《小巷深处》，此后又创作出了《献身》《小贩世家》《围墙》《清高》《美食家》等优秀作品和《小说门外谈》等文论集。

二十日 被称为"童话爷爷"的作家、编辑家严文井在京逝世，终年九十岁。严文井原名严文锦，一九三五年开始以"严文井"的名字发表作品。他的第一部童话《南南和胡子伯伯》出版于一九四一年，一九五八年出版的中篇童话《"下次开船"港》被译成多种外文介绍到国外，在第二次全国少年儿童文艺创作评奖中被授予荣誉奖。此外还有散文集《山寺暮》、长篇小说《一个人的烦恼》、报告文学《一个农民的真实故事》等。《严文井散文选》获中国作协首届全国优秀散文杂文奖。

二十六日 第六届茅盾文学奖颁奖典礼在乌镇举行。在颁奖活动期间还举行了"岁月磨洗后的辉煌——茅盾文学奖的历史与成就"展览的开馆揭幕仪式和当代长篇小说创作研讨会。

本月 由中国微型小说学会主办、《金山》杂志承办的第三届（二〇〇四年度）全国微型小说年度评选在上海揭晓，一百篇作品获奖。谢志强的《珠子的舞蹈》、许行的《战栗》等十篇获一等奖，另有三十篇获二等奖，六十篇获三等奖。

八月

六日 中国孔子基金会季羡林研究所成立暨揭牌仪式在京举行。

十三日 由中国解放区文学研究会、毛泽东旗帜网站、《新国风》、《新华诗》季刊联合主办的"毛泽东与抗日战争学术研讨会"在京举行。在会上进行了网上"毛泽东与抗日战争"论坛和多家媒体参与的"毛泽东与抗日战争"联名征文开幕式,并进行了中国解放区文学研究会换届选举工作。

十五日 《北京文学》推出半年一次的当代中国文学最新作品排行榜,最终上榜的五部中篇小说、五部短篇小说、五部报告文学、五篇散文随笔基本上代表了二〇〇五年上半年我国文学创作在这四种体裁中最高的创作水平。获奖作品将在《北京文学》("精彩阅读"栏目)二〇〇五年第九期公布。

二十一日 第二届"全球通"短信文学大赛揭晓,张绍民凭借一首诗歌《从前的灯光》获得"金拇指奖"。第一届"全球通"短信文学大赛引发了短信文学是否是文学的争论,对此,第二届大赛的主办方喊出的口号是:"让短信成为文学,让文学成为时尚,让时尚成为经典。"

二十三日 二〇〇一至二〇〇三年度赵树理文学奖揭晓,《白银谷》等三部作品获长篇小说奖,《顾长根的最后生活》等二部作品获中篇小说奖,《翩翩》等三部作品获短篇小说奖,《花开的姿势》等三部(首)作品获诗歌奖,《孤独仰望》等二部(篇)作品获散文奖,《380毫米降水线》等三部作品获报告文学奖,《动漫明星大灰狼系列故事》获儿童文学奖,《亮眼睛》等二部作品获影视戏剧文学奖,《细读"十七年"小说中个性生命的碎片》等三部(篇)作品获文学评论奖。另外,有二位青年作家获新人奖,三位编辑获优秀编辑奖。

三十日 长江文艺出版社和企鹅出版集团在京举行《狼图腾》全球英文版权授权签字仪式。

三十日 由北京市文联和老舍文艺基金会主办的第四届老舍文学奖启动。本届组织活动将改变活动的单一性,首次在香港举行老舍经典作品电影展映周,提高老舍文学奖的分量和影响力。

本月 余华的长篇小说《兄弟》(上)由上海文艺出版社出版。《兄弟》(下)迟至二〇〇六年三月才出版。随后,作品及其出版形式都引发广泛争议。

九月

九日 "甘肃文学论坛小说八骏上海之旅"活动在上海举行,此次甘肃文学论坛以甘肃"小说八骏"王新军、张存学、雪漠、阎强国、马步升、叶舟、史生荣、和军校等八位六〇后作家的中短篇小说为主题，对甘肃小说、西部小说现状进行研讨。

十五日 中国社科院举行纪念冯至百年诞辰活动。

十八日 《北京文学》创刊五十五周年大会在京举行，会上颁发了新世纪第二届"《北京文学》奖"，王蒙、铁凝、潘军、叶广芩等十四位作家荣获中短篇小说奖和报告文学奖。同时首发由同心出版社出版的《北京文学》五十五年典藏系列暨纪念画册，该系列收录了《北京文学》创刊至今已发表的主要精华之作和产生过重要影响的作品。

十八日 一百多名来自全国各地的诗人汇聚在复旦大学举行盛大的"诗歌派对"活动，同时举行《复旦诗派诗歌系列》首发仪式，标志着复旦诗派的诞生。

二十二日 中国小说学会第八届年会在大连举行，本次年会主题为"全球化背景下的新世纪小说"，主要探讨在商品和众多传媒的挑战下，中国文学（包括小说）将如何发展。

本月 国家广电总局电影剧本中心聘请了二十二位著名编剧、导演分别担任电影剧本中心的文学顾问和艺术顾问，聘期为二年。文学顾问有万方、王兴东、刘恒等。

十月

十七日 中国现当代文学巨匠巴金逝世。巴金，原名李尧棠，字芾甘，一九〇四年十一月二十五日出生于四川成都正通顺街。从一九二一年公开发表第一篇文章到一九九九年二月续写《怀念振铎》一文，巴金一生中创作与翻译了近一千三百万字的作品。他的《激流三部曲》(《家》《春》《秋》)、《爱情三部曲》(《雾》《雨》《电》)、《寒夜》、《憩园》、《第四病室》等文学作品，是中国文学的丰碑。巴金还是杰出的出版家、编辑家，一九三五年至一九五〇年担任上海文化生活出版社总编辑，一九五〇年后任平明出版社总编辑，一九五三年九月以后先后任《文艺月报》《收获》《上海文学》主编，培育了大批文学青年。晚年的巴金还创作了五卷本的《随想录》，于二〇〇三年被授予"人民作家"的称号。

二十五日至二十七日 第八届巴金国际学术研讨会在浙江嘉兴举行，本次研讨会的主题是"巴金与当代"。为鼓励年轻学者参与巴金研究，本次研讨会特别设立了"青年论坛"。

二十六日 首届中国诗歌节在马鞍山开幕，今后中国诗歌节将每三年举办一次，在全国各地轮流举办。

二十七日 继企鹅出版集团购得《狼图腾》英文版权之后，兰登出版集团购得《狼图腾》的德文版权。

二十九日至三十日 由中央民族大学少数民族语言文学院、中国少数民族文学学会等五家单位主办的中国少数民族文学学科建设研讨会暨中国少数民族文学学会年会在京召开。

本月 由当代汉语诗歌研究中心、上海同人化工有限公司、《天涯》杂志社联合主办的第二届当代诗歌研讨会在江苏常熟举行

本月 参加全球同步出版项目"重述神话"的三十四家出版社在第五十七届法兰克福国际书展期间联合举行了"重述神话"项目图书首发式，参加该项目的重庆出版社在国内选择了二十个城市的三十家书店作为十月二十二日"重述神话"中文版首批图书的特许卖场。

本月 第五届中国文联文艺评论奖在京揭晓，共一百零六篇文章获奖。本届评奖依旧分设理论文章奖和评论文章奖，此外增设了特别奖。李默然的《对戏剧现状的思考》等三篇文章荣获特别奖。

本月 由《人民文学》和《南方文坛》联合主办的第四届青年作家批评家论坛在福建举行，会议期间评选出二〇〇五年度取得突出成就的青年作家和青年批评家。作家东西、朱文颖和冯唐荣膺年度青年作家奖，批评家谢有顺和黄发有荣膺年度青年批评家奖。

十一月

三日 香港公开大学发言人表示将于十二月授予莫言、项怀诚等四位杰出人士荣誉博士学位。

十五日 第三届"茅台杯"人民文学奖在京举行颁奖仪式，此次优秀作品奖的评选方式依然采取作家、评论家与读者代表组成的九人评委会，由他们独立地进行审读和讨论，最终有十部作品获奖。

十八日至二十二日 由中国作协、全国中语会、深圳市教育局等主办的首

届全国校园文学论坛在深圳举行，主题是"青春文化""阳光写作"。

二十六日至二十七日　深圳市文联、宝安区委宣传部联合主办的"打工文学创作实践与未来发展"全国学术研讨会在深圳举行。

二十七日至二十八日　北京市文联主办的首届北京文艺论坛在京举行，围绕"市场经济与文艺"，该论坛从文学、戏曲、书画、音乐、影视、传媒等诸多领域进行讨论。

本月　二〇〇五年"刘心武揭秘《红楼梦》"系列讲座在央视"百家讲坛"热播后，其对《红楼梦》的解读再次引发红学界的争议。

十二月

一日　中国文联召开负责干部会议，中组部副部长沈跃跃宣布中共中央决定胡振民任中国文学艺术界联合会党组书记，免去李树文同志的中国文学艺术界联合会党组书记职务。

三日　由人民文学出版社出版的新版《鲁迅全集》正式出版发行，该版本与一九八一年版本最大的区别是：对一九八一年版的《鲁迅全集》进行了一千余处的校勘改动，修改增补两千条注释，增收了大量鲁迅佚文佚信，总字数增加了二十万，总卷数增加了二卷。

三日　第八届全国少数民族文学创作"骏马奖"在昆明举行颁奖仪式，同时举办了繁荣西部少数民族文学论坛。

八日　由《当代》杂志社主办的第二届《当代》长篇小说年度最佳奖在京揭晓，贾平凹的《秦腔》获年度最佳小说专家奖，杨志军的《藏獒》获年度最佳小说读者奖。

二〇〇六年

一月

十一日　鲁迅文学院召开当下中国自由撰稿人状况研讨会。

十二日　中共中央、国务院发出《关于深化文化体制改革的若干意见》，文件中指出繁荣和发展社会主义先进文化具有全局性战略性的地位和作用，必须充分认识文化体制改革的重要性和紧迫性，增强责任感和使命感，抓住重要战略机遇期，深化改革，加快发展，为建设社会主义先进文化注入强大动力。

二十一日　山西省委宣传部和山西省作协在太原举行马烽同志追思会暨《马烽纪念文集》首发式，《马烽纪念文集》由山西人民出版社出版。

二十三日　第三届《上海文学》文学新人大赛评选揭晓并举行颁奖仪式，本次大赛以"城市、生活、人"为主题，单设诗歌新人奖一类奖项。复旦大学研究生黄潇的《到达彼岸的蝴蝶——致上海》等三篇作品获一等奖，缪克构的《南方的安慰》等六篇作品获二等奖，另有十五篇（组）诗歌获三等奖。

二十八日　由中国诗歌学会和成都市文化局联合主办、杜甫草堂协办的中国诗歌文化中心揭牌仪式暨中国诗歌万里行走进成都采风创作活动在成都杜甫草堂举行。

本月　莫言的长篇小说《生死疲劳》由作家出版社出版。

本月　阎连科的长篇小说《丁庄梦》由上海文艺出版社出版。

本月　新华出版社出版郑铁生的《刘心武"红学"之疑》，该书针对作家刘心武的红学观点进行质疑与批评。

本月　中国台湾、中国香港、大陆（内地）十位作家的十篇作品被选入日本东京株式会社同学社出版的《短的小说选》，该选集将作为日本大学二至三年级"外国文学"教材。

本月　《当代作家评论》第一期在"捍卫长篇小说的尊严"总题下，刊发了莫言、贾平凹、阎连科等一些作家、评论家的笔谈。其中不少人都谈到了一个问题，即长篇小说应是"有难度"的写作。

二月

八日　"二十一世纪年度最佳外国小说·2004"揭晓，共有七部图书获奖。

二十三日　中国作家协会第六届全国委员会第六次全体会议在上海召开。

二十七日　文学家、国学家张中行在京逝世，终年九十七岁。代表作《顺生论》《禅外说禅》等。

本月　湖北少年儿童出版社推出《百年百部中国儿童文学经典书系》第一辑（二十五部）。该书系被誉为"中国儿童文学的世纪长城"，精选精编了二十世纪初至今一百年间一百位中国儿童文学作家的一百部优秀儿童文学原创作品。其他辑将陆续推出，二〇〇六年内全部面世。

本月 《文学自由谈》二十年作者奖在天津揭晓，功勋作者为李国文，重要作者为韩石山、何满子、王蒙、金梅、张颐武，新锐作者为李美皆。

三月

一日 中国丁玲研究会在北京中国现代文学馆举行了丁玲同志逝世二十周年追思会。

四日 出版家、作家叶至善因病在京逝世，终年八十八岁。叶至善一九一八年四月二十四日生于江苏苏州，在父亲叶圣陶的启发和引导下学习写作和编辑，曾担任中国少年儿童出版社首任社长兼总编辑、中国青年出版社和中国少年儿童出版社编审委员会副主任等职务。在长达半个多世纪的编辑工作中，叶至善主持编辑出版了大量优秀的少儿图书及刊物，同时还创作了《失踪的哥哥》《竖鸡蛋和别的故事》《梦魇》等多部优秀儿童科普读物，出版《我是编辑》《父亲的希望》《父亲长长的一生》等著作。

二十七日 诗人徐志摩纪念公园标志性碑石揭幕仪式在济南大学科技园举行。

二十八日至三十日 全国文化体制改革工作会议在北京召开，中共中央政治局常委李长春出席会议并讲话。中宣部部长刘云山对文化体制改革试点工作作了总结，对推进文化体制改革作出具体部署。国务委员陈至立作总结讲话，对贯彻落实会议精神提出了要求。浙江、深圳等试点地区以及北京儿童艺术剧院等试点单位负责人在大会上发言。

二十九日 "距离的组织"——第七届北京大学诗歌节暨第二十三届未名湖诗会在北京大学开幕。本届诗歌节将持续一个月，在此期间将颁发第二届未名高校诗歌奖和制作第二期学生诗歌刊物《未名湖》。

三十日 "二十一世纪文学之星丛书"二〇〇五年卷出版座谈会在京举行。二〇〇五年卷共有七部小说、二部诗歌、一部散文，比较真实地反映出当前青年作家的创作态势。

本月 复旦大学中文系申报设立"文学写作"（Creative Writing）硕士点，该项目近期获国家主管部门批准，是我国高等院校设立的第一个文学写作硕士点。在国外，"文学写作"硕士专业主要集中在北美大学。

本月 白烨在自己的新浪博客里发表《"80后"的现状与未来》一文，文中对八〇后作家的评述以及对韩寒的评断引起韩寒强烈反感，遂于三月二日在个人博客里发表《文坛是个屁，谁都别装逼》进行激烈反击。此后，事态进一步扩大，引发了韩寒拥护者与评论家解玺璋、作家陆天明等的争议，白烨、高晓松等先后关了博客。此事引起人们对于网络争论和博客写作道德规范的关注与思考。

四月

八日至九日 中国俗文学学会第五次全国代表大会暨"俗文学研究的理论与方法"学术讨论会在京召开，在此次换届选举中，陈平原连任学会会长。

九日 第四届华语文学传媒盛典在中山大学小礼堂举行。贾平凹因《秦腔》等作品获得年度杰出作家奖。东西、李亚伟、徐晓、张新颖和李师江则分别获得年度小说家、诗人、散文家、评论家和最具潜力新人的荣誉。

十二日 由中国作协、河北省作协、人民文学出版社联合主办的铁凝长篇小说《笨花》研讨会在京举行。

二十日 "二十一世纪文学之星丛书"二〇〇六年卷的入选作品初步确定，共九部作品。

二十八日至二十九日 由中国人民解放军总政治部宣传部、中国作家协会联合召开的纪念刘白羽从事文学活动七十周年暨军事文学创作座谈会在京举行。

本月 广东作协聘请二十三名我国当代文坛著名文学评论家为文学顾问。文学顾问任期为二年，每次聘请二十人左右。他们将审读广东作协送审的重点书稿、提供评估意见和修改意见，关注广东的文学创作状况。

五月

十日 由中国诗酒文化协会、中国诗歌学会、《诗刊》社等单位联合主办的"人民的诗人——艾青同志逝世十周年纪念会"在京举行。

二十日 由中国解放区文学研究会举办的纪念毛泽东同志《在延安文艺座谈会上的讲话》发表六十四周年暨解放区老作家作品研讨会在京举行。

二十二日　由中国作协、江苏省委宣传部、江苏省作协联合举办的全国农村题材文学创作研讨会在江苏省江阴市华西村召开。

二十二日　北京市高级人民法院对庄羽状告郭敬明《梦里花落知多少》抄袭《圈里圈外》一案作出终审判决：郭敬明抄袭成立；郭敬明和春风文艺出版社赔偿庄羽二十一万元人民币，并要求二者于七日内在《中国青年报》上公开道歉；北京图书大厦停止《梦里花落知多少》的销售。

二十七日　由中国小说学会主办的第二届中国小说学会奖颁奖典礼在青岛举行，先为二〇〇五年度中国小说排行榜上榜代表作家杨志军、毕飞宇等七位颁奖，随后为获得第二届中国小说学会奖的获奖者颁奖：刘醒龙（《圣天门口》）获得长篇小说奖，陈应松（《太平狗》）获得中篇小说奖，魏微（《化妆》）获得短篇小说奖。

三十一日　北京人民艺术剧院根据《白鹿原》小说改编的同名话剧在北京首都剧场举行首场演出。

本月　维吾尔族翻译家托呼提·巴海翻译的维吾尔文《鲁迅文集》由新疆人民出版社出版，这是我国第一套少数民族文字的《鲁迅文集》。

本月　陈学昭、黄源、林淡秋一百周年诞辰纪念会在杭州举行。

本月　王蒙自传第一部《半生多事》由花城出版社出版。

六月

十四日　中华文学基金会成立二十周年暨第十届庄重文文学奖颁奖典礼在北京举行，获奖者是邱华栋、东西、梅卓、魏微、吴义勤、潘向黎、李东华、李洱。

二十日　首届中国戏剧奖·曹禺剧本奖颁奖活动在广州举行。八部获奖剧本是：话剧《黄土谣》（孟冰）、话剧《郭双印连他乡党》（王真）、滑稽戏《青春跑道》（陆伦章）、话剧《马蹄声碎》（姚远）、京剧《成败萧何》（李莉）、潮剧《东吴郡主》（范莎侠）、京剧《霸王别姬》（杨林）、歌仔戏《邵江海》（曾学文）。

二十八日　纪念作家柳青九十周年诞辰大会在西安召开，同时举行了柳青广场奠基仪式，作家陈忠实为广场揭幕。

本月　海南省作协第四次代表大会近日在海口召开，选出了以邢孔建为主席，李少君、王小妮等六人为副主席的新的主席团。

七月

三日 由中国作协和文化部联合主办的茅盾一百一十周年诞辰纪念座谈会在京举行。

五日 《光明日报》头版刊载评论家雷达的文章《当前文学创作症候分析》，文章针对当下文学创作的问题及其背后的原因，进行了深入的论析与中肯的评说。此后，《光明日报》在十九日、二十日以《〈当前文学创作症候分析〉一文引发文化界热烈反响》连续报道雷达文章在文坛内外引起的广泛反响。

六日 由中国作协、宁夏回族自治区党委宣传部、宁夏文联联合主办的宁夏青年作家作品研讨会在京召开。

十八日 陈伯吹一百周年诞辰纪念座谈会在京举行。

二十三日 莫言荣获日本二〇〇六年（第十七届）福冈亚洲文化奖。

二十四日 上海大学中文系教授葛红兵在个人博客中发表《如此易中天，可以休矣》一文，批评易中天《品三国》有庸俗化的嫌疑，引发"易粉"和其他网民一百多人的争论。

本月 为纪念茅盾一百一十周年诞辰，中国作协申请有关部门拨专款重新修缮茅盾故居，并重新设计布置"茅盾生平展览"。

本月 二〇〇四至二〇〇五年度《中篇小说选刊》优秀中篇小说获奖篇目揭晓，荆永鸣的《大声呼吸》、锦璐的《双人床》等十位作家的十部作品获奖。

八月

三日 由北京老舍文艺基金会、《北京文学》月刊社和北京市宣武区文联联合举办的"宣南文化杯第三届老舍散文大奖赛"在京举行颁奖仪式，安然的《你的老去如此寂然》、林彦的《荒丘》等十篇作品获奖。

十三日 中国作家协会第六届主席团第十次会议在北京召开。会议根据《中国作家协会章程》，决定于二〇〇六年十一月在北京召开中国作家协会第七次全国代表大会，并通报了中国作协七代会筹备工作的有关情况。

三十日 第四次全国国民阅读与购买倾向抽样调查正式公布，结果显示，六年来我国有网上阅读习惯的人数比例以每年递增百分之四十的速度增长,与两年前相比,增长最快的是论坛聊天。

三十一日 《中国新时期文学研究资料汇编》出版座谈会在京举行,与会评论家认为这是国内目前第一套能够全面反映中国新时期文学研究历程和整体成就的系统性的、权威性的资料汇编。

本月 苏童完成"重述神话"作品《碧奴》,该书由重庆出版社出版,有十五个国家和地区买下了这本书的版权。

九月

二日 新浪第四届原创文学大奖赛·推理文学奖在京启动,入围奖获得者将成为新浪签约写手。

八日 由渤海大学和《当代作家评论》杂志社联合举办的"首届文学传媒与文学教育学术研讨会"在渤海大学召开,与会者论述文学传媒与文学教育、文学的生存与发展的关系,从一个新的角度检视当代文学的成绩与不足。

二十一日 中国艺术研究院马克思主义理论研究所创立二十周年暨《文艺理论与批评》杂志创刊二十周年纪念研讨会在京召开,与会者就"先进文化与和谐社会建设""马克思主义文艺理论的中国化与当代发展"等问题进行了讨论。

二十四日 纪念赵树理一百周年诞辰座谈会在太原市召开。

二十六日 张天翼一百周年诞辰纪念座谈会在京召开。

十月

十一日 第五届中国青年作家批评家论坛在苏州召开,论坛期间评选出二〇〇六年度青年作家和批评家,诗人雷平阳和作家乔叶荣膺年度青年作家,批评家邵燕君和郜元宝荣膺年度青年批评家。

十二日 瑞典当地时间十二日十九时,瑞典皇家科学院诺贝尔奖委员会宣布将二〇〇六年度诺贝尔文学奖授予土耳其作家费利特·奥尔罕·帕慕克。

十四日 中国现代文学研究会第九届年会在大连举行,会议选举产生了新一届理事会。北京大学温儒敏教授当选为新一任会长,陈思和、凌宇、张中良、丁帆、刘勇等当选为副会长。

十七日　由中国作协主办的"怀念巴金——巴金生平与创作回顾展"在北京中国现代文学馆开幕。

十九日　"是谁感动我们"全国短篇报告文学优秀作品在京举行颁奖典礼,张茂龙的《真情无价》、朱晓军的《天使在作战》等十三篇优秀作品获奖。

十一月

二日至五日　中国当代文学研究会第十四届学术年会在成都召开,与会者围绕"从新时期文学到新世纪文学"进行深入探讨,同时选举产生了新一届中国当代文学研究会理事会,张炯连任会长,白烨、雷达等三十位专家学者任常务理事,还颁发了中国当代文学研究第十届优秀成果表彰奖。

十日至十四日　中国文学艺术界联合会第八次全国代表大会、中国作家协会第七次全国代表大会在京召开。中共中央总书记、国家主席、中央军委主席胡锦涛发表重要讲话,他强调,繁荣社会主义先进文化,建设和谐文化,是我国广大文艺工作者的庄严使命。一切有理想有抱负的文艺工作者,都要担当起时代赋予的神圣使命,积极投身讴歌时代的文艺创造活动;都要密切同人民群众的血肉联系,积极反映人民心声;都要大力发扬创新精神,积极开拓文艺的新天地;都要做到德艺双馨,积极履行人类灵魂工程师的职责。会议选举产生了中国文联、中国作协新一届领导机构,孙家正当选为新一届中国文联主席,周巍峙被推举为中国文联名誉主席;铁凝当选为新一届中国作协主席。

十六日　同心出版社小说馆开馆暨长篇小说《香香饭店》首发座谈会在京举行,与会评论家对同心小说馆关注新人的作为颇为赞赏,并以此为鉴,呼吁出版界关注文学新人新作。

十六日　二〇〇六年度"茅台杯"人民文学奖在京举行颁奖仪式。罗伟章的《奸细》、张翎的《空巢》与陈希我的《上邪》获得优秀中篇小说奖;郭文斌的《吉祥如意》获优秀短篇小说奖;获得优秀散文奖的是夏榆的《黑暗中的阅读与默诵》、舒婷的《老房子的前世今生》和陈染的《我究竟在这艘人世之船上浮想什么》;优秀诗歌奖由傅天琳的《六片落叶》与汤养宗的《在汉诗中国》获得。

三十日　首批十七名网络写手加入长沙市作协,他们的作家身份得到正式肯定。这是我国首次将网络写手吸收进作协当中。

本月 由上海作协和上海社科院联办的中国现当代文学（文学写作方向）硕士研究生课程进修班完成招生，共有五十多位作家报名。

本月 《北京文学》以醒目的方式刊发报告文学《有什么，别有病——中国农村医疗现状调查》，关注农村农民现实生活中面临的医疗问题，并刊发《中国医疗改革向何处去》问题讨论特别启事，诚邀全国读者踊跃来稿参与本次讨论。从二〇〇七年第一期起，《北京文学》用一年的时间开辟专版刊登普通读者的优秀稿件与建议。

本月 《当代作家评论》二〇〇六年第六期推出"莫言研究专辑"，集中刊发十一篇评论文章：孙郁《莫言：与鲁迅相逢的歌者》、程光炜《魔幻化、本土化与民间资源——莫言与文学批评》、黄发有《莫言的"变形记"》、张清华《天马的缰绳——论新世纪以来的莫言》、李静《不驯的疆土——论莫言》、[英]杜迈可《论〈天堂蒜薹之歌〉》（季进、王娟娟译）、王者凌《"胡乱写作"，遂成"怪诞"——解读莫言长篇小说〈生死疲劳〉》、王光东《复苏民间想象的传统和力量——由莫言的〈生死疲劳〉说起》、郭冰茹《寻找一种叙述方式——论莫言长篇小说对传统叙述方式的创造性吸纳》、周立民《叙述就是一切——谈莫言长篇小说中的叙述策略》、季红真《神话结构的自由置换——试论莫言长篇小说的文体创新》。

十二月

一日 由《诗刊》主办的纪念《诗刊》创刊五十周年专家座谈会在京召开。

二日 因未及时拿到工资在沈阳街头公开乞讨，引起文化圈内外轩然大波，作家洪峰在个人博客上发表公开声明，宣布"从即刻起放弃中国作家协会、辽宁省作家协会及沈阳市作家协会会员资格及其各种相关职务"。

十五日至十七日 由中国文艺理论学会、《文学评论》杂志、华东师范大学中文系联合主办的中国文艺理论学会年会暨"大众传媒时代的文学生产"学术研讨会在上海召开。与会专家学者就"文学与传媒""大众媒介技术挑战下的文学生产"等问题进行了热烈探讨，同时进行了学会换届，选举南帆为会长。

十七日至十八日 由北京市文联与北京师范大学艺术与传媒学院联合主办

的"传媒与文艺：2006·北京文艺论坛"在京举行，以"传媒与文艺"为主题，与会学者进行了深入讨论。

二十日 第三届《当代》长篇小说年度（二〇〇六）最佳奖在京揭晓，铁凝的《笨花》荣获年度最佳奖专家奖，王海鸰的《新结婚时代》荣获年度最佳奖读者奖。

二十六日 纪念内蒙古作协成立五十周年庆祝大会在呼和浩特召开，中国作协主席铁凝致信祝贺。

本月 中国首届报纸阅读文化圆桌会议评出二〇〇六年"十大阅读热点"：一、易中天登央视"百家讲坛"品三国及新书出版引发热议，形成"易中天现象"；二、《八十年代访谈录》引发大众对八十年代的怀念；三、《我的名字叫红》在中国出版两个月后，作者帕慕克获本年度诺贝尔文学奖；四、"韩白"之争凸显文坛"代沟"；五、老作家木心成文坛"新人"；六、郭敬明"抄袭门"事件终审结果再次令八〇后作家成话题焦点；七、两大读书杂志《书城》《万象》陆续复刊；八、"百家讲坛"等电视栏目热播带动相关书籍出版及图书热销；九、赵丽华"梨花体"诗歌引发各界对某些诗歌流派的质疑；十、博客出书成时尚，遇冷遇热说法不一。

二〇〇七年

一月

三日 诗人蔡其矫因病医治无效在北京逝世，享年八十九岁。

十日至十三日 二〇〇七年北京图书订货会在中国国际展览中心举行。在本次图书订货会上，人民文学出版社推出张炜的《刺猬歌》、阿来的《空山2》、杨志军的《藏獒2》、陈希我的《冒犯书》、邱华栋的"中国屏风系列"等。作家出版社也推出张平的《重新生活》、张欣的《琐春记》、孙惠芬的《吉宽的马车》、二月河的《密云不雨》、格非的《山河入梦》等。

十九日至二十日 中国文联第八届全国委员会第二次会议在北京召开。

二十三日 《诗刊》创刊五十周年座谈会在京举行，中共中央政治局委员、书记处书记，中宣部部长刘云山致信祝贺。

本月　《文艺争鸣》由双月刊改为月刊，全年共十二期，逢单月为"理论综合版"，逢双月为"当代文学版"。

二月

六日　柏杨捐赠文献文物入藏新闻发布会在京举行。柏杨是台湾小说家、杂文家和学者，他将自己全部著作和创作参考用书，部分手稿、书信、名家字画等无偿捐赠给中国现代文学馆。

八日　杭州市作协成立了全国首个类型文学创作委员会，以体制内文学机构为支撑，对有关"类型文学"的问题进行有组织的交流和研讨。

八日　由中国野生动物保护协会组织当今五十多位作家编写，中国林业出版社出版，以反映林业生态建设成果、宣传保护野生动植物为主题的文学作品集《生命的喟叹》在京首发。

十二日　中国作协迎春联谊会在京举行，中宣部副部长李从军、中国作协主席铁凝和中国作协党组书记金炳华等出席迎春联谊会。

三月

五日　国务院总理温家宝在十届全国人大五次会议上作政府工作报告时指出，要加快发展文化事业和文化产业。

六日　由人民文学杂志社主办的《人民文学》诗歌特大号座谈会在京举行，与会诗人、评论家就《人民文学》第三期诗歌特大号及中国诗歌现状、诗歌发展前景等问题各抒己见。《人民文学》三月号共发表了七十五位诗人的数百首诗作，诗歌特大号共编为八辑，作品多出自活跃于目前诗坛的中青年诗人之手。

十六日　重庆市首家"作家书吧"挂牌成立。

二十五日　二〇〇六年度中国小说排行榜在济南揭晓，莫言的《生死疲劳》、铁凝的《笨花》、张悦然的《誓鸟》等三十六部作品上榜。与往届不同的是，八〇后作家第一次出现在小说排行榜中。

二十六日至二十七日　由国家汉语国际推广领导小组办公室与中国人民大学共同主办的"世界汉学大会2007"在京召开。此次大会中，"汉学视野下的二十世纪中国文学"圆桌会议备受与会者关注。参加会议的近百位中外学者和研究生围绕对中国当代文学的评价，展开了激烈的论争。德国汉学家顾彬教授针对中国现代和当代文学的现状提出了尖锐看法，北大中文系教授陈平原则对这样的看法认为"不是一个学者在学术会议上讨论问题的姿态，有点哗众取宠"。

三十一日 由《芳草》杂志社主办的第一届汉语文学"女评委"大奖在武汉揭晓：作家阿来的《空山》（第三卷）、学者谢冕的《我的学术叙录》并列获得大奖，张炯《我的文学生涯》获最佳审美奖，叶舟《花儿：青铜枝下的歌谣》获最佳抒情奖，龙仁青《龙仁青小说特辑》获最佳叙事奖。

四月

六日至八日 由北方文艺出版社、北京有容文化发展有限公司联合举办的第三届类型文学研讨会在京举行，与会者主要就目前恐怖悬疑文学创作和市场发行中存在的问题进行了深入探讨。

六日至二十四日 话剧百年纪念演出在北京隆重举行。

七日 《南方都市报》和《南都周刊》联合主办第五届华语文学传媒盛典颁奖典礼，作家韩少功凭散文集《山南水北》荣膺年度杰出作家奖，北村、雷平阳、李辉、王德威和乔叶分别获得年度小说家、诗人、文学评论家和最具潜力新人的荣誉。

十七日 中国话剧诞生一百周年纪念座谈会在人民大会堂隆重举行。座谈会由文化部部长、中国文联主席孙家正主持，人事部副部长王晓初宣读了人事部、文化部《关于表彰国家有突出贡献话剧艺术家的决定》；文化部副部长陈晓光宣读了《关于表彰文化部优秀话剧艺术工作者的决定》。

十八日 中共中央总书记、国家主席、中央军委主席胡锦涛在中南海亲切会见了获得"国家有突出贡献话剧艺术家"荣誉称号的艺术家，李长春、刘云山、王刚、陈至立、陈奎元等一同参加会见。

二十一日至二十二日 中国当代文学研究会、廊坊师范学院文学院和首都师范大学中国诗歌研究中心联合举办邵燕祥诗歌创作研讨会。

二十三日 在第十三届世界读书日，以"开启电子阅读元年·2006年中国电子图书阅读排行榜"为主题的新闻发布会上，中国图书商报和书生读吧共同发布《中国电子图书发展趋势报告》，颁发二〇〇六年度中国电子图书阅读最受欢迎出版社、电子图书阅读最受欢迎作家、最受欢迎电子阅读图书三项奖项。

二十七日 由鲁迅文学院发起和组织的青年作家座谈会在京举行，参加会议的国内八〇后青年作家代表围绕文学创作和文学工作等话题进行了探讨和交流。

本月 由海南省作协和海南师范大学联合共建的海南现代文学馆举行揭牌仪式。

本月 中国作协党组书记金炳华、党组成员高洪波为作家曾克庆贺九十华诞。

本月 由《文学报》《作家》等国内十二家媒体联合发起的"中国原创小说月月推荐榜"揭晓：严歌苓的《第九个寡妇》、乔叶的《打火机》等二十二部作品荣登"2006名家推荐中国原创小说年度排行榜"，青年小说家乔叶凭借《打火机》和《锈锄头》两部作品获得"2006名家推荐中国原创小说年度大奖"。

五月

十二日至十三日 纪念刘绍棠逝世十周年暨刘绍棠乡土文学研讨会在京举行。

十三日 中国微型小说学会第二届会员代表大会在上海举行，选举产生了新的学会领导机构。与会代表围绕微型小说（小小说）创作的历史、现状与发展趋势等问题进行了深入探讨。

十七日 由中国书友会、人民网文化频道和搜狐网读者频道联合主办的二〇〇七年度"当代读者最喜爱的一百位中文作家"评选活动揭晓：古代作家中，李白、屈原、杜甫位居三甲，而当代作家无人晋级十强。排名从第四位到第十位的文人分别是曹雪芹、白居易、韩愈、柳宗元、欧阳修、苏轼和王安石。随后由新浪网读书频道与贝塔斯曼书友会联合举办的"当代读者最喜爱的一百位华语作家"全国总评选揭晓：曹雪芹以四万九千五百三十五票力压群雄，排在第二名至第十名的作家依次为：鲁迅、巴金、金庸、冰心、李白、郭敬明、韩寒、余秋雨和三毛，两次评选尤其是"当代读者最喜爱的一百位华语作家"前十排名引起网络内外的质疑与热议。

十八日 为纪念作家汪曾祺逝世十周年，纪念汪曾祺研讨会暨书画手稿图片展在京举行，中国作协主席铁凝出席会展并发表讲话。

二十日至二十一日 中国作协等单位联合举办"坚持'三贴近'、讴歌新时代"暨纪念毛泽东同志《在延安文艺座谈会上的讲话》发表六十五周年座谈会。

二十一日 第二十二届陈伯吹国际儿童文学奖揭晓：任大星获得杰出贡献奖，李有干的长篇小说《大芦荡》获大奖。获本届优秀作品奖的还有张秋生的童话集《新小巴掌童话》、李学斌的长篇小说《蔚蓝色的夏天》等十一部作品，其中多为反映现实生活的作品，中青年作家的作品占了较大比重。

二十一日 由《人民文学》杂志社与杭州利群阳光文化传播公司联合创办的人民文学利群文学奖在京举行颁奖典礼。该奖设大奖和新浪潮奖两类，侧重小说、诗歌、散文，评选范围是二〇〇一年至今的作品。毕飞宇、周晓枫和娜夜分获小说、诗歌、散文大奖，新浪潮奖则由六位新锐作者获得。

二十六日 "当代十大新锐诗人"颁奖典礼在海南举行，杨键、陈先发、雷平阳等十人获奖。本次评选活动由当代汉语诗歌研究中心、《羊城晚报》、《诗歌月刊》、《潇湘晨报》、红网、天涯社区等联合举办，前期是网络投票，后期是专家评选。

二十六日至二十八日 第二届金麻雀小小说节在郑州举行，在开幕式上同时颁发了"中国小小说事业终身荣誉奖""第三届小小说金麻雀奖"等奖项。

三十日 我国首个专门研究少数民族作家和少数民族文学的基地——中国少数民族文学馆奠基仪式在呼和浩特举行。

六月

九日 由中国作家网、《文艺报》评论中心与沈阳市文联联合主办的"东北振兴与青年作家使命座谈会"在沈阳召开。

十二日 江西省作家协会第六次会员代表大会在南昌召开，陈世旭当选为主席。

十二日 江苏省作协首届签约仪式在南京举行，"非驻会签约专业作家"制是江苏作协面向全国聘请在文坛有较大影响和知名度、无固定工作单位并能集中精力完成小说创作任务的"非驻会签约专业文学创作人员"，聘期为三年。

首届入选作家是衣向东和叶弥。

十七日 由中国作协、中共四川省委宣传部共同主办的周文百年诞辰纪念会在京举行。

二十日 由北京师范大学文学院和美国俄克拉荷马大学《当代世界文学》杂志联合举办的"当代中国文学与世界——《当代世界文学》'中国当代文学专刊'出版座谈会"在北京师范大学召开。莫言、余华、格非、李洱、食指、吴思敬、陈晓明、李敬泽等作家、诗人、学者、批评家与会，就当下中国文学发展趋势及其与世界文学的联系等话题展开了深入探讨。

二十九日至七月二日 湖南省文联第八次代表大会在长沙举行。现任中国作协副主席谭谈被推选为名誉主席，现任长沙市委副书记、市长谭仲池当选为新一届文联主席。

七月

六日 由中共上海市委宣传部、华东师范大学联合主办的"文艺评论和媒体文艺传播"研究生班开班仪式、"文艺评论和媒体文艺传播现状与对策研讨会"在华东师范大学举行。

六日 首届中坤国际诗歌奖在京揭晓，翟永明获该奖 A 奖项，伊夫·博纳富瓦（法国）获该奖 B 奖项，顾彬（德国）、绿原获该奖 C 奖项。

十四日 由中国作协等单位主办的纪念萧军百年诞辰暨《萧军全集》出版座谈会在京举行。

二十四日 由中国作协创研部和湖南省作协联合举办的"文学湘军五少将"创作研讨会在长沙召开。"五少将"的提法引起质疑。

二十七日 中国作协在京举行纪念中国人民解放军建军八十周年座谈会。

本月 诗刊《上海诗人》正式对外公开发行创刊号。该诗刊原为上海作协内部诗报，目前为双月刊，由上海作协和上海文艺出版社联合主办。

本月 《南方文坛》第四期推出了一组关于八〇后作家和作品的评论文章。评论家白烨、谢有顺、张柠、张清华、邵燕君和徐妍分别就八〇后作家颜歌、郑小琼、李傻傻、春树、笛安和张悦然的创作进行了深入的分析探讨。

八月

一日至三日 安徽省作家协会第四次代表大会在合肥召开。季宇当选为新一届省作协主席，严阵被聘为名誉主席。

六日 "黑河杯·第二届姚雪垠长篇历史小说奖"在黑河市委举办的"双子城之夏——黑河中俄国际风情节"期间揭晓：王梓夫的《漕运码头》、唐浩明的《张之洞》和包丽英的《蒙古帝国》三部作品获奖。

六日至十日 由中国作家出版集团主办的影视剧本创作研讨班在京举行。

九日 参加首届青海湖国际诗歌节的来自三十四个国家以及中国诗人与学者汇聚青海湖畔，在《青海湖诗歌宣言》上郑重签下自己的名字，表达了诗人们热爱自然的愿望和信心。

十六日 在由兰州市文联、兰州市文化出版局、兰州市作协主办的二〇〇七兰州市小说创作研讨会上，与会作家、评论家就西部文学以及兰州市文学的走向和发展进行了深入的探讨。

十七日 "纪念田仲济先生百年诞辰、《田仲济文集》出版座谈会暨手稿藏书捐赠仪式"在京举行。

十七日至十九日 由同济大学、上海市作协、中国丁玲研究会主办的第十次国际丁玲学术研讨会在上海举行，与会者以"丁玲与上海"为中心议题进行了深入研讨。

二十一日下午 浙江省作协签约仪式暨长篇作品题材座谈会在杭州召开。

二十一日至二十二日 由《北京文学·中篇小说月报》发起并举办的"全国中篇小说年会暨文学期刊社长、主编论坛"在北京召开。

二十九日 首都文学界在北京中国现代文学馆举行《绿原文集》出版座谈会暨捐赠仪式。

九月

四日 中俄两国新闻出版界人士和各界嘉宾五百余人举行中俄出版文化联谊会。在会上，中国作协主席铁凝代表中国作协向将《围城》《沉重的翅膀》等中国文学作品翻译介绍到俄罗斯的索罗金、谢曼诺夫等八位俄罗斯汉学家颁发荣誉证书，同时还向积极促进两国作家交流的俄罗斯作协主席加尼切夫等颁发了特别奖。

八日 为纪念作家柳青在西安十四年完成巨著《创业史》，陕西省在西安成立柳青文学研究会。该研究会将整理柳青文献，设立"柳青文学奖"，同时创办《秦岭》会刊和柳青文学网站，弘扬柳青精神。

九日至十日 中国作协少数民族文学创作座谈会在新疆乌鲁木齐召开。与会者交流少数民族文学创作和翻译工作的经验，对进一步繁荣少数民族文学创作进行深入探讨。

十二日 由《小说选刊》杂志社主办的二〇〇六至二〇〇七年度《小说选刊》"'东陵浑河杯'全国读者最喜爱的小说奖"在沈阳颁发，严歌苓的《金陵十三钗》等六部中篇小说和镕畅的《纵火案》等五部短篇小说获奖。

二十五日 北京作协主办的第三届北京文学节闭幕式暨颁奖典礼举行，经北京作协会员投票评选，林斤澜获得终身成就奖，史铁生获得杰出贡献奖。

本月 中国作协二〇〇七年度会员发展工作结束，四百三十九人成为中国作协七代会后第一批会员。有大批七〇后、八〇后作家申请加入，新会员学历普遍较高且民族分布广泛。

十月

九日至十三日 第八届中国女性文学学术研讨会暨高校女性文学教材建设研讨会在山西省太原市召开。该会主要议题之一是近年来有关女性文化和女性文学的学术成果展示和研讨，另一主要议题是对高等教育国家级女性文学教材《女性文学教程》进行研讨。

十二日至十八日 由中国诗歌学会主办的第二届中韩诗人大会在北京和黄山举行。

二十日 由中国社会科学院、中国博士后科学基金会共同主办的第一届中国文学研究博士后论坛在京召开，参加会议的近百名博士后和专家学者以"全球化语境中的中国文学研究"为题各抒己见，进行探讨。

二十五日 第四届鲁迅文学奖在京揭晓，获得七大奖项的作品共三十二部：田耳的《一个人张灯结彩》等五部作品获得"优秀中篇小说奖"；范小青的《城乡简史》等五部作品获得"优秀短篇小说奖"；朱晓军的《天使在作战》等五部作品获得"优秀报告文学奖"；田禾的《喊故乡》等五部作品获得"优秀诗歌奖"；韩少功的《山南水北》等四部作品获得"优秀散文杂文奖"；李敬泽的《见证一千零一夜——21世纪初的文学生活》等五部（篇）作品获得"优秀文学理论评论奖"；许金龙译、大江健三郎著的《别了，我的书》等三部作品获得"优秀文学翻译奖"。

本月 中国现代文学馆第二期工程和鲁迅文学院易址建设工程正式开工建设。

十一月

二日 "冯钟璞先生八十寿辰、宗璞文学创作六十年座谈会"在京举行。座谈会上，宗璞将自己多种版本的作品捐赠给中国现代文学馆。

十日 作家姜戎凭借《狼图腾》获得首届曼氏亚洲文学奖。

十一日 二〇〇七年度"茅台杯"人民文学奖在京举行颁奖典礼。麦家的《风声》获优秀长篇小说奖；鲁敏的《思无邪》和田耳的《一个人张灯结彩》获得优秀中篇小说奖；阿来的《短篇三篇》和陈忠实的《李十三推磨》获得优秀短篇小说奖；汪漫的《一枚钉子在宁夏路上奔跑》、江少宾的《地母·征婚》获得优秀散文奖；古马的《古马的诗》与白芤的《青藏诗章》则获优秀诗歌奖。

十一日 纪念中国散文诗九十周年颁奖会暨《中国散文诗90年（1918—2007）》研讨会在京举行。郭风、彭燕郊、耿林莽、李耕获中国散文诗终生艺术成就奖；许淇、海梦等十位散文诗作家、理论家和编辑家获得中国散文诗重大贡献奖；刘虔、王尔碑（女）等十位荣获中国当代优秀散文诗作家奖；获得当代优秀散文诗作品集的有方文竹的《美人香草》等十八部；获得当代优秀散文诗理论集的有徐治平的《散文诗美学论》等五部。

十五日 第九届香港中文文学双年奖揭晓，该奖分新诗、散文、小说、文学评论及儿童少年文学五个组别。本届新诗组由洛枫的《飞天棺材》及昆南的《诗大调》获得；散文组由《旧时风光：香港往事回味》获得；小说组由陈汗的《滴水观音》获得；文学评论组由许子东的《香港短篇小说初探》及叶辉的《新诗地图私绘本》获得；儿童少年文学组由周淑屏的《大牌档·当铺·凉茶铺》和韦娅的《蟑螂王》获得。

十六日至十七日 为纪念作家路遥逝世十五周年，"怀念路遥"大型图片展暨《守望路遥》文集于十六日举行首发式。路遥文学纪念馆于十七日在延安大学正式开馆，全国路遥学术研讨会同时在延安大学举行。

十七日 第六届青年作家批评家论坛在北京举行，会议评选出二〇〇七年度青年作家和青年批评家。鲁敏、周晓枫荣获年度青年作家奖，年度青年批评家奖由施战军获得。

二十二日　中国文联邀请影视界专家学者在北京召开经典作品改编创作研讨会。与会者就经典文学的改编进行了多方面的研讨，提出成立专门委员会，对经典改编加以健康引导，保护民族文化遗产不被破坏。

十二月

一日　首届中国网络文学发展研讨峰会在北京举行，与会者就怎样建立网络文学交流合作平台、网络文学现实前瞻课题等话题进行了深入讨论。

一日至二日　由深圳市文联等单位举办的全国第三届打工文学论坛在深圳举行。与会者就打工文学的文学性、批判力量、先锋特色、审美尺度等问题进行了深入探讨。

十日　中国作协茅盾文学奖评奖办公室发出《关于征集第七届茅盾文学奖参评作品的通知》。

十日至二十日　"批评与文艺：2007·北京文艺论坛"在京召开，参加论坛的五十多名文艺批评家、作家、艺术家、编剧、导演对当下市场经济环境中"批评与文艺"之间的复杂关系展开了热烈探讨。

二十二日　由中国作协主办的第七届全国优秀儿童文学奖在京颁奖。十三部（篇）作品分获本届全国优秀儿童文学奖长篇小说、中短篇小说、童话、诗歌、散文、纪实文学、科学文艺七个门类奖项。三三的《舞蹈课》、格日勒其木格·黑鹤的《黑焰》、谢倩霓的《喜欢不是罪》、李学斌的《蔚蓝色的夏天》、曹文轩的《青铜葵花》获长篇小说奖；常星儿的《回望沙原》获中短篇小说集奖；皮朝晖的《面包狼》、葛翠琳的《核桃山》获童话奖；张晓楠的《叶子是树的羽毛》获诗歌奖；彭学军的《纸风铃紫风铃》获散文奖；韩青辰的《飞翔，哪怕翅膀断了心》获纪实文学奖；张之路的《极限幻觉》获科学文艺奖；李丽萍的《选一个人去天国》获青年作者短篇佳作。本届获奖作品集中体现了二〇〇四至二〇〇六年间我国儿童文学创作取得的新成就。

本月　中国小说学会第九届年会暨国际学术研讨会在广州召开，会议以"二十一世纪文学与中国小说创作"为主题，分为三个论坛：新媒体、新人类、新文学；"底层写作"与转型期的中国经验；全球视野下的中国小说。

二〇〇八年

一月

四日 第十一届庄重文文学奖揭晓，周晓枫、戴来、谢有顺、温亚军、石舒清、郑小琼、张者七位青年作家获奖。

八日 由中国艺术研究院和《文艺报》联合主办的"文艺作品中的国家形象"研讨会在京举行，与会者对如何运用文艺作品塑造怎样的国家形象等问题展开了讨论。

十日 《中华读书报》二〇〇七年十佳图书评选结果在京揭晓，这十本书是：《爱与黑暗的故事》、《陈旧人物》、《到黑夜想你没办法》、《定西孤儿院纪事》、《高兴》、《激荡三十年：中国企业1978—2008（上）》、《丧家狗：我读〈论语〉》、《我的精神自传》、《星火燎原·未刊稿》（十集）和"《读书》精选（1996—2005）"。

十二日 由中国作协创研部、《人民文学》杂志社、深圳市文联、深圳市委宣传部主办的"2008打工文学——北京论坛"全国打工文学研讨会在中国现代文学馆举行。与会专家与全国各地的打工作家围绕"和谐文化建设与打工文学"进行了对话与讨论。十二位打工作家向中国现代文学馆赠送了他们的文学作品，意味着"打工文学"走进了主流文学的"殿堂"。

十七日 鲁迅文学院第七届中青年作家高级研讨班（青年作家班）举行结业典礼。

二十二日 在中华文学基金会二〇〇八年度第一次理事会上，中国作协主席铁凝被聘担任中华文学基金会会长。

二十九日 中国作协新春联谊会在京举行。

本月 作家翟梅莉根据巴金的散文集《忆》翻译的《巴金自传》由美国印第安纳波利斯大学出版社推出英文版。

本月 民国杂志《无轨列车》在上海复刊。该刊是由施蛰存、戴望舒、刘呐鸥于一九二八年在上海创办的小型文艺半月刊，出版八期后于同年十二月停刊。这次由上海书店出版的文化读物《无轨列车》系列图书将维系海派特色，主编为曾经主持过《万象》杂志的陆灏。

本月 旅日华人女作家杨逸凭借其短篇小说《小王》获得第一百零五届日本文学界新人奖之后，又获日本文学界最重要的奖项芥川龙之介奖的提名。

本月 四卷本长篇历史小说《李自成》由长江文艺出版社推出，承担此次"修补"工作的是曾多年担任原著作者姚雪垠助手的俞汝捷。

二月

二十日 作家浩然因病在北京逝世。

二十八日 中国作协在京举办"春之声"抗灾救灾诗歌朗诵会。

本月 《文艺争鸣》杂志第二期在"新世纪文学研究"栏目中推出"新世纪'新生代'文学写作评论大展（小说卷）"，"大展"分小说卷、诗歌卷和散文卷三个专辑，从第二期开始分三期推出。

本月 由中国作协和各省区市作协组织倡导，全国各地近百名作家奔赴湖南、贵州等雨雪冰冻灾害前线采访写作。

本月 中国作协紧急部署《诗刊》出版抗灾救灾专号《二〇〇八——风雪中迎接春天》，及时刊发深入抗灾救灾第一线作家诗人的作品。

三月

一日 鲁迅文学院第八届中青年作家高级研讨班（青年作家班）在京举行开业典礼。

十八日 田汉诞生一百一十周年、逝世四十周年纪念活动由上海戏剧家协会、《上海戏剧》杂志社、文学报社联合主办。

二十三日 中国小说学会二〇〇七年度小说佳作在天津师范大学揭晓，范小青的《赤脚医生万泉和》等五部长篇小说、迟子建的《起舞》等十部中篇小说和金仁顺的《彼此》等十部短篇小说共二十五部作品入选。

二十四日至二十六日 全国小小说作家笔会暨二〇〇八全国迎春小小说大赛颁奖大会在四川新津召开，徐均生、于小渔等七人获得"原创小小说"大奖，本土作家冬日阳光获得"原创小小说"评论奖。笔会期间还举办了"水城梨花"杯文学作品创作大赛。

三十一日 诗人彭燕郊因病在长沙逝世，终年八十八岁。彭燕郊原名陈德矩，一九二〇年九月出生于福建省莆田县，从一九三九年开始在《七月》《抗敌》《现代文艺》《文化杂志》《诗创作》《抗战文艺》等有影响的刊物上发表作品，曾是"七月派"诗人。出版有诗集《彭燕郊诗选》《高原行脚》等，二〇〇七年出版四卷本《彭燕郊诗文集》。

本月 经国家新闻出版总署批准，天津市作协机关刊物《青春阅读》将于二〇〇八年七月恢复原来的刊名《天津文学》，并将大规模改版。

本月 继备受争议的"中国作家实力排行榜""中国作家富豪榜"之后，"中国青春文学作家实力榜"又被推到公众面前。该榜不仅网罗了韩寒、郭敬明、张悦然、胡坚等八〇后作家，还有七〇后作家饶雪漫，九〇后作家蒋方舟等六十位作家。对于此类排行榜，《人民文学》副主编、评论家李敬泽说："不如说是'卖得多'榜。现在到处都是榜，很无聊，所谓'青春文学作家实力榜'更无聊。这些孩子都在成长，青春有无限可能！作家有实力是一回事，一定要排出个一、二、三是另一回事。至于其中的 90 后，不能因为是 90 后或 00 后就关注，是 60 后，70 后就不关注。"

四月

八日 中国作协、文化部、上海市人民政府在京联合举办傅雷一百周年诞辰纪念座谈会。

十二日 新时期文学三十年学术研讨会由上海作协举办，与会者就如何评价改革开放以来的中国文学各抒己见，展开讨论。

十三日 第六届华语文学传媒大奖举行颁奖仪式，王安忆凭借《启蒙时代》获得年度杰出作家奖。麦家、舒婷、杨键、陈超和徐则臣分别获得年度小说家、年度散文家、年度诗人、年度评论家和年度最具潜力新人的荣誉。

十九日 山西省女作家协会在太原成立，作家蒋韵被选为会长。

二十四日 学者贾植芳逝世，终年九十二岁。贾植芳是山西襄汾人，曾赴东京日本大学学习，早年主要从事文艺创作和翻译，是"七月派"作家。新中国成立后历任震旦大学中文系主任、复旦大学教授、图书馆馆长，是中国现当代文学著名学者以及比较文学学科奠基人之一。著有《贾植芳文集》四卷、回忆录《狱里狱外》等。

二十七日 北京十月文艺出版社和中国现代文学馆联合举办《白鹿原》出

版二十年纪念座谈会，作者陈忠实同日还举行了"我与《白鹿原》"的讲座。

二十九日 台湾作家柏杨逝世，终年八十八岁。柏杨一九二〇年出生于河南，毕业于东北大学政治系，一九四九年后前往台湾，曾任《自立晚报》副总编辑及艺专教授。自二十世纪五十年代初用郭衣洞之名开始创作，著作有《丑陋的中国人》《中国人史纲》《柏杨版资治通鉴》等。

五月

五日至七日 由中国艺术研究院与韩国韩中文化艺术论坛联合主办的中韩暨观察员国家文化艺术界高层学术论坛在京举行，中国作家王蒙、莫言，韩国文艺评论家柳宗镐等出席，近百位专家学者围绕论坛议题"二十一世纪亚洲文化发展展望"，分文化文学类、电影类、戏剧美术类、音乐舞蹈类四个类别，以大会发言与分组讨论形式，展开了深入探讨和广泛交流。

九日 学者王元化因病在上海逝世，终年八十八岁。王元化是中国思想家、人学学者、文艺评论家，与钱锺书并称"北钱南王"。他一九二〇出生于湖北武昌，祖籍江陵，新中国成立前从事过《奔流》等杂志的编辑工作。一九九六年，他与巴金一起荣获上海文学艺术杰出贡献奖；他的论文集《思辨随笔》荣获第二届国家图书奖。

十三日 四川省汶川县十二日发生特大地震后，中国作协发出致抗震救灾第一线作家的慰问信，号召作家及时用笔记录抗震救灾中的感人事迹和伟大精神，同时组织抗震救灾采访小分队深入灾区采访创作，通过所属报刊及网站第一时间刊登作家作品与深入灾区采访情况。

十七日 第一本抗震救灾诗歌专号《感天动地的心灵交响》由中国诗歌学会编辑出版。五月二十六日，由中宣部出版局组织策划，人民文学出版社编选的诗集《有爱相伴——致2008·汶川》面世。

十八日 《爱的奉献》——二〇〇八宣传文化系统抗震救灾大型募捐活动在京举行。

三十一日 首届中国新诗人诗歌节在东莞举行，来自全国各诗刊出版社一百多位作家诗人参加了开幕式，活动期间举办了首届中国打工诗歌高峰论坛。

六月

四日 中国作协举行中国作家抗震救灾采访团和体验生活小分队报告会，

陈建功、高洪波、陈崎嵘、蒋巍四位负责人汇报赴抗震救灾第一线的亲身经历和切身感受。

本月 由海南省作协等单位联合举办的海南奥林匹克花园长篇小说大奖赛正式启动。该奖分三年进行，每年各评出一个年度大奖，奖金为二十万元人民币；两个提名奖，奖金各一万元人民币。三年大赛结束后，再从入围作品中评出最优秀的一部作品，奖金为一百万元人民币。该奖是目前全国奖金最高的文学奖项。参赛作品必须是以海南社会生活和人文历史为题材的优秀汉语长篇小说。

本月 由中国人民解放军总政治部宣传部组织编写、解放军出版社出版的反映全军和武警部队抗震救灾画面的长篇报告文学《惊天动地战汶川》在京首发。

本月 福州海关撤销对陈希我小说《冒犯书》的处罚，该书繁体版由台湾宝瓶出版社出版。台湾出版社给作家本人邮寄样书时，被福州海关以淫秽书籍扣留。此事引起社会广泛讨论，甚至有关法律界人士建议文学分级。

本月 出版家赵家璧的女儿赵修慧、作家曹聚仁的女儿曹雷等其父辈曾与鲁迅结邻为友的社区居民与研究鲁迅的专家一起举行"与鲁迅为邻"座谈会。

七月

二日 萧军纪念馆在辽宁省凌海市举行落成典礼。该馆建于一九八六年，始称萧军资料室，是全国第一个在世作家资料室，萧军去世后改为纪念馆。

五日 由中国作家协会和中国人民解放军总政治部宣传部联合主办的长篇报告文学《惊天动地战汶川》作品研讨会在京召开。

七日 由中国解放区文学研究会、河北省作协和中国现代文学馆共同主办的"时代的鼓手——诗人田间诞辰九十周年学术研讨会"在京举行。

十二日 浙江省作协、湖州市委宣传部、湖州市文联联合举办湖州八〇后女作家作品研讨会，对湖州近年来出现的全国罕见的八〇后女作家群现象进行研讨。

十九日 由《芳草》文学杂志社主办的第一届汉语诗歌双年十佳举行颁奖典礼，林雪、臧棣等十人获奖，这是《芳草》继汉语文学"女评委"大奖之后的又一重要文学活动。

八月

五日 由北京奥组委文化活动部、中国诗歌学会、北京理工大学联合主办的《2008奥运诗选》首发式暨诗歌朗诵会在京举行。

十二日 为缅怀朱自清逝世六十周年，由共青团中央、中央党史研究室等单位主办的网上朱自清纪念馆正式开通，这是在网上开办的第一个文学名家纪念馆。

十八日 为庆祝上海社会科学院建院三十周年以及上海社会科学院文学研究所建所五十周年，上海科学院文学研究所举办上海文学三十年学术座谈会，与会者系统梳理了上海文学三十年的发展状况，并对未来的挑战与机遇进行探讨。

二十四日 作家魏巍因病在京逝世，终年八十八岁。魏巍一九二〇年出生于河南，毕业于延安抗日军政大学，曾任《解放军文艺》副总编、《聂荣臻传》写作组组长等职。他的作品《谁是最可爱的人》曾经广为流传，并入选中学课本，影响过几代读者。从一九五九年至一九七八年，其历时二十年创作了长篇小说《东方》，表现了壮烈的抗美援朝战争生活，荣获一九八二年中国首届茅盾文学奖长篇小说创作奖。这部长篇小说与魏巍的另两部作品《地球的红飘带》《火凤凰》一起构成了"革命战争"三部曲。此外，他还著有诗集《黎明风景》《不断集》等。

本月 从五月四日到八月八日，在为期九十七天的古希腊圣火传递过程中，天津作家冯骥才、宁夏作家张贤亮等数十位作家担当火炬手，高举圣火传递奥运梦想与激情。

九月

一日 鲁迅文学院第九届中青年作家高级研讨班（文学理论评论家班）举行开学典礼。

八日 由中国作协、甘肃省委宣传部、《中国作家》杂志等联合主办的"甘肃文学论坛小说八骏北京之旅文学研讨会"在京举行，"甘肃小说八骏"——雪漠、和军校等八位作家组成的新阵容集体亮相北京。与会评论家、作家围绕"小说八骏"的作品进行了深入探讨。

十日 由起点中文网主办的"全国三十省作协主席小说联展"启动，刘庆邦、蒋子龙等来自全国三十个省、市、自治区作协的主席（副主席）参加本次活动。起点中文网从九月份开始连载他们的长篇小说，根据网民点击率和网络评委的评审进行评奖。

十五日 周立波一百周年诞辰纪念大会在湖南省益阳市举行。

本月 《文艺报》于八月二十七日、九月三日和五日分别召开三次调研会，以"关注《文艺报》，关注文学三十年"为题举办座谈会。与会者认为《文艺报》是中国当代文学史中不可忽视的重要报纸，是当代中国文艺发展的"晴雨表"，是当代文学史的"书记官"。

十月

九日 瑞典皇家科学院于当地时间十月九日十三时宣布，将二〇〇八年度诺贝尔文学奖授予法国作家让-马里·古斯塔夫·勒·克莱齐奥。

十一日 诗人、《诗刊》社编委朱子奇因病在京逝世，终年八十八岁。朱子奇生于一九二〇年四月十三日，一九三七年开始发表作品，一九四九年加入中国作协。著有诗集《友谊集》《春鸟集》《春草集》等。

十六日至十七日 由北京师范大学文学院和美国《当代世界文学》杂志联合主办的"当代世界文学与中国"国际学术研讨会在京举行。来自中、美、德等国的一百六十多位专家学者、作家就全球化语境下当代世界文学发展状况和中国当代文学的出路进行了热烈探讨。

二十四日 由中国当代文学研究会和山东师范大学文学院联合主办的中国新时期文学三十年国际学术研讨会暨中国当代文学研究会十五届学术年会在济南召开。会议期间还举行了中国当代文学研究第十一届优秀成果表彰奖颁奖活动。

二十五日 由中国世界华文文学学会和广西民族大学等联合主办的第十五届世界华文文学国际学术研讨会在南宁举行。与会者就"世界华文文学学术前沿"这一大会总议题在不同意义层面上进行了广泛探讨。

二十七日 第七届茅盾文学奖评奖揭晓，贾平凹的《秦腔》、迟子建的《额尔古纳河右岸》、周大新的《湖光山色》、麦家的《暗算》共四部作品获奖。

二十八日 由中国作家出版集团和中文在线共同主办、《长篇小说选刊》

杂志社和17K小说网共同承办的"网络文学十年盘点"活动启动，于今年十一月至二〇〇九年四月期间，由《长篇小说选刊》组织《人民文学》《中国作家》《收获》《当代》等二十余家传统文学期刊组成的文学编辑审读组与网络读者一起梳理和总结十年网络文学成果。

本月 作家冯骥才被聘请为国务院参事，聘期五年。

本月 第九届全国少数民族文学创作"骏马奖"（二〇〇五至二〇〇七）评奖结果揭晓。本届共评出长篇小说五部，中、短篇小说集五部，诗集七部，散文集五部，报告文学集三部，理论、评论集五部，人口较少民族特别奖五部，少数民族文学翻译奖四人。

十一月

二日 第七届茅盾文学奖颁奖典礼在茅盾的故乡浙江乌镇举行。

十日 鲁迅文学院第十届中青年作家高级研讨班（少数民族文学翻译家班）举行开学典礼，这是鲁迅文学院第一次举办少数民族文学翻译家高研班。

十日至十二日 第七届青年作家批评家论坛在湖南凤凰举办，二〇〇八年度青年作家和青年批评家评选于会上揭晓，小说家田耳、诗人侯马荣膺"年度青年作家"，批评家李云雷荣膺"年度青年批评家"。

十二日 中国文联、文化部、中国作协在北京人民大会堂举行周扬一百周年诞辰座谈会。周扬曾任中共中央宣传部副部长，文化部党组书记、副部长，中国社会科学院副院长，中国文联党组书记、副主席、主席，中国作协副主席等职。

十四日 由《当代作家评论》杂志、《温州都市报》主办，当代中国文学网协办的第一届当代中国文学批评家奖颁奖典礼在温州举行，南帆、陈思和、王尧、孙郁、洪治纲、谢有顺、陈晓明、蔡翔、张学昕、张新颖、吴俊、郜元宝等十二人获得"当代中国文学批评家奖"。

本月 中国少数民族作家学会在京召开了代表会议，会长由青海省副省长、诗人吉狄马加担任。

十二月

一日 为纪念改革开放三十周年，由中国作协、中共深圳市委等联合举办的中国改革开放文学论坛在深圳开幕。在诸多环节中,"三十年中国文学学术研讨会"是本次论坛的最核心活动,其中心议题为"三十年文学:成就、反思与掘进"。

二日 第四届老舍散文奖在京揭晓并颁奖,杨牧之的《在那恒河的原野》、江少宾的《我的幸福是一种罪过》等八篇作品获奖。

五日 中国作协召开干部大会,宣布中央决定任命李冰为中国作协党组书记,金炳华不再担任中国作协党组书记职务。

十日至十四日 第七届全国文学院院长联席会议在浙江杭州、温州两地召开。鲁迅文学院、湖南毛泽东文学院、四川巴金文学院等省市文学院院长参加会议。本届会议主题是:改革开放三十年与各地文学院的发展建设。各地文学院负责同志就作家的管理体制和教育模式、文学院的课程设置等问题展开讨论。

十一日 欧阳山百年诞辰纪念座谈会在京举行。

十六日至十七日 由北京市文学艺术界联合主办的"传统与文艺:2008·北京文艺论坛"在京举行,论坛分文学、电影、舞蹈、戏剧等几大单元。与会者围绕"传统与文艺",就走向现代的我国文艺与传统文化的碰撞和摩擦、继承和颠覆进行了深入探讨。

十七日 由中国作协主办的首都文学界改革开放三十周年纪念座谈会在京举行。

二十日 由中华诗词学会主办的"中华诗词终身成就奖"颁奖暨五位诗家作品集首发仪式在京举行,国务委员兼国务院秘书长马凯亲自向获此殊荣的孙轶青、霍松林、叶嘉莹、刘征、李汝伦五位诗词大家颁奖。

二十日 "改革开放三十年与湖南文艺"座谈会在长沙召开,湖南省文联、作协负责人和知名文艺家代表等出席了座谈会。

二十三日 天津市作协举办改革文学座谈会,与会者对作家蒋子龙在改革文学创作上取得的成就及其对中国改革开放发展进程中产生的积极作用和影响给予充分肯定,同时对他最近出版的长篇小说《农民帝国》进行深入研讨。

二十三日 《当代》长篇小说二〇〇八年度奖暨五年最佳奖揭晓,毕飞宇的《推拿》和杨志军的《藏獒3》分获年度专家最佳奖和读者最佳奖。为了盘点评奖五年以来的长篇小说创作成果以及作品在整个文坛内的口碑,主办方现场推出"五年五佳"和"五年最佳"长篇小说评选活动。严歌苓的《小姨多鹤》成为"五年最佳",并与王刚的《英格力士》、范稳的《水乳大地》、刘震云的《我叫刘跃进》、毕飞宇的《推拿》同为"五年五佳"。

二十五日 由《当代作家评论》杂志社举办的二〇〇八年度当代作家评论奖获奖篇目评出,汪政、晓华等八位作者的六篇评论文章获奖。

二〇〇九年

一月

八日 由作家出版社举办的"回眸·创新·展望——2009 中国文学创作与图书出版论坛"在京召开。与会代表以作家出版社二十世纪八九十年代出版、产生广泛影响力的"文学新星丛书"为源头,回望了文学三十年的历程,并对这一历程中展现出来的思想流变、方法创新进行了重点回顾。

九日 鲁迅文学院第十届中青年作家高级研讨班(少数民族文学翻译家班)在京举行结业典礼。

十一日 由北京法制文学研究会发起,经中国法学会批准成立的中国法学会法制文学研究会在京成立。中国法学会法制文学研究会的成立,标志着中国的法律与文学交叉研究进入了一个新的发展阶段,为进一步加强国家现行立法和执法的建议、建言提供了新的视角。

十八日 由《中国作家》杂志社和鄂尔多斯市人民政府共同设立的首届(二〇〇七年度)《中国作家》鄂尔多斯文学奖颁奖仪式在北京举行。此次共有十一部(篇)作品获奖,其中叶广芩的长篇小说《青木川》获得大奖,另外十部(篇)作品获得优秀奖。

十八日 旨在广纳文学才俊、创作优秀文学作品的厦门文学院揭牌成立,同时举行了首批近三十名签约作家签约仪式。

二十二日 武侠小说作家梁羽生在悉尼逝世,终年八十五岁。梁羽生一九二四年出生于广西蒙山县一个书香门第,原名陈文统,二十世纪五十年代开始写武侠小说,其代表作有《白发魔女传》《七剑下天山》《萍踪侠影录》等,被誉为新派武侠小说的开山鼻祖。

本月 由上海市作协和上海社会科学院文学研究所主办的文学批评杂志《上海文化》新版创刊，主编为吴亮。

二月

三日 为纪念作家老舍一百一十周年诞辰，由北京人艺专门铸造的老舍头像雕塑在老舍生日这一天举行揭幕仪式。

十二日至十五日 二〇〇九年全国报刊管理工作会议在京召开。会议针对目前新闻报刊界普遍关心的体制机制改革、退出机制、新闻从业人员队伍管理等问题，对二〇〇九年的报刊管理工作进行了具体部署。

十七日 中国作家协会第七届主席团第七次会议在北京召开，会议推举李冰为中国作协第七届书记处书记。

十八日 中国作家协会第七届全国委员会第四次会议在北京开幕。会议增补李冰为中国作协第七届全委会副主席、委员，增补杨承志为中国作协第七届主席团委员。

本月 由《北京文学》月刊社主办的"2008年中国当代文学最新作品排行榜"揭晓，《收获》《人民文学》《北京文学》《南方周末》等十四家杂志和人民文学出版社的二十四部作品入选，既有王安忆、叶广芩等名家老将的作品，也有乔叶、袁劲梅、笛安等文坛新秀的作品。

本月 《伊犁河》杂志经过两度更名后，恢复原刊名。复刊后的《伊犁河》杂志仍为综合性文学双月刊。

三月

四日 由凤凰卫视发起，全球十余家有影响力的华文媒体和机构共同主办的"世界因你而美丽——2008影响世界华人盛典"公布本年度首个大奖，作家金庸获得"影响世界华人终身成就奖"。

六日 湖北省作协第五届主席团第三次会议通过《湖北省作家协会入会条件细则》，对网络文学作者入会条件作出规定：在各大文学网站发表的文学作品中，获奖（网络奖）作品、精华帖或转载帖达三十万字，开个人文学博客三年以上，写博字数在五十万字以上，或连续担任文学版主三年以上者。

六日 浙江省作协七届二次全委会在杭州召开，浙江省作协主席程蔚东主持会议。会议期间还举行了二〇〇八年度浙江省作协签约作家签约仪式。

十二日 为纪念已故作家路遥六十周年诞辰，新版《平凡的世界》座谈会在中国现代文学馆举行，还将陆续举行的纪念活动有：全国二十家网络、平面媒体联合举办"我与《平凡的世界》"读者征文活动；全新配乐长篇朗诵《平凡的世界》；路遥的手稿、信件及珍贵遗物展等。

十七日 中国社科院文学所、中国当代文学研究会联合举办"《典型文坛》与文学史写作的多种可能性"研讨会。与会专家学者认为，李洁非的《典型文坛》从文坛人物入手，以散文笔法成书，生动活泼，可读性强，给当下文学史写作提供了很好的借鉴。

二十六日 由盛大文学主办的首届全球华语原创文学大展于北京大学百周年纪念讲堂正式启动。盛大文学号称将投入以版权交易金为主的总额为一千万元的费用，并宣称本年度还将投入八千万元，用以搭建一个立体的作品包装和版权营销平台。

二十九日 中国小说学会二〇〇八年度中国小说排行榜在南昌揭晓，共评出二十五部优秀作品。严歌苓的《小姨多鹤》、王安忆的《骄傲的皮匠》、韩少功的《第四十三页》分别名列长、中、短篇小说榜首。王十月、葛亮等文学新人榜上有名，被认为是这次排行榜的一大特点。

四月

十一日 作家林斤澜在京逝世，终年八十六岁。

十四日 第七届华语文学传媒大奖在广州揭晓：作家阿来凭借《空山》第六卷获得二〇〇八年度杰出作家桂冠，臧棣、李西闽、耿占春和塞壬因推出诗集《宇宙是扁的》、长篇散文《幸存者》、论著《失去象征的世界——诗歌、经验与修辞》和散文集《下落不明的生活》而分获二〇〇八年度诗人奖、散文家奖、文学评论家奖和最具潜力新人奖。二〇〇八年度小说家奖空缺。仅次于"年度杰出作家"的重头戏"年度小说家"出现了令人意外的结果：终评票数最高的作家毕飞宇自愿放弃年度小说家奖。

十七日至十八日 二〇〇八年度《中国作家》鄂尔多斯文学奖评委会在北京举行，评出文学奖一部、优秀作品奖四部（篇）、新人奖五个。蒋子龙的长篇小说《农民帝国》获得大奖。

十八日　由中国现代文学馆、江西高校出版社联合主办的"倾听桃花开放的声音——中国小小说之夜"暨《中国小小说五十强》研讨会在京举行。

二十三日　北京大学中文系举办"'五四'与中国现当代文学"国际学术研讨会。中国现代文学研究会原会长严家炎认为,现代文学的源头还应该从十九世纪八十年代末、九十年代初算起。

本月　第二届蒲松龄短篇小说奖揭晓,欧阳黔森的《敲狗》、陈麦启的《回答》、张抗抗的《干涸》、阿成的《白狼镇》、徐坤的《午夜广场最后的探戈》、杨少衡的《恭请牢记》、鲍尔吉·原野的《巴甘的蝴蝶》、红柯的《额尔齐斯河波浪》等八部作品获奖。

本月　张爱玲自传体小说《小团圆》由北京十月文艺出版社出版。

五月

九日　由中国当代文学研究会、解放军文艺（昆仑）出版社等单位联合主办的《作家铁凝》一书研讨会在河北师范大学举行。与会文学评论家以"一个作家的成长"为题,结合《作家铁凝》这部真实记录铁凝艺术之路的人物传记,对当代中国作家的创作历程和精神指向进行了深入研究。

十五日　由中国作家协会、中共甘肃省委宣传部等联合主办的"五一二"全国抗震救灾文学研讨会在甘肃省兰州市举行,来自北京、四川、陕西等省市的八十余名作家、评论家,对四川汶川特大地震以来全国抗震救灾文学创作进行了总结研讨。

十九日　由中国报告文学学会主办的中国改革开放优秀报告文学奖颁奖典礼在西安举行,徐迟的《哥德巴赫猜想》、黄宗英的《小木屋》等三十三位作家的二十九篇（部）优秀报告文学作品获此殊荣。

十九日　香港作家联会第十届理监事会举行就职典礼,新任会长潘耀明致辞,内地作家余秋雨、池莉出席就职典礼。

二十日　由教育部人文社会科学重点研究基地南京大学中国现代文学研究中心主办的首届中国当代文学学院奖在南京揭晓,共有七部作品获奖。其中,《彭燕郊诗文集》获特别奖,史铁生的长篇小说《我的丁一之旅》、毕飞宇的长篇小说《推拿》、沙叶新的话剧剧本《幸遇先生蔡》、王家新的诗集《未完成的诗》、刘醒龙的长篇小说《圣天门口》、周伦佑的《周伦佑诗选》最终获得首届中国当代文学学院奖。

二十一日 《王统照全集》研讨会和王统照手稿捐赠仪式在中国现代文学馆举行。

二十三日 由文化部、中国作协、陕西省人民政府联合主办的第二届中国诗歌节在西安开幕。

六月

十三日 中国艺术研究院在京召开纪念《文艺研究》创刊三十周年学术研讨会，与会学者就《文艺研究》三十年的办刊历史与改革开放以来中国文艺理论的发展进行了深入的探讨。

十六日 由四川省委宣传部、四川省作协、四川出版集团联合主办的"抗震文艺与中国精神研讨会暨四川抗震文学书系新书见面会"在成都举行。与会者围绕汶川特大地震以来四川省和全国抗震文艺创作现状及未来走向等话题展开了热烈的探讨。此外还研讨了"四川抗震文学书系"的首批四部作品《蜀中巨震》《五月·国殇·成都人》《三日长过百年》和《浴火重生》。

二十日 由《芳草》杂志社主办的第二届汉语文学"女评委"大奖在武昌揭晓并举行颁奖仪式。北北的长篇小说《发生在浦之上》与阎纲的自传《五十年评坛人渐瘦》并列获大奖，鲁敏的中篇小说《逝者的恩泽》和韩丽珠的短篇小说《悲伤旅馆》获最佳叙事奖，王必胜的散文《病后日记》获最佳抒情奖，於可训的作家评传《幻化的蝴蝶——王蒙传》获最佳审美奖。

二十五日 中国作家协会公布二〇〇九年中国作家协会会员新名单，金庸等七名港澳作家，当年明月、千里烟、笑看云起等网络写手成为作协会员。

二十五日 "网络文学十年盘点"在中国作协会议室举行闭幕式和揭榜仪式，经过七个月的海选和推举，产生了十部网络最佳作品和十部网络最佳人气作品。

二十九日 "全国著名作家走进新疆采风启动仪式"暨"王蒙写新疆研讨会"在乌鲁木齐举行。

本月 由王蒙、王元化担任总主编的《中国新文学大系》第五辑（1976—2000）三十卷，由上海文艺出版社编纂完成。

七月

八日 中国作协发布公报，取消已被定罪判刑的李凤臣（山东省）、赵立山（河北省）、王月喜（山西省）、王剑（贵州省）、王宁（辽宁省）等五位作协会员会籍。

九日至十二日 第三届中韩作家会议在青海省西宁市举行，来自中国和韩国的知名作家就"人与自然、和谐世界"这一主题展开互动交流。

十一日 学者季羡林在京逝世，终年九十八岁。季羡林，字希逋，又字齐奘，一九一一年八月六日出生于山东省临清市康庄镇，精通十二国语言，是著名古文字学家、历史学家、作家。著作汇编成《季羡林文集》，共有二十四卷。

十三日至十六日 中国作协创研部在北戴河召开"长篇小说艺术暨文学发展趋势研讨会"。

十四日 为纪念中国作家协会成立六十周年，《文艺报》发表题为《全心全意为作家服务》的社论。社论说，中国作家协会是中国共产党领导的、中国各民族作家自愿结合的专业性人民团体，是党和政府联系广大作家、文学工作者的桥梁和纽带，是繁荣我国文学事业的重要社会力量。中国作家协会已有八千九百多名个人会员和四十三个团体会员，一支老中青相结合、富有才华和敬业精神的作家队伍遍及全国各地、各行各业，构成了中国文学繁荣发展的中坚力量。其最重要的体会和最根本的经验就是全心全意为作家服务。

十五日至二十五日 由鲁迅文学院与盛大文学有限公司共同举办的网络文学作家培训班开班。这是鲁迅文学院首次举办网络作家班，参加本次培训班的网络作家共二十九名。

十六日 中国作家协会向从事文学创作六十年的中国作家协会会员颁发荣誉证章证书，林林、白刃、杲向真等六百五十九人获此荣誉。

十七日 纪念中国文学艺术界联合会成立六十周年大会在人民大会堂召开。中共中央政治局常委李长春发来贺信，中共中央政治局委员、中央书记处书记、中宣部部长刘云山出席会议并讲话。李长春在贺信中说，文学艺术工作是党和人民事业的重要组成部分，在党和人民事业发展中走过了辉煌的历程。六十年来特别是改革开放以来，广大文学艺术工作者在党的领导下，坚持"二为"方向和"双百"方针，与人民心连心、与祖国共命运、与时代同步伐，热情讴歌火热生活，积极传播先进文化，创作生产了一大批思想性、艺术性俱佳的优秀作品，为繁荣祖国文艺百花园，为满足人民群众精神文化需求、促进人的全面发展，作出了重要贡献。

二十五日　《人民文学》六〇〇期专号以新锐专号的形式集体推出以郭敬明为代表的一批八〇后作家作品。这一做法随后引起广泛争议，成为当时热门文化话题。

八月

七日　第二届中坤国际诗歌奖评选结果在北京揭晓。北岛获该奖A奖项，阿多尼斯（叙利亚）获该奖B奖项，赵振江获该奖C奖项。

八日　由《废都》《浮躁》《秦腔》组成的《贾平凹三部》函集首发式暨贾平凹文学艺术馆网站开通仪式在西安举行。曾经饱受争议、被禁长达十七年的《废都》再次公开出版。

十四日　中国科普作家协会成立三十周年庆祝大会暨繁荣科普创作论坛在京举行。

十五日　上海市作协召开当代文学批评十项目策划会，准备邀请当代文学研究领域的著名学者专家编纂《中国当代文学批评史》及相关资料集。

十八日　由文艺报社和中国作协创研部联合主办的当前文学发展状况研讨会在京召开，与会评论家就当前文学发展面临的形势、挑战和存在的问题以及应该如何应对等问题展开深入的探讨。

十八日　由中国作协、国家版权局共同举办的作家版权保护座谈会在京召开，本次座谈会的主题是"加强版权保护，打击盗版侵权，维护作家权益"。

二十日　由北京市社会科学院满学研究所和文学研究所联合举办的纪念王度庐先生诞生一百周年座谈会在京举行。

九月

二日至三日　纪念当代杰出诗人郭小川九十周年诞辰学术研讨会在河北省承德市举行。

八日至十日　中国作家协会第七届主席团第八次会议在广东省江门市召开。何建明被推荐为中国作协第七届书记处书记，作家金庸被聘为中国作协第七届全国委员会名誉副主席。会议还审议批准全国公安作协为中国作协团体会员。

十五日 中国少数民族文学馆开馆庆典仪式在内蒙古师范大学举行，该馆是我国首个专门研究少数民族作家和少数民族文学的基地。

十八日 由中华全国台湾同胞联谊会和中国作家协会联合主办的"陈映真先生创作五十年学术研讨会"在京举行。

十九日至二十日 由首都师范大学文学院、中国当代文学研究会和《文艺争鸣》杂志社联合主办的中国当代文学六十年国际学术研讨会在京召开。与会专家学者围绕当代文学六十年的历史、新时期文学三十年的辉煌，从不同的角度和层面研讨了当代文学的成就与经验，并就当代文学的现状与走向等发表了重要的看法。

二十五日 由首都师范大学中国诗歌研究中心、海南省澄迈县人民政府联合主办的"2009年度澄迈·诗探索奖"在澄迈县揭晓并颁奖。王小妮、庞培、霍俊明、张文武分别获杰出成就奖、年度诗人奖、评论奖、翻译奖，青年诗人肖水、乌鸟鸟分享新锐奖。

十月

八日 瑞典文学院宣布将二〇〇九年诺贝尔文学奖授予德国女作家赫塔·米勒。

十二日 由中国作家协会和江西庐山风景名胜区管理局联合创办的中国庐山国际作家写作营在庐山开营。该活动借鉴美国爱荷华国际写作计划经验，每年邀请国内外知名作家在庐山小住，采风、创作，以此加强海内外作家交流，促进中华文化传播。

十五日 "中国文学之夜"大型主题活动在德国法兰克福文学馆举行。铁凝与德国翻译家高利希，李敬泽与德国作家甘特尔，莫言与德国作家、汉学家史迪夫，从文学创作、翻译、评论及文学影响等多个角度，进行三场文学对话。苏童、余华、阿来、刘震云等作家以接受采访的方式与现场读者进行了互动。

十七日至十九日 由中国散文年会组委会和《散文选刊·下半月》《安徽文学》等单位主办的"2009中国散文年会"在京召开。年会上，"中国百篇散文奖"和"最佳作品奖"揭晓，阎连科的《我与父辈》、陈奕纯的《泼墨绵山》

等一百三十余篇散文作品榜上有名。

二十六日 由中华文学基金会主办的第十二届庄重文文学奖揭晓，乔叶、徐则臣、李浩、金仁顺等八位作家获奖。

二十八日 纪念《人民文学》创刊六十周年茶话会在京举行。《人民文学》创刊于一九四九年十月二十五日。应首任主编茅盾之请，毛泽东主席为《人民文学》创刊号题词："希望有更多好作品出世"。

二十九日 中国作协在京召开文学创作座谈会，中宣部部长刘云山在会议上发表讲话，强调广大文学工作者要坚持"二为"方向和"双百"方针，从当代中国人民伟大创造中寻找和发现文学创作崭新的主题、情节、语言、诗情和画意，反映伟大时代的历史巨变，描绘人民群众的精神图谱，为时代写史、为时代画像、为时代立言。

本月 由中国版协妇女读物委员会、中国作协理论批评委员会、中国当代文学研究会女性文学委员会共同主办的第三届中国女性文学奖在京揭晓，铁凝的《笨花》，乔以钢、林丹娅主编的《女性文学教程》等六十余种图书分获文学创作、理论批评以及荣誉奖项；作家出版社、上海文艺出版社荣获本届中国女性文学奖之组织奖。

十一月

七日 由《诗刊》主办的"新世纪十佳青年诗人"在江西省庐山揭晓，路也、郑小琼等十位青年诗人获此殊荣，其中"八〇后打工女诗人"郑小琼备受关注。

十八日 谷歌公司未经授权扫描收录使用中国作家的图书作品，为维护中国作家的合法权益，中国作协对外发表维权公告，向谷歌公司发出维权通告。

二十四日 由上海市作协、复旦大学、巴金研究会、冰心研究会等联合主办的巴金冰心世纪友情图片文献展暨第九届巴金国际学术研讨会在上海举行。

二十五日 由中法双方合作举办的首届中法文学论坛在巴黎举行，参加论坛的中法两国作家从文学的作用、作家的社会责任、全球化与文学、互联网对文学创作的影响等方面进行了深入的探讨。

二十八日 由中央文史研究馆和中华诗词学会联合举办的纪念南社成立一百周年座谈会在京举行。

二十九日 "一字千金——首届全球华语手机小说原创大展"揭晓，前三十强选手分获五千元创作奖励，前三名选手将获得最高七万元的版权交易金。

十二月

六日 由法国驻华大使馆设立的首届傅雷翻译出版奖在京揭晓并颁奖，张祖建、马振骋分别凭借翻译列维-斯特劳斯的《面具之道》和翻译蒙田的《蒙田随笔全集》荣获此项大奖。两位翻译家将与各自译作的出版社分享八千欧元的奖金。

十日 长篇小说《刘志丹》（三卷本）由江西教育出版社出版。此书在"文革"时期被康生诬陷为"反党小说"，长期被禁止发售，一九七九年才由工人出版社出版了第一卷。

十八日 中国作协对外发表维权公告，针对谷歌公司未经授权扫描收录使用中国作家的图书作品，中国文字著作权协会就此与谷歌公司多次交涉未果，要求谷歌公司须在二〇〇九年十二月三十一日前向中国作协提交处理方案并尽快办理赔偿事宜。

二十三日 由中国报告文学学会举办的新中国六十年优秀中短篇报告文学奖在京颁奖，林韦发表于一九四九年的《记中央人民政府成立盛典》，魏巍发表于一九五二年的《谁是最可爱的人》等三十篇作品获奖。

二〇一〇年

一月

七日至九日 新浪首届原创文学盛典暨作者年会在京召开。

九日 为纪念二十世纪三十年代"东北作家群"中的代表性作家舒群诞生九十六周年、逝世二十周年，黑龙江省哈尔滨市成立舒群研究会，同时举行舒群中学揭牌仪式。

十四日 中国文学海外传播工程在北京师范大学正式启动。该项目包括三方面：一、由俄克拉荷马大学出版社在三年内出版和发行十卷本"今日中国文学"英译丛书；二、在美国创办英文学术杂志《今日中国文学》；三、在北京举办中国文学海外传播国际学术研讨会。

十六日　由中国人民大学文学院主办的诗人郭小川九十周年诞辰纪念会暨学术研讨会在京召开。郭小川的夫人和子女为诗人编写的画传和纪念文集《一个人和一个时代》由作家出版社出版。

十六日　一九八五年创刊的《中国作家》创刊二十五周年暨第三届（二〇〇九年度）《中国作家》鄂尔多斯文学奖颁奖典礼在北京举行。长篇纪实文学《寻找黛莉》（赵瑜著）等十部（篇）作品在此届评选中获奖。

十七日　由鲁迅文学院和中文在线旗下17K小说网共同举办的第二届鲁迅文学院网络文学作家培训班举行开班仪式。

十九日　《路遥全集》由北京十月文艺出版社推出，书中囊括了目前能搜集到的路遥全部作品，还首次公开其手迹。

二十三日　陕西省柳青文学研究会在西安举办柳青《创业史》发表五十周年纪念会。

本月　由盛大文学举办的"一字千金——首届全球华语手机小说原创大展"举行颁奖仪式。四位获奖手机小说家每人以七十字的小说创意分别获得七万元的版权交易金。该评选活动是中国第一项手机文学展示与版权交易活动。

二月

一日　江苏省文学艺术界联合会第八次代表大会、江苏省作家协会第七次代表大会在南京开幕。范小青当选为新一届江苏省作协主席。

三日　评论家、编辑家、作家李清泉因病在北京逝世，享年九十二岁。

十三日　上海图书馆纪念左联成立八十周年馆藏文献展开展。

二十七日至二十八日　由江苏省作家协会、中共高邮市委等共同主办的"九十汪老"——汪曾祺九十周年诞辰纪念活动在高邮举行。

本月　《北京文学》月刊社主办的"2009年中国当代文学最新作品排行榜"评出。入选的包括叶广芩的中篇小说《大登殿》、叶弥的短篇小说《桃花渡》、朱玉的报告文学《巨灾对阵中国——汶川大地震一周年祭》、余秋雨的散文《门孔》等。

本月　二〇一〇年德国莱比锡"世界最美的书"评选中，由中国选送的《诗经》一书荣获二〇一〇年"世界最美的书"称号。

三月

二日 辽宁省作协、辽宁省文联在沈阳召开人民作家马加同志一百周年诞辰纪念会。

十一日 鲁迅文学院举行第十三届中青年作家高级研讨班开学典礼。

十六日 作家出版社出版的张炜长达四百五十万字原创长篇小说《你在高原》在北京举行新书发布会。

二十一日 中国作协党组成员、书记处书记杨承志接受访问时表示中国作协希望谷歌公司履行三月底提交对扫描收录使用中国作家作品的处理方案的承诺,不要失信于中国作家。

二十三日 陕西省社科院文学艺术研究所成立知青文学工作室。

二十五日 由中国作协主办的艾青百年诞辰纪念座谈会在京举行。

三十日至四月二日 中国作协在重庆先后召开七届九次主席团会和七届五次全委会。会议推举李敬泽同志为中国作协第七届书记处书记,审议并同意中国作协书记处《关于重新征集、修改中国作家协会会徽的报告》,决定二〇一〇年在全国范围内公开进行征集。

本月 《钟山》杂志组织三十年(一九七九至二〇〇九)十佳长篇小说评选活动,于《钟山》第二期刊登入选作品排行榜,排在前十一部的作品是《白鹿原》《长恨歌》《尘埃落定》《心灵史》《许三观卖血记》《圣天门口》《废都》《秦腔》《生死疲劳》《活动变人形》《花腔》。

本月 盛大文学在近期约三个月的时间里收购了榕树下、小说阅读网、言情小说吧和潇湘书院等四家文学网站,再加上过去几年收购的起点中文网、红袖添香、晋江原创网等网站,至此,旗下共拥有七家文学网站。

四月

七日 第八届华语文学传媒大奖在四川省简阳市三岔湖举行颁奖典礼,苏童凭借《河岸》荣获年度杰出作家,张翎、张承志、朵渔、郜元宝、笛安分别获得年度小说家、年度散文家、年度诗人、年度文学批评家、年度最具潜力新人的荣誉。

七日 上海召开首次青年作家创作会议,在一周时间内,市作协党组书记孙颙和市作协主席王安忆以及上海多名作家与批评家，同上海八〇后、九〇后写作群体围绕七个主题展开分组讨论和交流。

十日至十一日 由《名作欣赏》杂志与山西师范大学文学院联合承办的中国小说学会第十届年会在山西省太原市召开。中国小说学会二〇〇九年度中国小说排行榜在年会上发布。刘震云的《一句顶一万句》等五部长篇小说、阿袁的《鱼肠剑》等十部中篇小说、杨显惠的《恩贝》等十部短篇小说入选排行榜。

十八日 盛大文学举办的首届全球写作大展在西安揭晓并颁奖，《逃婚俏伴娘》等八部作品获奖。盛大文学为获奖作品支付六百万元版权交易金，其中女写手王雁的作品《大悬疑》获得一百万元版权交易金。

二十二日 《小说选刊》创刊三十周年暨出刊三百期庆典在京举行，首届"茅台杯"小说选刊年度（二〇〇九）大奖也同时颁发。

二十三日 由中国作家出版集团、《小说选刊》杂志社联合主办的全国文学期刊主编二〇一〇年北京峰会在京召开。围绕会议主题"现状与出路"，与会的全国五十余家文学期刊主编进行了热烈讨论，并通过了题为《让我们共同点亮文学的灯火》的倡议书。

二十八日 人民文学出版社在京为《柏杨全集》的出版举行首发暨出版座谈会。

本月 在"五一二"汶川大地震两周年前夕，《诗刊》四月号下半月刊推出了"重建与新生"作品专栏。

本月 《文学界》每年都在四月号组织作家纪念专辑。今年第四期杂志以七十二页、十万字专题形式推出"路遥周克芹陆星儿纪念专辑"。

五月

五日 中国移动在北京宣布手机阅读业务上市，并与中国作家协会、中国出版集团、中国编辑学会、国家图书馆四家合作伙伴签署战略合作协议，合力推动全民阅读。

十二日 由《民族文学》杂志社、内蒙古自治区文联、内蒙古自治区作协主办，中国少数民族作家学会、鄂尔多斯市东方路桥集团协办的"全国少数民族作家2010改稿班暨蒙古文作家翻译家座谈会"开幕式在呼和浩特市举行。

十三日　中国当代文学年鉴中心在北京中国现代文学馆成立。

十六日　根据中国作协与电视台合作推介中国优秀作家、作品的计划，凤凰卫视晚二十点三十分《名人面对面》栏目首次播出作家莫言专题访谈节目。

二十日　由中国作协、广东省作协主办的网络文学研讨会在京召开，与会者就网络文学现状、发展态势、创作和传播中的问题进行了研讨。

二十二日　由中国小说学会主办的首届中国小说节在江西省南昌市举行，在小说节的当代小说高峰论坛上，一批海内外知名的小说家、小说评论家和文化学者对中国小说当前的发展态势、小说创作与理论建设领域等问题进行深入探讨。此外，还揭晓了第三届中国小说学会奖，范小青、方方和严歌苓分别获得短篇小说、中篇小说、长篇小说奖，张翎获得海外文学特别奖。

二十四日至二十五日　主题为"过去与现在　文学与传统"的第四届中韩作家会议在韩国首尔召开。

二十九日至六月二十日　由中国作协等单位主办的"大地之子——故乡情梁斌文学艺术展"在河北省博物馆展出。

三十日　首届《人民文学》长篇小说双年奖（二〇〇八至二〇〇九）在浙江慈溪颁发，刘震云的《一句顶一万句》、莫言的《蛙》、阿来的《格萨尔王》、苏童的《河岸》、严歌苓的《小姨多鹤》共五部作品获奖。

六月

三日　中国唐山国际作家写作营在唐山举行开营仪式。

七日　由中国作家协会和中央文史研究馆、民盟中央委员会联合主办的萧乾百年诞辰纪念座谈会在京举行。

十一日　由滨海新区区委宣传部主办、滨海时报社承办的首届滨海笔会暨"中国新经济文学"创作基地成立大会在天津举行。

十一日　殷夫故乡浙江省象山县举行了殷夫烈士一百周年诞辰纪念大会。

十二日　"守望中绽放辉煌——中国民间文艺家协会成立六十周年纪念大会"在京举行。会上，中国民协表彰了中国民间文学集成先进集体和个人。

十七日　由中国作协主办，江西省庐山风景名胜区管理局、中国作协外联部、中国作协创联部承办的"2010年中国庐山国际作家写作营开营暨《中外作家写庐山》发行仪式"在江西庐山举行。

十八日　由中国作协创研部、文艺报社和中国社会科学院马克思主义研究院共同主办的"马克思主义文艺观与当代文学发展研讨会"在京举行。

二十二日　由广东省作协等单位主办的纪念丘东平一百周年诞辰活动在广东省海丰县举行。

二十五日　由香港中文大学中文系、联合书院、香港文学研究中心联合香港作家联会、香港中国语文学会共同主办的"中西与新旧——香港文学的交会"学术研讨会日前举行。研讨会包括现代文学八场和旧体文学五场，内容涉及香港文学一百七十年的发展历程，涵盖诗文小说、影视讲唱、文言白话、方言外语等，意在突出香港地区特色。

二十五日　中国当代画家、散文家吴冠中在北京医院逝世，享年九十一岁。

本月　中国社会科学院文学研究所总纂的《中国文学史资料全编·现代卷》第一套由知识产权出版社出版。该书收有《郭沫若研究资料》《创造社资料》《中国现代文学期刊目录汇编》等，共六十种、八十一册。

本月　中国作协权保办发布了《图书出版合同最新注解》。鉴于作家出书签的合同都是出版者制定的，偏重于保护出版者一方利益，权保办从作者角度出发，制定了《图书出版合同》（权保推荐版）。

七月

二日至三日　由世界华文微型小说研究会主办的第八届世界华文微型小说研讨会在香港举行。来自十六个国家与地区的一百多位微型小说作家、评论家就各国微型小说的发展的不平衡性，这种文体适合时代的发展态势以及手机小说迅速崛起等大家关注的问题进行了深入的探讨。

七日　北京师范大学中国当代新诗研究中心正式成立。

九日　鲁迅文学院第十三届中青年作家高级研讨班结业典礼在京举行。

十日　由文艺报社与哈尔滨师范大学文学院联合主办的"文学类型化及类型文学研讨会"在黑龙江省大庆市举行。

十七日　鲁迅文学院网络文学编辑培训班开班仪式在京举行。

十七日　北京市教委批准设立的首都师范大学中国女性文化研究基地启动仪式暨中国女性文学论坛在北京举行。该中心出版有学术辑刊《中国女性文化》，还与国外及中国港澳台地区的女性研究组织建立了合作关系。

本月 以我国现代女作家萧红名字命名的首届萧红文学奖在黑龙江启动。萧红文学奖作为面向全国和海外的华语文学奖项，每五年评选一次。该奖设三个奖项，即萧红小说奖、萧红女性文学奖和萧红研究奖。

八月

一日 第四届全国冰心散文奖获奖作品颁奖仪式在中国现代文学馆举行，共有八十七篇（部）作品获奖。

四日至五日 中国作协在莫言三十年作品系列由上海文艺出版社出版之际，与中央电视台《子午书简》栏目合作录制了《中国作家系列访谈——莫言专访》，以《乡土莫言》和《莫言的文学世界》为题分两集于四日和五日在中央电视台第十套节目中播出。

七日 由《芳草》文学杂志主办的第二届汉语诗歌双年十佳在武汉美术馆举行颁奖仪式，张好好、哨兵等十位诗人获奖。

七日至十一日 《诗刊》社第二十六届青春诗会在浙江省文成县举行。

十日 由中国作协主办的汉学家文学翻译国际研讨会在京召开，来自十几个国家的汉学家围绕"中国文学翻译经验与建议"展开深入交流与讨论。

十二日 由中国作协创研部和湖北省作协联合主办的湖北女作家群创作研讨会在京召开，会议上对池莉等湖北女作家的作品进行研讨。

十三日 由文艺报社、《人民文学》杂志社、中国电视艺委会和中国作家网共同主办的影视与文学研讨会在京举行。此次研讨会旨在从理论上厘清影视与文学之间的关系，互相促进共同发展。

十七日至十九日 由《诗刊》社主办的首届芦芽山"青春回眸"诗会在山西省忻州市宁武县举行。会议回顾了三十年来"青春诗会"活动取得的丰硕成果和期间我国诗歌的发展历程。

十八日至十九日 中国作家协会第七届主席团第十次会议在山西省太原市召开。

二十二日 纪念冰心一百一十周年诞辰系列活动在冰心的故乡福州举行。

本月 第二届咖啡馆短篇小说奖颁发，迟子建的短篇小说《解冻》获得殊荣。

九月

二日至五日 由中国社会科学院外国文学研究所主办的"中日青年作家会议2010"在京举行。中国和日本的作家、翻译家学者就"全球化中的文学""越境与文学"等主题共同分享了自己独特的文学体验。

九日 继之前宣布收购天方听书网,盛大文学再次宣布收购数字期刊阅读网站"悦读网",成为拥有有声出版领域和数字期刊领域的最大的文学网站联盟。

十二日 北京大学中国诗歌研究院成立,院长由谢冕教授担任。

十八日 作为中国作家出版集团主办的二〇一〇中国文学高端论坛的组成部分,由《中国作家》杂志社承办的影视文学和纪实文学学术研讨会分别在京举行。

二十日 在赵树理逝世四十周年前夕,山西省作协和晋城市有关部门主办的纪念赵树理逝世四十周年座谈会在晋城市召开。

二十四日 文化部、中国文联、北京市人民政府在京联合举行纪念曹禺一百周年诞辰座谈会,中宣部部长刘云山出席会议并讲话。

二十六日 《北京文学》创刊六十周年庆典暨第五届老舍散文奖揭晓与颁奖活动在京举行,耿翔的《土地的黄昏》、江子的《血脉中的回声》等十篇作品获奖。本次十篇获奖作品及其他候选作品将由江苏凤凰出版集团结集出版。

二十八日 "中国作家第一村"在广东省东莞市樟木头镇御景花园正式挂牌成立,评论家雷达被聘为"中国作家第一村"村长。

本月 《诗刊》二〇一〇年九月下半月刊在头题栏目集中刊发了来自抗洪一线诗人的诗歌作品。"现场"诗歌专题栏目发表了龙红年、汤松波、张劲松、唐诗的作品。

十月

七日 瑞典文学院宣布将二〇一〇年诺贝尔文学奖授予秘鲁作家马里奥·巴尔加斯·略萨。

七日至八日 第十四届国际诗人笔会在香港举行。本届诗会向黎青、野曼颁发了"中国当代诗魂金奖",吉狄马加获颁"中国当代诗人杰出贡献奖"。

九日 由中国作协主办的姚雪垠百年诞辰纪念座谈会在京举行。

十日 上海宣布提高作协下属文学杂志《收获》《上海文学》等稿费标准,新标准将是原标准的二至五倍。此项举措引发文坛震动,《人民文学》《当代》《北京文学》等文学期刊纷纷表态,"涨稿费"成为中国文坛的大趋势。

十三日 第十届中国现代文学研究会年会在成都召开,此次年会研讨主题为"中国现代文学经典与当代文化建设"。会议选举了第十一届理事会,由北京大学教授温儒敏继任会长。

十四日 纪念曹禺一百周年诞辰座谈会在京举行。

二十二日 由人民文学出版社、《江南》杂志社和钱江晚报社联合主办的二〇一〇全国长篇小说创作研讨会暨笔会在浙江省杭州市举行。

二十二日 《解放军报》"长征"副刊创办三十五周年暨出刊三千期座谈会在北京召开。

二十六日 中国作协与北京市高级人民法院合作签约暨中国作协著作权纠纷调解委员会成立仪式在京举行。

二十九日至十一月一日 中国作家协会第八届全国优秀儿童文学奖终评委员会召开会议,来自全国各地的十三名终评委根据《全国优秀儿童文学奖评奖条例》的规定,对经过公示的五十四部(篇)备选作品进行了认真审读和讨论,通过无记名投票,产生了二十部(篇)获奖作品。其中小说九部、童话三部、诗歌一部、散文一部、幼儿文学一部、报告文学一部、科学文艺二部、理论批评一篇、青年作者短篇佳作一篇,寓言空缺。

三十日 "海外华文作家向中国现代文学馆赠书新闻发布会暨《世界华人文库》出版座谈会"在京举行。参加此次赠书活动的海外华文作家有严歌苓、少君、陈瑞琳、施雨、融融、张翎、虹影,共捐赠了他们的一百多种文学作品。

本月 中国人民大学"国际写作中心"成立,并设立驻校作家、驻校诗人制度,同时开设"创造性写作"课程,招收"创造性写作"研究生,并举办高质量的国际文学节。

十一月

五日 《钟山》杂志组织三十年(一九七九至二〇〇九)十大诗人评选,

北岛、西川、于坚、翟永明、昌耀、海子、欧阳江河、杨炼、王小妮、多多十位诗人入选。

五日 夏衍一百一十周年诞辰座谈会在国家广电总局举行。

九日 第五届鲁迅文学奖颁奖典礼在绍兴举行，共有三十篇（部）作品获奖，文学翻译奖空缺。此后的"羊羔体"和"买奖"风波使本届鲁迅文学奖陷入被公众娱乐化的尴尬境地。

十日 纪念钱锺书一百周年诞辰学术研讨会在京举行。

十九日 二〇一〇年度"茅台杯"人民文学奖颁奖典礼在北京中国现代文学馆举行。由三名作家、三名批评家和三名读者、媒体和出版界人士组成的评委会经过认真讨论，以无记名投票的方式评选出十三篇作品，杨争光的《少年张冲六章》和迟子建的《白雪乌鸦》等作品获奖。

二十日 浙江青年小说家群现象研讨会在京召开，与会专家学者分别对鲍贝、吴玄等十四位与会的浙江青年小说家展开一对一的评论研讨。

二十三日 "坚守与突破——2010中原作家群论坛"在郑州举行，与会作家、评论家对全球化、网络化时代文学创作的发展方向进行了研讨。

二十五日至二十六日 第二届中国当代文学·南京论坛在南京举行。本届论坛的总议题是"二十一世纪中国文学：现实与理想"，主要针对中国当代文学创作上一些前沿性的重要问题展开研讨。

二十七日至二十九日 "新时期与新世纪文学国际学术研讨会暨中国当代文学研究会第十六届年会"在海口举行。研讨会和年会围绕新时期、新世纪文学思潮研究，新时期、新世纪小说研究，当代小说再解读，文学与传媒等多项议题展开讨论。年会还选举白烨为新任会长。

二十九日 "冰心诞辰一百一十周年·冰心奖二十一周年暨国际华文儿童文学研讨会"在杭州举办。

二十九日至三十日 由广东省作协、中山市委宣传部主办的第四届全国"名社、名刊、名编"笔会在广东省中山市举行。来自人民文学出版社、花城出版社、《人民日报》、《人民文学》、《文艺报》、《诗刊》、《当代》、《十月》、《收获》、《花城》等文学媒体的有关人士围绕新世纪文学的机遇和挑战、传统文学与新媒体文学的竞争、文化产业发展等热点话题发表了看法。

本月 第九届《上海文学》奖揭晓。本届获奖的优秀作品从近七年间在

《上海文学》刊登的作品中遴选而出，获奖作者有知名作家，也有文坛新秀，共计四十人。

十二月

七日 由浙江省作协《江南》杂志社主办的郁达夫小说奖颁奖典礼在郁达夫故乡富阳举行。陈河以中篇小说《黑白电影里的城市》获中篇小说奖；铁凝以短篇小说《伊琳娜的礼帽》获短篇小说奖。颁奖前还举行了首届郁达夫小说奖论坛，与会者针对"文学奖项的公信度和生命力""郁达夫精神与当下文学"两大议题展开讨论。

十一日 剧作家苏叔阳、画家韩美林、作家梁晓声、社会慈善活动家万伯翱、学者张鸣获得首届"《作家文摘》阅读人物"荣誉，该评选活动由中国作家出版集团《作家文摘》报社举办。

十二日 北京文艺评论家协会成立，北京大学教授谢冕担任协会第一任主席。

十五日至十六日 "新中国北京文艺六十年：2010·北京文艺论坛"在北京九华山庄举行。与会者围绕北京文艺六十年的总主题，从文学创作、理论批评、戏剧、戏曲、音乐、摄影、电影、电视、美术、书法、杂技、曲艺等门类的不同角度，研讨了北京文艺六十年来的探求与发展，检阅了各个文艺门类的实绩与成果，并从不同的层面总结了各自的经验。论坛期间还举行了北京市文联第六届文艺评论奖颁奖仪式。

十八日 由作家出版社承办、《长篇小说选刊》杂志社协办的"长篇小说的现状与未来"研讨会在京举行。

二十二日 鲁迅文学院建院六十周年座谈会在北京中国现代文学馆举行，已有六十年历史的鲁迅文学院被誉为"作家摇篮，文学殿堂"。

二十三日 《山西文学》创刊六十周年纪念大会在山西省太原市举行。

二十三日至二十四日 黑龙江省作家协会第六次代表大会在哈尔滨召开，迟子建当选为主席。

本月 加拿大华语作家张翎的小说《金山》被指抄袭。网友"长江"在博客上发文，认为《金山》在构思和大部分情节甚至细节上，与加拿大华裔作家的英文作品如郑蔼龄的自传体文学《妾的儿女》、李群英的《残月楼》、崔维新的《玉牡丹》、余兆昌的《金山故事》等完全雷同。

本月 第四届（二〇一〇年度）《中国作家》鄂尔多斯文学奖在京揭晓。电影文学剧本《辛亥革命》（王兴东、陈宝光）、长篇小说《荒原纪事》（张炜）荣获大奖，另有七部作品获优秀作品奖，二部作品获文学新人奖。

（原载于《东吴学术》2013年第4期、第6期及2016年第6期，收录本书时有改动。）